우리들은 문득 아버지가 된다

우리들은 문득 아버지가 된다

이병동 지음

들어가는 글

그곳에 아버지의 일기장이 있었다

내 나이 열세 살, 나는 아버지와 이별을 해야만 했다. 그리고 30여 년의 세월이 흐른 뒤, 내 나이 마흔둘에 아버지를 다시 만났다. 나와 이별할 때 당신이 오남매의 아버지였고 아홉 식구의 가장이었던 것처럼 나 또한 이제는 한 아이의 아버지이자 한 가정의 가장이 되었다. 아버지와 아들로서뿐 아니라 아버지 대 아버지, 가장 대 가장으로서의 해후인 셈이다. 30여 년이 흘렀지만 아버지는 나와 이별할 때의 늙지 않은 모습 그대로였다.

아버지의 일기장을 다시 만난 곳은 고향집 큰방에 딸린 작은 벽장 속이었다. 사람 하나 들어가기에도 비좁은 벽장은 아버지가 살아계실 때부터 이불을 개어 넣어두던 곳이었다. 아버지가 돌아가신 후 일기장은 다른 유품과 함께 소각되어 없어질 운명이었는데, 이를 발견한 어머니가 수습하여 벽장 속에 보관해놓았던 것이다.

가족들 모두 아버지의 일기장이 거기 있다는 것을 알고 있었다. 그러나 아무도 관심을 두지 않았고 벽장을 열어보는 사람도 없었다. 그러다보니 그곳은 내가 사춘기에 막 접어들 무렵에는 어른들 몰래 들여다보던 음란한 그림들을, 시골집에서 방위로 복무하던 시절에는 몰래 피우던 담배나 비상금을 숨겨놓는 장소로 활용되기도 했다. 그러다 우연히 내가 태어난 날의 일기를 읽게 되었고 그걸 계기로 다른 일기들도 몇 편 들춰 보긴 했지만 다시 집을 떠나 생활하면서 일기장은 까맣게 잊고 살았다.

그동안 나는 대학을 졸업하고 몇 년간 직장생활을 하였으며, 창업을 하고 결혼도 했다. 숨 가쁘게 살아온 세월이었다. 초등학교 이래 이미 아버지는 나에게 부재의 존재였고 그것이 엄연한 현실이었기에 그 부분에 대해 별다른 생각은 없었다. 그러나 항상 앞만 보고 달려가던 나에게도 지독한 허무함을 느끼며 멈춰 서게 되는 때가 왔다.

창업을 한 지 10년 남짓 세월이 흐르자 차차 일에 염증이 느껴지기 시작했고 어느 순간 거대한 무기력증이 나를 덮쳐왔다. 10년 동안 내가 제작해온 수많은 영상물들 중에 나의 생각과 나의 의지대로 만든 애오라지 나만의 작품이 하나라도 있던가? 그 10년의 세월 동안 내 생각에 따라 결정하고 추진해온 일이 하나라도 있던가? 결론은 아무것도 없다는 것이었다. 결국 인생의 주체로서의 나는 없었다는 것, 그리고 이러한 삶이 앞으로도 계속될 것이라는 절망감이 엄습해왔다. 절망은 내 삶 전체에 대한 회의로 번졌고 마침내 나는 어떤 의욕조차 없는 심리적 공황상태의 심연 속으로 끝도 없이 가라앉았다.

더 살아본들 이런 인생이 무슨 의미가 있겠는가 하는 생각에 이른 것도 이 무렵이다. 아파트 11층인 우리 집 베란다에 서면 그대로 허공으로 뛰쳐나가고 싶은 충동이 불쑥불쑥 일어났다. 이대로 가다가는 어느 순간 아내의 사소한 잔소리나 누군가의 싫은 소리 한마디가 갑작스런 죽음을 부르는 뇌관이 될지도 모른다는 생각이 들었다. 죽음의 유혹에 빠져들면서도 한편으로는 그 죽음이 곧바로 현실이 될 수도 있다는 생각에 가슴이 덜컥덜컥 내려앉곤 했다. 시도 때도 없이 닥쳐오는 죽음의 공포에 치를 떨며 지내던 어느 날, 불현듯 까맣게 잊고 살았던 아버지의 모습이 떠올랐다.

'아, 아버지라면 이럴 때 과연 어떻게 했을까?'

때는 내 나이 불혹을 막 넘어서던 무렵이었다.

고향집에 가서 벽장 문을 열고 일기장을 찾아냈다. 어둡고 비좁은 벽장 속에서 아버지의 일기장은 변함없이 웅크린 채 놓여있었다. 순간 일기장에서 알 수 없는 어떤 기운이 떠올라 내 얼굴에 확 달라붙는 느낌이었다. 아버지는 아무도 찾지 않는 그곳에서 30여 년 동안 누군가를 간절히 기다리고 있었는지도 모른다. 부끄러움과 죄스러운 마음에 얼굴이 화끈거렸다. 일기장을 모조리 보자기에 싸들고 집으로 가지고 왔다. 그리고 매일 밤 나와 아내는 일기장을 넘기며 아버지를 만나기 시작했다. 아내로서는 생시에 한 번도 뵙지 못했던 시아버지와의 첫 만남이기도 했다.

그즈음 아내는 원인을 알 수 없는 어깨 통증과 심한 두통으로 괴로워하고 있었다. 여러 병원을 전전한 끝에 뇌혈관 경색이 발견되었고 결국 근본적인 치료가 불가능한, 일종의 희귀병인 '본태성 혈소판증가증'이라는 진단을 받았다. 이런 상황에서 무척이나 답답하고 힘겨운 나날을 보내던 아내는 아버지의 일기장을 읽으면서 이따금씩 눈물을 쏟았다. 궁금해서 아내가 읽는 페이지를 들여다보면, 나에게는 별다른 감정적 동요가 일어나지 않는 구절인데도 아내의 눈물샘은 자극을 받는 것 같았다. 똑같은 구절이라도 자신의 처지에 따라 다른 느낌으로 받아들이게 되는 모양이다.

이후 임신을 하면 안 된다는 의사의 경고에도 불구하고 아내는 아이를 가졌다. 우리 부부는 아버지의 일기장을 읽어주는 것으로 태교를 하기도 했다. 그러면서 부모님을 지극히 생각하는 할아버지의 성향을 아이가 그대로 이어받으면 나중에 효도를 제대로 받을 수 있을 거라고 김칫국을 마시며 좋아하기도 했다. 내가 일기장을 뱃속의 딸 루다에게 읽어주면 아내는 금세 평온하게 잠들곤 했다. 그래서 루다가 태어난 뒤 아이를 재워야 할 때도 혹시나 하고 아버지의 일기장을 읽어주어봤지만 크게 효과는 보지 못했다.

그렇게 나는 때로 웃기도 하고 때로는 주체할 수 없는 눈물로 꺼이꺼이 소리 내어 울면서 아버지를 만났다. 아버지와 재회한 그 시기는 내가 생애 처음으로 아버지가 되었던 시기와 맞닿아있었다. 그러니까 내 딸 루다가 나를 처음 만난 즈음에 나는 내 아버지를 다시 만나는 여행을 하고 있었던 것이다.

이 책은 30여 년의 세월을 건너뛰어 다시금 아버지를 만나러 떠난 여행의 기록이다. 마치 미지의 세계를 탐험하듯 그동안 내가 알고 있던 아버지뿐 아니라 미처 모르고 살았던 낯선 아버지의 면면을 만난 과정이기도 하다. 이 여행은 꼬박 4년 가까운 시간이 걸렸다. 그러나 그 긴 시간 동안에도 아버지를 마음껏 만날 수는 없었다. 내게 허락된 만남은, 아버지와 내가 함께했던 10여 년 세월 동안의 기록일 뿐이었다. 그 기록만으로 내 아버지에 대해 모든 것을 이해한다는 것은 쉬운 일이 아니었다. 하물며 아버지의 전 생애를 다시 만나고 아버지를 온전히 안다는 것은 평생이 걸려도 불가능할 것이다.

내가 아버지를 만나던 그 시기에 나는 내 삶에 중요한 또 한 사람을 만났다. 바로 나를 '아빠'라고 부르는 내 딸이다. 내가 아버지라고 부르던 그분의 자식이 또다시 누군가에게 '아버지'라는 이름으로 불리는 오묘한 인생의 순환을 체험하고 있는 셈이다. 아버지를 다시 만나면서 나는 아버지에게 어떤 존재였고 또 아버지는 나에게 어떤 존재였는지, 더 나아가 내 딸은 나에게 어떤 존재고 딸에게 나는 어떤 아버지가 되어야 할지를 진지하게 고민하는 계기가 되었다. 이 책을 통해 이 시대를 살아가는 수많은 아버지와 자식들에게도 그러한 고민의 계기가 되었으면 하는 것이 나의 작은 바람이다.

올해 아버지가 돌아가신 지 31주기다. 또한 내 딸 루다가 태어난 지만 3년째다. 그리고 우리 부부가 결혼 11주년을 맞는 해이기도 하다.

이 책이 아버지 영전에 부끄럽지 않은 자식으로서, 내 딸에게 자랑스러운 아버지로서, 아내에겐 사랑받는 남편으로서 그들에게 바치는 의미 있는 선물이기를 바란다. 그리고 어머니와 우리 오남매에게는 티끌만큼이라도 누가 되는 일 없이 가족의 화목을 더욱 단단하게 다질 수 있는 계기가 되었으면 하는 간절한 소망도 담아본다.

이 책이 나오기까지 2년여 넘게 게으름 피우던 나를 참을성 있게 기다려준 전준석 위원과 출판사 가족들에게 미안함과 고마움의 말을 동시에 전하고 싶다.

2011년 가을을 기다리며

이병동

| 차례 |

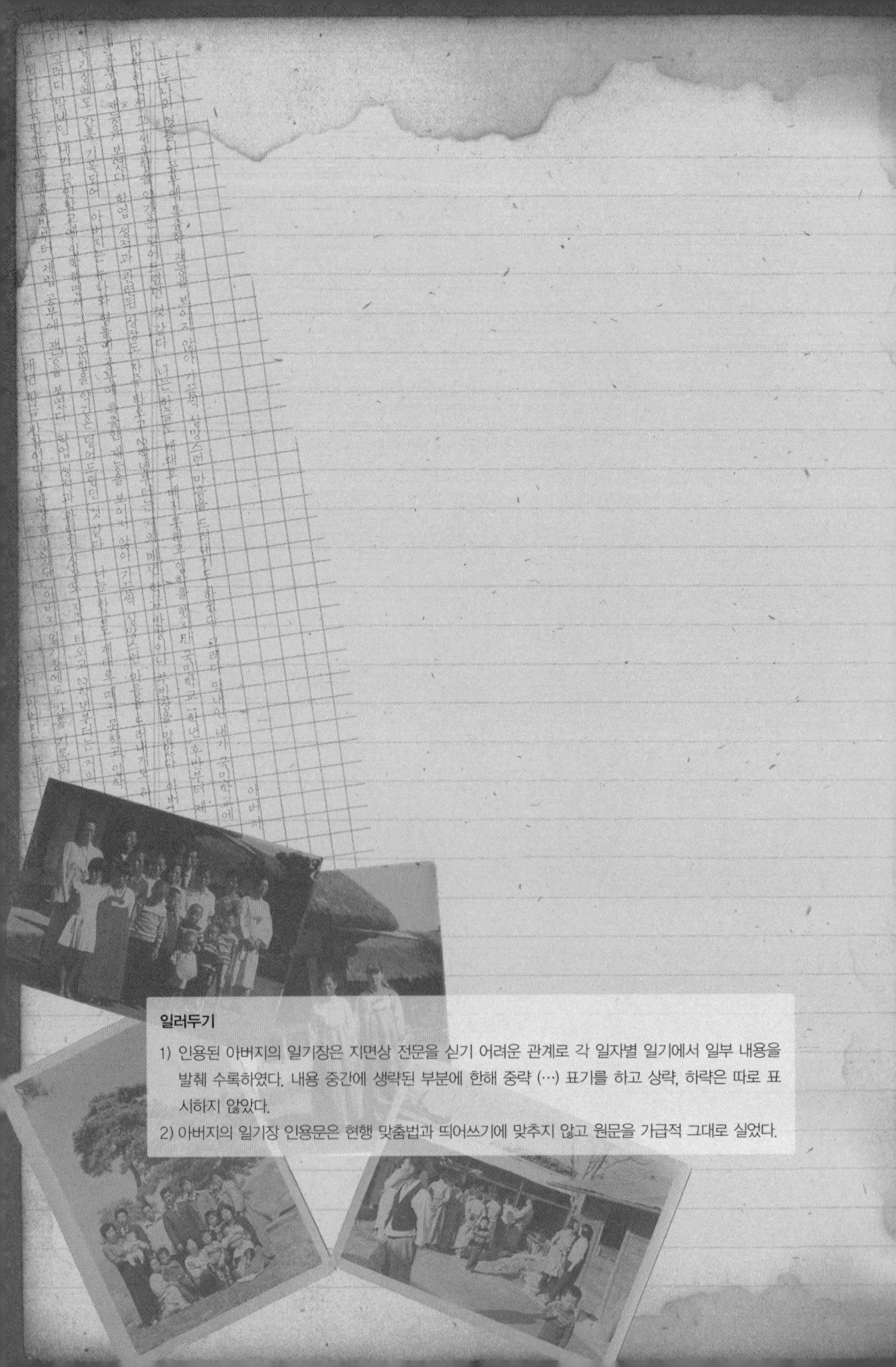

일러두기

1) 인용된 아버지의 일기장은 지면상 전문을 싣기 어려운 관계로 각 일자별 일기에서 일부 내용을 발췌 수록하였다. 내용 중간에 생략된 부분에 한해 중략 (…) 표기를 하고 상략, 하략은 따로 표시하지 않았다.
2) 아버지의 일기장 인용문은 현행 맞춤법과 띄어쓰기에 맞추지 않고 원문을 가급적 그대로 실었다.

1장 아버지와의 재회

아버지는 오남매의 아버지며 아홉 식구의 가장이었다.

내 기억 속의 아버지는 늘 엄격한 분이었다. 자식들의 소소한 잘못 하나도 그냥 보아 넘기는 일이 없었다. 우리 오남매가 간혹 실수나 잘못을 저질렀을 때 가장 무서워한 대상은 바로 아버지였다. 그만큼 아버지는 자식 교육에 엄격하셨다. 한편으로 아버지는 몸이 불편하셨음에도 불구하고 명석한 머리와 지치지 않는 의욕으로 남보다 훌륭히 농사일을 해오신 가장이었다. 그러던 아버지가 40대를 지나 50대의 문턱을 넘어서는 순간, 급속히 의욕을 상실하고 미래에 대한 비관적인 생각으로 무기력해지신 것은 무척 마음 아픈 일이다. 그것은 곧바로 이어진 아버지의 갑작스런 죽음과도 무관하지 않았다.

40대까지 아버지를 의욕에 불타게 하고 삶을 굳건히 지탱하게 해준 것은 무엇이며 그러한 아버지가 50대로 접어들면서 무기력증과 갑작스런 죽음으로 내몰린 것은 무엇 때문일까? 그리고 돌아가시기 직전의 아버지의 심정은 어떤 것이었을까? 어쩌면 40대로 접어들면서 지독한 무기력으로 침잠했던 나의 심리적 방황과 아버지의 삶이 많은 부분 닮았을지도, 그리고 그 안에서 어떤 실마리를 찾을 수 있을지도 모른다는 생각이 들었다. 그런 마음으로 나는 일기장을 읽어나가기 시작했다. 한 아이의 아버지로서, 40대 가장으로서 이제는 동등한 입장의 또 다른 '나'를 만난다는 생각으로.

일기장 속엔 두 명의 아버지가 있었다. 내가 익히 알고 있던 아버지와 전혀 알지 못했던 아버지의 모습이 공존하고 있었다. 빈틈없이 무섭고 엄하던 아버지는 서서히 모습을 감추고 나와 똑같이 고민하고 갈등하고 때로는 너무나 약한 아버지가 있었다. 나와 38년의 나이 차이가 있는 데다 돌아가신 지 30년이라는 긴 시간이 켜켜이 쌓인 세월이건만, 일기장 속의 아버지는 지금의 바로 내 모습이었다. 그리고 이 시대를 살아가는 지금의 40대, 50대 가장의 모습이기도 했다.

아버지는 가족들의 생계를 책임져야 하는 가장으로서 시시각각 닥쳐오는 가혹한 현실과 싸우셨다. 오남매의 아버지로서 자식들을 제대로 교육하고 남부끄럽지 않게 키우는 일에 골몰하는 한편 끝없는 자기성찰을 통해 당신 스스로와도 힘겨운 투쟁을 하고 계셨다. 당시의 어린 나는 아버지가 그렇게 치열한 나날을 보내고 계시다는 걸 짐작조차 할 수 없었다. 그렇게 치열하게 싸우고 계셨기에 우리에겐 한결같이 엄격하고 완벽한 아버지이자 가장의 모습을 보일 수밖에 없었다는 것을 이제야 조금은 이해할 것 같다.

일기장을 통해 뒤늦게 알게 된 아버지의 말년을 생각하면 아버지의 싸움은 참으로 힘겹고 외로운 것이었다. 그때 가족 중 누구 한 사람이라도 아버지의 지원군이 되었더라면, 누구 한 사람 아버지의 마음을 이해해주었다면 좋았을 것을…. 그러나 누구도 아버지를 이해하고 도와드리지 못했다. 하물며 고작 열세 살이었던 집안의 막내가 아버지의 마음을 어떻게 이해할 수 있었겠는가?

51년의 짧은 인생을 마감하면서 아버지의 치열한 싸움도 그렇게 끝났다. 한평생 홀로 벅찬 책임을 다하기 위해 안간힘을 쓰다 쓸쓸하고 외로운 죽음의 길로 떠나신 것이다.

이제 와서 내가 아버지의 마음을 이해하고 아버지에 대해 품었던 수많은 오해를 푼다고 한들 이미 이 세상 분이 아닌 아버지에게 무슨 의미가 있겠는가? 다만 살아있는 나 자신의 위안에 지나지 않는다고 생각하니 떠나신 아버지께 더욱 죄송한 마음뿐이다.

1959년 일기장

아버지에게는 서른한 살 때의 기록이 될 것이고 나는 아직 세상에 없던 시기다. 이때 만약 아버지께서 "형편이 어려우니 이제 우리 아이는 그만 낳읍시다"라고 하셨다면 나는 지금 이 세상에 없었을 것이다. 위의 두 형님들도 마찬가지다. 이때 이미 아버지는 두 아이의 아버지였고 한 여인의 남편이었으며, 조모님과 부모님을 모시고 시집가지 않은 두 여동생까지 거느린 대가족의 가장이었다. 서른한 살 때의 나와 비교하면 상상조차 할 수 없는 역할을 아버지는 이미 떠맡고 계셨던 것이다. 서른한 살 즈음의 나는 결혼 같은 건 생각할 여유조차도 없었다. 어떻게든 세상에 뿌리를 내리기 위해 하루하루 급급하게 살아가던, 내 한 몸 건사하기조차 힘든 시절이었다.

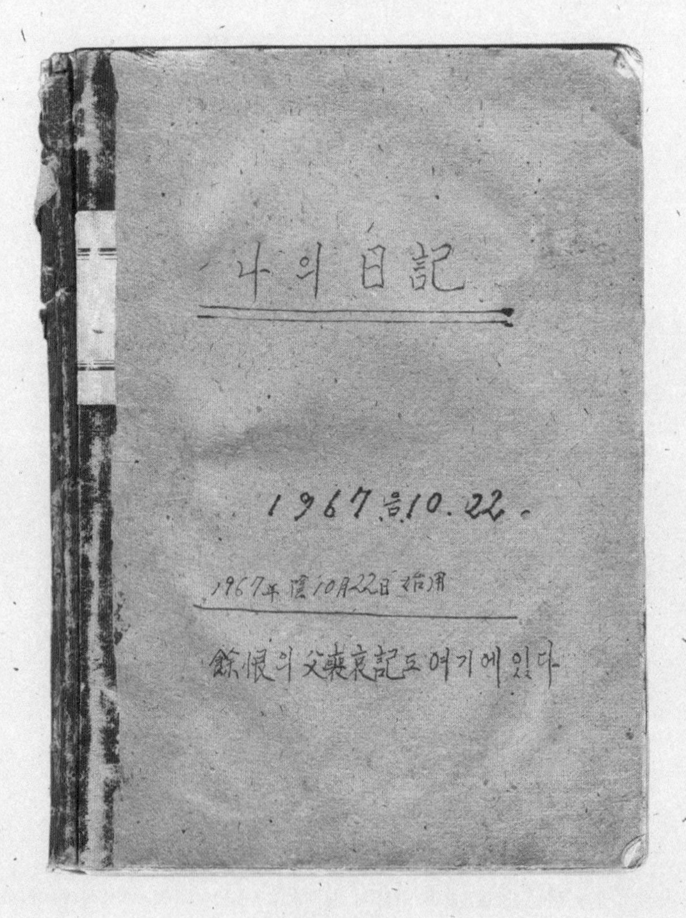

1967년 일기장

내가 태어난 해의 일기장이다. 당시 아버지 나이가 30대 후반. 아버지 일기장을 통해 아버지와 막 재회했을 무렵의 내 나이와 비슷한 시기다. 나의 생각과 고민을, 당시 아버지의 기록과 비교해볼 수 있었다. 아버지는 나와 비슷한 나이에 어떤 철학을 가지고 사셨을까? 이 나이에 아버지는 나를 마지막으로 슬하에 오남매를 두셨지만 나는 그보다 3년이나 더 늦은 마흔둘의 나이에 첫딸 하나 낳아 키우면서도 날마다 힘에 부쳐 허덕이고 있다.

1975년 일기장

아버지가 마흔예닐곱 때다. 그해 초등학교 2학년이던 내가 처음으로 학급 어린이 회장에 당선되어 아버지께서 기념 선물로 검정고무신 대신 구두를 사주셨던 기억이 난다. 사회적으로는 근대화가 본격적으로 진행되면서 이농현상과 농촌의 붕괴가 서서히 진행되고 있었다. 그 때문에 아버지의 고민도 서서히 가중되기 시작하던 시기다. 내가 간직하고 있는 아버지에 대한 기억은 대략 이즈음보다 2, 3년 앞선 때부터 시작된다. 앞으로 이 책에서 아버지를 만나는 시기도 내 유년의 아버지에 대한 기억과 맞닿아있는 70년대가 주를 이루게 될 것이다.

돌아가시기 직전에 쓰신 아버지 일기

1980년 1월, 지금으로부터 31년 전에 아버지는 세상을 떠나셨다. 돌아가실 무렵 당신이 직접 기록하신 일기를 보면 당시 아버지의 상황이나 심정이 어떠했는지를 짐작하게 되어 가슴이 아려온다.

1980년 1월 10일

며칠 전 대구 나간 병언이 저녁 때 돌아왔다. 헌데 절박한 가정 사정으로 대학 진학을 못하게 해서 그도 수긍을 해야만 옳은 일인데 가정 사정은 불고하고 기어이 진학을 고집하여 밤에는 가정적 분쟁이 일어나 모두가 심장이 상했다. 지금 형편이 여러 가지 문제로 여간 심각한 처지라 정신을 가누지 못하는 신경인데 그 고집을 부리니 너무나도 모르는 그가 괘심하고 미워지는 마음이 아닌가. 위로 늙으신 조모님과 어머니가 계시고 밑으로 금년에 기필히 결혼시켜야 할 딸아이가 있고 또 고등학교와 중학교에 진학하는 동생이 있으며 또한 지금 고등학교 다니는 놈이 하나 있으니 이 뒷바라지 생각하면 심각하기 말 못할 일이 아닐 수가 없다. 이리하여 부득이 그만두도록 설득을 시켰는데 듣지 않으니 기찰 노릇 아닌가.

지금 우리 집 사정으로 노동력이 없고 토지를 가져도 남들같이 생산을 못 내어 타산해보면 현상 유지도 할까 말까 하여 남모르게 태산 같은 걱정을 품고 있는 아비의 마음을 모르고 할 수 있는 일로 믿고서 엉뚱한 생각을 갖고 있으니 괴상한 노릇이 아닌가. 정말 너무나도 부담이 무거워 살아날 의욕조차 희미해진 오늘의 이 심정을 조금도 모르니 자식이라도 너무나 무심한 생각이 들었다.

1월 15일

아침 7시 20분경 황송아지 출산했다.

첫 번째 일기는 돌아가시기 13일 전의 기록이다.

자식이 자라 아버지가 되고 아버지 또한 과거에는 자식이었을 터인데 늘 자식과 아버지는 마치 전혀 다른 개체인 양 갈등을 한다. 나의 아버지 또한 마찬가지였다.

위로는 어머니(나의 할머니)와 할머니(나의 증조할머니)가 계시고 아내가 있으며, 아래로는 나이가 꽉 차 그해에는 꼭 시집을 보내야 하는 큰딸, 고등학교와 중학교에 입학해야 하는 셋째와 넷째 아들, 아직 고등학교를 다니는 둘째 아들, 객지에 나가 재수까지 하면서 4년을 공부한 큰아들이 있다. 모두 아홉 명이라는 대가족의 가장으로서 느끼는 무게와 부담감이 가히 살인적이었을 것이다.

아버지는 집안 형편을 생각해 큰아들의 대학 진학을 만류했고 큰아들은 기어이 대학에 가겠다고 고집하였다. 연로하신 어머니(나의 할머니)까지 딸려 보내 4년을 객지에서 공부시키고 뒷바라지하게 한 집안의 장남이거늘, 그런 큰아들을 대학에 보내지 못하겠다고 결심하기까지 당신의 심정은 얼마나 안타까웠을까?

이즈음 아버지의 일기장을 보면 언제나 단정하고 반듯하던 필체마저 심하게 흔들리고 있어 그 심적 고통이 얼마나 컸을지 짐작이 간다. 오죽하면 '자식이라도 너무나 무심하다'고까지 한탄하셨을까?

이 와중에도 황송아지를 출산한 작은 기쁨도 있었다.

1월 16일

암만 생각해도 경제적 사정이 허락 안 되는 여러 가지 문제를 두고 아내와 의견이 안 맞아 고심에 잠긴 나로서는 마음이 괴로워 답답한 나날을 보내고 있다. 정말 앞으로의 일이 어떻게 될 일인지. 될 수 없는 번연한 일을 기어이 한다고 한편에서는 내 의사를 인정 안 해주니 혼자서 속만 태워질 일이다. 이래서 지금까지 행해온 이 자신의 이력이 탄식되고 가족들이 안타까울 뿐이다. 과연 절박한 환경에 이른 이 가정, 정신을 가눌 수가 없다. 이래서 순간적으로 삶이 귀찮아지고 해선 안 될 생각까지 솟는 지금의 이 인생이 아닌가. 모두가 측은하고 애처로워 남모르게 눈물도 난다.

돌아가시기 7일 전 기록이다. 아무도 아버지를 이해해주지 않는다. 가정 형편은 감당하기 어려울 만큼 절박하다.

그토록 엄하시고 빈틈없이 살아오셨던 아버지가 마침내 자신의 인생을 후회하시는 듯하다. 그리고 이미 죽음을 예감하신 듯 가족들 모두가 불쌍하다며 홀로 눈물을 흘리신다. 당신 또한 혼자서는 너무나 나약한 존재였다. 일기장에 번진 얼룩이 혹시 아버지의 눈물이 아닐까 생각하면 가슴이 무너진다.

1월 17일

병동이 6학년 졸업이 가까워 여태까지 해온 저금을 찾아왔다. 6년간 해온 금액이 원리금 5910원이었다고 할 때 아비 된 이 자신이 너무나도 인색했던 부끄러운 생각이 들었다. 정말 적은 금액이 아닌가. 그래도 밤에 눈이 내려 차디찬 날씨인데도 불구하고 돈을 찾으러 갔다가 돌아오니 떳떳치 못한 내 자신, 부모 된 자격이 한심한가 싶었다.

1월 19일

송아지가 추위에 얼어 4시경 복애가 신녕 가서 약 지어 왔다.

1월 21일

소한절후로 대단히 추웠다.

1월 23일 (여기부터는 누나의 기록)

치일 고모할머님 오시고 12시 37분 30초 아버지께서 별세하셨다.

1월 24일

아버지 장례식 하기 위해 와촌 고모 내외, 평광 고모 내외, 능성 고모, 큰할배, 작은집 할매, 광춘 치일 고모할매할배, 대구 고모할배…

아버지의 일기는 돌아가시기 이틀 전의 기록에서 끝난다.

나의 6년 저금이 5,910원, 아버지로서 자식에게 부끄럽고 한심하다고 스스로를 심하게 자책하신다. 그리고 1월 21일, 돌아가시기 이틀 전 '소한절후로 대단히 추웠다'는 쓸쓸한 문장을 마지막으로 아버지의 기록은 영원히 끝났다. 아버지가 숨을 거두신 1월 23일의 기록은 큰누나가 적은 것이다.

내내 힘없이 시름시름 앓던 아버지는 그날따라 아침상의 밥그릇을 깨끗이 비우셨다. 그러고 나서 들로 나가 경작하시던 논밭을 한 바퀴 돌고 오셨다. 그때까지만 해도 아무것도 모르는 우리 형제들은 큰방에서 한데 어울려 장난치며 놀고 있었다. 그런데 갑자기 아랫방에서 할머니가 우리를 다급히 부르는 목소리가 들려왔다. 영문도 모른 채 우르르 몰려간 아랫방에서 아버지는 이미 가쁜 숨을 몰아쉬고 계셨다. 상황을 직감한 큰형이 아버지를 향해 뭔가를 소리쳤고 아버지는 알 듯 말 듯한 눈빛으로 우리를 한 번 응시하시더니 이내 눈을 감았다. 그것이 아버지의 마지막 모습이었다. 아무 말도 없이 아버지는 그렇게 갑작스럽게 우리와 이별을 했다.

아버지의 사인을 명확히 아는 가족은 없다. 당시 의사가 와서 주검을 검안하고 소견을 내놓았는데 우리 가족들이 아는 것은 뇌출혈이라고 했던 것 같다는 어렴풋한 기억이 전부다. 아버지는 평소에도 건강한 몸은 아니셨다. 당신 스스로도 늘 자책하셨듯이 제대로 일할 수 없는 몸이었다. 게다가 돌아가실 즈음에는 심신이 많이 황폐해져 내내 기력이 없는 상태였다. 그렇다고 해서 아버지의 죽음이 예견되었던 것은 아니다. 늘 그런 상태를 반복적으로 지속해왔고 돌아가신 날은 오히려 기력을 회복하신 듯 아침 밥상을 깨끗이 비우셨고 자리를 털고 일어나 논밭을 둘러보시기도 했으니까.

당시 아버지는 우리 집안의 앞날에 대한 고민과 걱정으로 감당하기 힘든 불안감에 짓눌려 있었던 것 같다. 일기에도 아버지의 절박한 심정이 잘 나타나 있다. 아홉 식구의 가장으로서 앞으로 헤쳐나가야 할 불투명한 미래에 대한 부담감이 거대한 해일처럼 아버지의 몸과 마음을 온통 휩쓸었으리라. 끝없는 고민과 걱정, 부담감들이 아버지의 몸과 마음을 더 이상 견디지 못하게 하여 결국 죽음으로 내몬 것이 아닐까 하는 추측만 할 뿐이다.

당시 열세 살에 불과했던 내가 아버지의 고민과 죽음을 이해한다는 것은 어려운 일이었다. 비록 풍족하진 않았지만 크게 모자람 없이 어린 시절을 보냈고 어른이 된 뒤에도 무난하게 살아왔다. 앞으로도 지금처럼만 살아가면 문제없을 거라고 생각했다. 그러다 IMF 때 조그만 회사를 차리고 지독한 경영난을 겪으면서 밤낮없이 미쳐버릴 것만 같은 고민을 하고, 이후 결혼을 하여 한 여자의 남편이 되고 늦게나마 한 아이의 아버지가 되면서 이제야 아버지가 짊어졌던 고민의 절박함을 조금이나마 이해할 수 있을 것 같다. 가족에 대한 걱정으로 그토록 뼈아프게 고민하다 돌아가실 수밖에 없었던 그 마음이 어땠을지를 생각하면 내 마음도 아프게 아려온다.

이후 할머니와 증조할머니도 그해 곧바로 아버지를 따라가셨다. 아버지가 돌아가시면서 아버지의 고민은 끝이 났다. 그러나 어머니와 오남매에게 당신의 고민을 고스란히 남겨두고 떠나셨다. 남겨진 가족들은 비록 힘겨워하기는 했으나 지금까지 어떻게든 잘살아왔다.

'아버지, 보세요! 그렇게 절박하게 고민하지 않았어도 되었잖아요?'

당시 아홉 식구의 가장이었던 아버지가 짊어졌던 삶의 무게는 지금 내가 세 식구의 가장으로서 느끼는 부담과는 비교할 수 없을 것이다. 그러나 그 중압감의 정도와 모양새는 다를지언정 한 가정의 가장이 느끼는 무게와 부담은 그때나 지금이나 결코 가벼울 수 없다.

세상이 변한다고 가장의 무게까지 변하지는 않는다. 당시에는 없었던 사교육의 광풍이 온 나라를 휩쓸고 생계를 위한 삶의 현장은 연일 치열한 전쟁터다. 가족을 부양하고 자식을 교육시키기 위해, 어떻게든 가족과 함께 살아남기 위해 오늘날의 아버지들은 날마다 처절한 몸부림을 치고 있다. 30년도 더 지난 아버지의 일기에서 오늘날 40~50대 가장의 모습을 본다는 것은 참으로 서글픈 일이다.

아버지의 자화상

오늘의 내 人生 (1972년 가계부)

세월의 흐름은 쉬지 않고 가고 가는 것으로 어느덧 이 인생의 연륜이 40을 넘어서 4년을 더한 나이. 생각하니 너무나도 속절없이 가고 허허롭게 보낸 세월이 아닌가. 인생 40이라고 하면 벌써 엄연한 중년 인생으로 속설에는 부동심이 되어야 한다고 말했다. 헌데 과연 오늘의 이 인생은 부동심의 자세가 확고히 잡힌 그것이 되어 있는가. 아닌 게 아니라 먹은 나이에 수반한 값을 해야만 한다. 정말 눈을 감고 스스로의 인생을 반성해보니 그 아무것도 이룬 것 없이 세월 따라 나이만 먹고 본 자신이 부끄럽고 서글픈 감뿐이다. 이런데 오늘따라 거울을 들고 내 모습을 비춰 보았지만 보잘 것 없는 내 몰골은 코와 입 언저리에 꺼무룩하게 수염이 자리 잡고 이마에 나타난 주름의 금자 보고 한층 기가 차게 여겼지. 했지만 어찌 할 수 있는 일인가. 요는 내 자질, 내 깜냥이 요뿐이니 이럴 수밖에.

헌데, 이래도 나는 나대로의 지조와 인생관을 간직하고 오늘까지 살아온 것이다. 말하면 내가 철이 들고부터의 이야기인데 환경은 가난한 집안 형편으로 곤란한 생활이고 보았다. 이러니 그때 돈 몇 닢씩 안 되지만 학교에 바치는 돈도 제 때에 못 줄 때가 많았고 봄 늦은 철이 되면 식량도 궁핍하여 어려움을 겪었다. 그럴 적에 내 어린 마음에도 가난한 것이 머리에 들고, 잘사는 이웃이 부럽고 안타깝게 여겨진 일이 아닌가. 이러한 것이 폐부에 새겨진 것이 '다른 사람 부럽잖게 우리 집도 한번 잘살아봐야 한다'는 생각이 들어 아끼고 부지런한 지조가 생겨진 일이다.
생각하면 오늘날 지금까지 살아나온 과정은 곱이곱이 온갖 눈물 어린 사연 속에 몸부림의 역사가 아닌가. 예나 이제나 내 것 없는 인간의 냉대는 다른 바 없는 그것이었지.

아버지는 나이 마흔을 훨씬 넘어 스스로를 돌아보기 시작한다. 거울에 비친 외모부터 마음가짐까지.

과연 나이에 맞는 외모와 마음을 갖고 있는가에 대한 자기반성을 비롯해 살아온 과거를 회상한다. 먹고사는 것이 최대의 과제였던 지난날을 생각하면 오로지 굶지 않고 남부럽지 않게 한번 살아보는 것, 그것이 당신 인생의 목표였다고 해도 과언이 아닐 것이다. 40대 중년으로 접어들면서 이제 끼니 걱정은 하지 않아도 될 정도의 경제적 기반은 어느 정도 갖추어놓았다. 하지만 어쩌면 진짜 고민은 그때부터 다시 시작되었는지도 모른다. 절대적 빈곤에서는 벗어났지만 현실은 여전히 숨 가쁘게 돌아가는 가운데, 어느 날 느닷없이 '나는 과연 무엇인가?' 하는 의문이 찾아든 것이다.

지금 나는 당시 아버지와 비슷한 나이이다.

그때의 아버지는 지금의 나일 뿐 아니라 이 시대를 살아가는 수많은 40대의 모습이다. 학교를 졸업하고 사회에 첫발을 내딛는 순간부터 지금까지, 그야말로 세상에 뿌리 하나 내리겠다는 목표로 정신없이 달려왔다. 그리고 어느 정도 세상에 자신의 기반을 만들었다고 생각하는 순간, 어느덧 나이는 40대 중년으로 접어들고 청춘은 어디론가 흔적 없이 사라져버렸다. 청춘이 사라지면서 함께 실종되어버린 자신의 존재를 자각하는 순간, 감당하기 어려운 허탈감이 엄습해온다. 잃어버린 자신의 존재를 되찾고자 하는 욕구가 솟구치는 것도 이때다.

그러나 현실은 그런 열망을 가만히 내버려두지 않는다. 은행 대출금은 숙제처럼 남아있고 커가는 아이들의 사교육비와 가족들의 생활비는 나날이 가중된다. 그나마 쌓아놓았다고 생각했던 기반은 아래로부터 치고 올라오는 유능한 젊은이들에 의해 흔들리고, 이미 저만치 앞서 잘나가는 동년배들은 도저히 따라잡을 수 없는 속도로 내달린다. 자신의 존재를 찾아 떠나려 했던 열망은 펼쳐보기도 전에 거울 속에 비친 자신의 왜소하고 초라한 모습만을 확인한 채 가슴속 깊숙이 묻어두어야만 한다. 갑자기 모든 것이 허무하다는 생각이 들고, 뿌리치기 힘든 무기력이 덮쳐온다. 심하면 우울증에 걸리기도 한다. 그러나 그런 심정을 가장 가까운 아내에게조차 말하지 못한다.

바로 내가 그랬다. 아이를 갖지 않고 둘이서 살자고 약속한 우리 부부는 결혼 8년 동안 아이가 없었다. 그러나 아내가 일종의 희귀병 진단을 받으면서 마음에 변화가 생겼다. 평생 약을 복용해야 하고, 그 약을 복용하는 동안에는 임신을 하면 안 된다는 의사의 말을 들은 뒤, 아내의 마음이 흔들리기 시작했다. 가질 수 '없는' 것과 갖지 '않는' 것은 심리적으로 확연한 차이가 있다. 그때부터 아내는 아이를 갖자며 집요하게 나를 설득하기 시작했다. 처음에는 완강히 거부하던 나는 결국 아내의 뜻을 꺾을 수 없었다.

그때부터 나의 고민은 시작되었다. 이미 한 번의 뇌혈관 경색의 병력을 가진 아내가 임신 기간 중 복용하던 약을 끊어도 아무 문제가 없을까? 만약 임신을 한 상태에서 긴급한 상황이 발생하면 어떻게 해야 하나? 서른여덟이라는 그렇게 많지도 않지만 그렇다고 적지도 않은 나이에 과연 무사히 출산을 할 수 있을까? 그런 당면한 문제에서부터 남들보다 꽤 늦은 나이에 앞으로 아이를 낳아 키워야 하는 부담감에 이르기까지, 여러 가지 걱정으로 머릿속이 복잡해지기 시작했다. 무엇보다 나를 가장 당황스럽게 한 것은 강제된 가치관의 변화였다. 이제까지 흔들림 없이 견지해왔던 무자식주의와 그에 따른 자기합리화의 논리들이 내 의지와는 상관없이 하루아침에 무너졌기 때문이다. 그렇다면 지금까지의 내 가치관과 인생관을 일순간에 부정해야만 하는가? 그런 고민 속에서 나는 스스로를 돌아보기 시작했다.

그러다보니 문제는 비단 임신에 관한 것뿐이 아니었다. 이제껏 내가 살아온 모든 것에 대해 회의가 생겼다. 그동안 내가 하는 일에 있어서도 내 의지대로 할 수 있었던 게 과연 있었던가 하는 생각이 들었다. 오로지 작업물에 대해 금전적 대가를 지불하는 클라이언트의 요구에 따라 기획되고 늘 적당한 선에서 타협해야만 했던 수많은 영상물들…. 그것을 나의 작품, 온전한 나의 것이라 말할 수 있는가? 영상이라는 것이, 광고라는 것이 일종의 창작물이라고 일컬어질진대, 거기에 나라는 존재는 없었다. 그렇다면 이 일을 하면서 막대한 수입을 벌어들였는가 하면 그 또한 아니다. 그러면 무엇 때문에 내가 지금까지 이 일을 해왔던가 하는 의문이 들었다.

그리고 그 끝없는 의문은 우리 부부의 결혼생활에까지 번져나갔다. 집을 사고 차를 바꾸고 인테리어를 하고 소소한 가재도구나 옷가지를 사거나 집안의 대소사에 참석하고 심지어 아이를 낳는 일에 이르기까지, 내 의지로, 내 뜻대로 한 것이 아무것도 없다는 생각이 들었다. 나의 존재는 대체 어디에 있으며 나는 무엇이란 말인가? 그때부터 나는 심각하게 우울해지기 시작했다. 답답한 내 감정을 어떻게 표현할 방법도 없었다. 그러나 아내는 임신 상태였고 그런 아내의 처지를 모른 체할 수는 없었다. 산부인과를 갈 때마다 동행해야만 했고 밥을 차려준다거나 소소한 집안일들은 대부분 내가 처리해야만 했다. 더구나 임신한 아내에게나 뱃속의 아이에게 나의 우울한 감정을 표출해서 좋을 리 없었다.

그러다 시간이 흘러 루다가 태어났다. 우리 부부는 더더욱 정신없이 바쁜 일상에 내던져졌다. 하루하루 양육의 버거움에 시달려 우리 부부는 둘 다 탈진할 지경이었다. 나의 우울한 감정은 하나도 해소되지 않고 보류된 채 가슴속 더 깊은 곳으로 눌러둘 수밖에 없었다.

당시의 아버지가 겪었고 지금의 나와 이 시대의 수많은 가장들이 앓고 있는 40대 중년의 심리적 흔들림과 자신에 대한 고민, 방황은 어째서 시대를 초월하여 반복적으로 되풀이되는 것일까?

1977년 9월 11일(음력 7월 28일)

오늘은 내 생일. 이날따라 내 인생이 살아온 과정이 회상되었다. 지금까지 온갖 고비를 겪고 때로는 울고 어떤 때는 웃었으나 비교적 순탄치는 안 했던 운명이었지. 이러하여 환경을 탄식했으며 더욱이 몸이 건강치 못하여 허구 많은 날을 부모에게 성가시고 걱정시켰던 일이 뇌리에 떠오른 오늘이 아닌가. 헌데, 가고 간 세월로 어연 이 나이 마흔아홉이 되고 보니 속절없이 흘러간 세월이 빠르기도 했는가 싶은 생각도 들었다. 나이가 나이인 만큼 벌써 중년 인생으로 이제는 따르는 처자식 거느린 한 가정의 주인 되어 살림에 대한 염려와 걱정 속에서 지내고 있는 입장이고 아버지는 이미 돌아가신 지 10년, 살아 계신 어머니는 많이도 늙어 모발이 희게 변한 퇴색한 모습을 볼 적에 인생의 무상이 느껴지고 너무도 염려와 걱정을 끼쳤던 때문에 그렇게 되었는가 싶어 송구스러운 마음에 이 가슴은 아프다. 이런데 또한 어머니께서는 손자의 공부 뒷바라지 때문에 작년부터 집을 나가 계시게 된 사정으로 지금도 안 계시니 오늘따라 이 심정은 더욱 허전하며 안타까운 생각이 아닌가.
아침에 아내가 고깃국을 끓여 생일 대접을 했지만 실제로 생일날은 자식 된 자로서 부모에게 대접을 크게 해드림이 마땅하다는 어른들의 말씀으로 미루어 어머니께 죄 된 마음 또한 솟았다.
아~ 생일의 감회, 눈을 감고 지내온 행로를 생각하니 인생사 꿈만도 같다.

이 일기는 아버지가 당신 생일을 맞아 복잡한 심경을 적은 기록이다. 자신에 대한 자책과 답답한 마음은 해가 바뀌어도 변하지 않는 마음의 짐 같은 것이었나 보다. 2년 뒤의 생신날 기록을 보아도 아버지는 역시 이 땅에 태어나고 살아온 의미에 대해 돌아보고 계신다.

1979년 9월 19일 맑음

오늘이 나의 생일이었다. 이날따라 내 인생이 지금까지 살아나온 과정이 역력히 생각난 일로서 남다르게 불편한 몸이어서 아버지와 어머니께 보채고 성가신 일이 마음깊이 떠오르고 보았다. 정말 이 인간 불구의 자식이 되었기 때문에 부모님께 안쓰러운 걱정 시킨 일보다 더한 불효는 없었는가 싶은 일이지. 헌데 이같이 살아온 내가 세월의 흐름으로 나이를 먹어 오늘에 이날

50주년 탄신일을 맞으니 무어라고 말할 수 없는 감회가 아닌가.
정말 눈물이 나고 탄식이 토해지는 경우도 많았던 내 인생의 살아나온 과정은 안타까운 길손이라 해도 과언이 아니다. 이러하여 때때로 죄책감이 느껴진 일인데 아버지께서 돌아가신 일이지만 임종 시까지도 나 때문에 걱정하셨고 어머니는 지금도 생존하시지만 내내 내 걱정을 하시는 마음이니 이 가슴은 아프다. 그리고 오늘날 아내와 자식들까지도 많이 괴롭히고 있으니 이도 눈물 아니고 무엇인가.
헌데, 그래도 이들이 진심으로 나를 위하고 가정을 위해 안간힘을 다해 노력을 하니 더욱 측은한 이 마음이 아닌가. 어제도 비를 맞으면서 채소를 장에 끌고 가서 돈을 장만하여 오늘의 내 생일을 생각해서 소고기를 사고 버섯을 사고 여러 가지 반찬으로 오늘 아침 밥상을 차려 올릴 적에 고마움에 감동된 이 마음은 눈물겨웠다. 하지만 나로서는 보답할 수 없는 일이라 남모르게 이 가슴은 쓰라린 그것이었지. 아~, 생신일의 내 마음. 기쁨보다 괴롭고 안타까운 정이 더 많은 오늘이었다.

50주년 생신, 그러니까 아버지의 연세 쉰하나. 생일을 맞은 아버지의 마음은 여러 모로 편치 못하다. 불편한 몸으로 태어나 내내 부모님을 걱정시켜드린 데다, 연로하신 어머님(나의 할머니)을 큰 손자 공부 뒷바라지 때문에 4년 동안 객지에서 고생시켰고, 당신의 노동력 부재로 힘들게 일해야 했던 아내와 자식들에 대한 미안함에 괴로워하셨다. 게다가 이 시기에 아버지를 극단적인 고민으로 몰고 가던 미래에 대한 비관적 전망과 그 와중에도 생일상을 정성껏 마련해준 아내에 대한 고마움까지 뒤섞여 아버지의 심리는 극도로 불안정한 상태였던 것 같다.

이 생일상을 마지막으로 아버지는 두 번 다시 생일상을 받지 못하셨다. 장성한 오남매가 차려드리는 생일상을 한 번도 받아보지 못하고 아버지는 이듬해 초에 세상을 떠나셨던 것이다.

어머니는 비록 성대하진 않지만 자식들이 차려드리는 생일상을 해마다 받으시며 '돈 아깝게 뭘 이런 걸 하느냐'는 불평 아닌 불평이라도 하시지만, 아버지는 자식 키운 보람을 한 번도 경험해보지 못하셨다.

아버지 살아계신 당시에는 상상도 못 하고 먹어보지 못했던 새롭고 맛있는 음식들이 얼마나 많으며, 보지 못했던 신기한 볼거리가 지금은 얼마나 많은가! 비록 지금까지 생존하지 못하셨더라도 단 한 번만이라도 자식들이 준비한 생일상을 받아보고 가셨더라면 하는 아쉬움이 남는다.

"아버지, 가고 싶은 곳 있으시면 제 자동차로 어디든 모셔다 드릴게요", "아버지, 드시고 싶은 것 있으면 말씀만 하세요" 우리 오남매는 아버지께 이런 작은 효도조차 해보지 못했으니…. 하지만 모두 부질없는 풍수지탄이다. 그때 우리 오남매는 너무 어렸고 아버지는 너무 일찍 가셨으니 말이다.

아버지 노트

1973년 1월 5일 맑음

가정을 다스리는 마음가짐은 언제나 넓고 커야 하는 것인가. 그렇다. 어디까지나 나를 믿고 의지하고 있는 가족을 생각할 때 이 어찌 마음의 자세를 해이하게 가질 수 있느냐 말이다. 말하면 노령의 할머니도 얼마 남지 안 했으나 그 여생을 나에게 의지하고 있는 일이요 어머니도 다만 자식 된 나만 믿는다. 그리고 아내 된 사람도 나만 믿고 살고 어린것들도 나를 아버지라는 존재로 알고 지내니 우리 집에서는 내가 중한 존재 아닌가.

하기에 중한 구실을 해야 할 일로서 모든 것을 불편 없고 구애 없이 안 하면 안 된다. 이래서 이 생각 저 생각, 가정과 생활을 위한 마음은 언제나 이 가슴에 있고 마음속에는 다른 집 못지않게 웃어른의 몸과 마음을 편안하게 모셔야 한다는 생각이고 어린것들도 마음껏 즐기고 공부할 수 있도록 뒷바라지를 해줘야 할 책임과 의무가 있다는 것을…. 적이 못 다하는 책임될까 봐 오늘도 머리 쓰는 나다.

가장만 의지하고 있는 아홉 식솔에 대한 책임감에 아버지의 마음은 의연하기까지 하다. 할머니의 여생이 얼마 남지 않았다고 써놓으셨지만 아버지는 할머니보다, 어머니보다 더 일찍 눈을 감으셨다. 무거운 가장의 무게를 그대로 짊어진 채로….

어느덧 오남매의 막내였던 나 또한 가장이 되었다. 그러나 가장으로서 나의 각오는 아버지만큼 결연하지 않다. 그것은 당시 아버지가 가장으로서 책임져야 했던 가족 규모(아홉 식구)와는 비교가 되지 않을 만큼 적은 식솔(세 식구)을 책임지고 있다는 이유도 있겠지만 아버지와 나는 기본적으로 인생관이 다르기 때문이다.

우리 부부는 애초에 자식 없이 살기로 했고 결혼 8년 동안 아이를 갖지 않았다. '가볍고 자유롭게'라는 조금은 이기적인 모토가 우리 부부의 인생관이었다. 그러다 결혼 8년 만에 루다를 낳고 귀여운 딸아이의 부모로 살게 되었지만 아직도 우리 부부의 가치관은 여전하다. 예상치 못한 아내의 병이라는 계기가 없었더라면 어쩌면 우리 부부는 아직까지 둘만의 단출한 가정을 꾸리고 있었을지 모른다.

그런데 아이가 하나 생기면서 우리 부부의 생활은 180도로 변했다. 생활의 모든 것이 아이 중심으로 바뀌어버렸다. 아내는 그동안 제법 커리어를 쌓아온 영상 분야의 일을 모두 그만두었다. 전적으로 육아에만 전념하면서도 아내는 때때로 혼자 힘으로는 해결하지 못하는 일들을 두고 쩔쩔매다 내게 도움을 청하곤 했다. 평일에 아이가 병원을 가야 하거나 아내의 진료가 있는 날은 중요한 회사 업무도 뒤로 미뤄야 했다. 그리고 그런 날일수록 이른 저녁에 퇴근해서 아이가 잠들 때까지 잠시도 쉴 틈 없이 집안일을 도와야 하는 고단한 나날을 보내야만 했다.

하나를 키우는 일도 이렇게 힘에 부치는데, 먹고살기도 어려웠던 시절 오남매를 키워낸 아버지는 얼마나 힘들었으며 아홉 식구의 가장이라는 무게는 또 얼마나 버거웠을까? 내가 아이를 낳기 전에는 상상도 할 수 없었던 아버지의 고단함과 삶의 무게가 서서히 눈에 들어오기 시작했고 그것은 차츰 나의 현실로 다가오고 있었다.

1973년 9월 14일 맑은 날에 한때 구름

분주하고 시끄러운 우리 집, 아침 한때는 학교 보내는 놈들로 판을 친다. 아직도 철부지 조무래기다 보니 말썽도 많이 일으키고 개구쟁이 노릇도 심하여 어른 된 마음이 불안코 보는 일 아닌가. 오늘 아침만 해도 학교에 갖고 가야 한다고 아카시아 씨앗을 내놓으라고 야단법석이더니 이것을 준비한 뒤에는 육성회비 조르고 공책값 주소, 지우개 사느마 하고 제 대로의 요구를 했다. 착잡한 마음을 억누르고 돈을 내주어 모두 보내고 '아비 노릇 하기도 힘드는 일이구나'고 마음 깊이 느끼고 담배에 불을 붙여 한 모금의 연기를 기다랗게 내뿜었다.

뇌리에는 '산다는 문제가 단순하지 않구나.' 또 이런 생각이 솟았지. 사실 일개 가정을 꾸려가는 과정은 힘들고 어려운 노릇으로 고충도 적지 않은 일이지. 마침 시집 간 두 누이동생이 추석이라 아이들 데리고 와서 우리 아홉 식구에다 보태져서 열넷 되는 사람들이 한자리를 메우니 복잡하고 번잡하고 보는 일 아닌가. 나는 느낀 바, 그래도 어느 정도 의식 걱정 없는 환경이 되니 마음 놓고 그들도 다녀갈 수 있는 일이다. 뿐만 아니라 학교 다니는 어린 놈들도 요구하고 원할 적에 돈을 줄 수 있으니 다행이지. 앞당기는 살림 되면 기찰 일로 여겨질 때, 자못 심각한 문제로 여겨지는 살림이다.

이것은 시작에 불과했다. 아직 막내인 나는 미취학 상태였고 형들도 초 · 중학교에 다니고 있을 때다. 아버지는 '아비 노릇이 힘들다'고는 하셨지만 이 당시만 하더라도 우리 집안의 경제력으로 아홉 식구를 건사하는 것이 충분히 감당하고도 남을 상황이었다. 이후에 닥쳐올 모든 가족사를 다 알고 있는 지금에 와서 돌이켜보면, 이때야말로 아버지에겐 잠깐 동안의 호시절이었다.

사람은 누구나 지금 이 순간을 가장 힘들고 고통스럽게 여기지만, 세월이 지나 돌이켜보면 '그때는 그래도 좋은 시절이었지'라고 회상하게 되는 법이다.

나도 한 아이의 아버지가 된 것이 3년 전 일이다. 아이 하나를, 그것도 이제 겨우 3년 정도를 키우면서 부모 노릇, 아버지 노릇이 이렇게 힘든 줄은 예전엔 미처 몰랐다. 시간 맞춰 먹여야 하고 시시때때로 싸는 것을 치우고 갈아입히기도 여간 번거로운 일이 아니다. 더군다나 얼마 전까지 아토피 증세가 있어 매일 저녁 한 시간 이상 목욕요법을 해야 했는데 참으로 성가시고 피곤한 일이었다. 밤에 잠들지 않고 보채기라도 하는 날이면 아이를 안고 알고 있는 노래란 노래는 다 불러

가며 하얗게 밤을 지새웠고, 다음 날 회사에선 온종일 비몽사몽인 상태에서 업무를 처리해야만 했다. 아토피 증세가 나타나자 아내는 과하다 싶을 정도로 아이를 씻겼고 이유식 하나도 철저하게 엄선된 재료로만 만들어 먹였다. 늦은 나이에 낳은 어린 녀석 때문에 우리 부부는 두 사람 모두 탈진할 지경에 이르렀다. 하물며 오남매를 키운 아버지와 그보다 많은 수의 자녀들을 키운 예전의 부모님들은 정말 위대하다는 생각이 들 수밖에 없다.

지금껏 남의 자식들 커가는 모습은 늘 내 관심 밖의 일이었다. 게다가 뭘 저렇게까지 유난스럽고 힘들게 아이를 키우는 걸까, 비판적인 시각으로 보곤 했는데, 내 자식이 생기니 남의 자식도 눈에 들어온다고 내가 비판하던 양육 방식을 우리 부부도 고스란히 따라 하고 있는 것을 깨닫고는 헛웃음이 나오기도 했다.

내가 생각 없이 다른 부모들의 양육 방식을 비판했던 말들이 이제 간간히 우리 부부에게도 들려온다. 그럴 때마다 아내는 마음이 편치 않은 모양이다. 예전에 내게 타박을 들었던 다른 사람들의 마음도 그랬으리란 것을 이제야 깨닫는다.

먼저 아이를 키운 선배 부모들은 항상 이렇게 말한다.

"야, 지금이 정말 좋을 때다."

그런 이야기를 들을 때마다 내 마음속에는 아버지로서 느끼는 부담의 그림자가 서서히 짙어간다.

아버지의 반성

1973년 6월 28일 흐린 날에 늦게 비

나는 오늘따라 나 때문에 괴로운 사람들을 한번 생각해 본다. 먼저 어머니를 오늘날까지 괴롭히고 아내 된 사람을 괴롭혔고 살림 나가 사는 동생을 괴롭히고 연만하신 조모님도 괴롭히는 일이다. 뿐만 아니라 우리 집 일을 도와달라고 마을의 이 사람 저 사람을 괴롭게 한 수도 많으며 요즘 와서는 자녀들까지도 괴롭게 하는 일 아닌가. 눈을 감고 생각해보니 미안하고 죄 된 마음 이루 말할 수 없는 일로서 나는 이 세상에 나 아닌 부모, 형제, 처자와 또한 다른 사람들을 괴롭히고만 있는 존재인가 싶을 때 스스로가 원망스럽고 부끄럽기도 한 일이다. 이 죄 된 마음은 과연 풀어볼 길 없는 일인가. 벌써 이 나이 40대의 중년 인생으로 신세를 지고 살고 있는 일은 실로 지지리 어문 인간이라 아니 할 수 없다. 이러나 이 품성 고약스러워 못마땅한 일 있노라면 어머니나 아내 대해 울화증을 폭발하고 자녀들 상대하여 호통을 친다. 이래서 될 일인가. 이 아니라도 날마다 남을 괴롭히는 내가 뭐 크게 잘하는 일 있다고 사소한 못마땅한 일을 꼬집어 집안사람들의 마음을 언짢게 할 일인가 말이다.

오늘따라 나는 내내 괴롭히고 있는 어머니와 아내를 가급 덜 괴롭혀야 한다는 생각이 들고 또한 내 때문에 괴로움을 당한 사람들의 공을 잊지 않으려 한다. 올해도 보리가을, 모내기로 몇몇 사람들을 보리타작, 논갈이, 모내기에 도와달라고 해서 마지못해 동정해준 사람들이 있었다. 덕택에 일은 잘했건만 괴롭힌 미안감이 솟고 본 일이다.

내 기억 속의 아버지는 늘 무서운 분이셨다.

양파나 고구마를 수확하는 날, 씨알의 굵기가 형편없으면 아버지는 호미를 거칠게 내팽개치며 농기구들을 제대로 챙기지 못했다고 가족들에게 화를 내기도 하셨다. 우리 오남매는 오남매대로 학교를 다녀와 소를 먹이거나, 소꼴과 토끼풀을 뜯거나, 마당과 방을 청소하는 등 집안일을 제대로 거들지 못하면 아버지의 서슬 퍼런 불호령이 떨어졌다. 또 일을 했더라도 뒷정리나 청소가 부실하다든가 하면 일일이 잔소리가 날아들곤 했다. 바쁜 농사철, 하굣길에 친구들과 놀다가 땅거미가 질 무렵 들어가기라도 하면 어김없이 아버지의 호통을 뒤집어써야만 했다.

그랬던 아버지의 이면에 이런 처절한 자기반성이 있었다는 걸 그때는 몰랐다. 이것은 남들을 괴롭히는 것에 대한 반성이면서 또한 당신 스스로 노동력이 없는 것에 대한 탄식이기도 하다. 당신 스스로 노동력을 발휘할 수 없고 모든 농사일을 남에게 의지해야만 하니, 당신 생각과 다르게 일이 진행될 때 울화가 치밀었을 것이다. 더구나 일기장에도 드러나듯이 얼마나 치밀하고 꼼꼼한 성격이던가. 그러니 남들이 하는 일이 성에 찰 리가 없다. 그러나 몸이 불편하니 별 도리는 없고 결국 입으로 그 많은 요구사항이나 불만을 내뱉는 것이 고작이었을 테니 당하는 사람들 입장에서는 괴로울 수밖에 없었을 것이다. 그런데 아버지는 그런 자신의 행동을 반성하고 있지 않은가.

아버지의 일기장에는 이런 자기반성의 글이 자주 반복되고 있다. 당신도 얼마나 괴로우셨을까? 마음과 달리 주위 사람들을 힘들게 할 수밖에 없는 상황, 아홉 식구의 생계를 책임진 가장으로서 어쩔 수 없이 그렇게 해야만 했던 심정을 누구 하나 이해해주었을까? 어쩌면 아버지는 돌아서면 누구보다도 외롭고 쓸쓸한 사람이었는지도 모른다. 당시 그렇게 무섭고 엄한 얼굴 뒤에 숨어있던 아버지의 여린 심정을 이제야 조금은 이해할 수 있을 것 같다.

그런 괴로운 심정을 아버지는 선친의 묘 앞에서 남몰래 사죄하곤 하셨다.

1974년 9월 17일 맑음

우리 집도 어제 나와 동생이 조부님과 아버지의 산소를 벌초하였지. 다시금 돌아가신 어른들의 추모지정이 간절했고 생전에 타이르고 가르쳐주셨던 말씀도 생각났다. 뿐인가. 한 번 운명을 고하신 뒤로는 종무소식일 적에 인생의 무상이 안타깝게 느껴지고 본 일 아닌가. (…) 언제나 산소에 이르면 눈물이 머금어지고 살아생전 남기신 이력들이 이 마음을 뜨겁게 하는 일이다. 오늘도 오후에 소 먹이러 나가 아버지 산소에 갔다. 엄연히 아버지가 묻힌 무덤이지만 그 아무 반응도 충고도 없는 것이 너무나도 슬픈 것. 생각사록 한심하고 가소로운 일이라 쓴웃음도 나온다. 했지만 나는 오늘에 지내는 가정 사정을 고하고 덕택으로 걱정 염려 없이 살고 있다는 이야기도 했으며 내내 앞으로도 유고 없이 가호해주시기를 빌기도 했다.

해 저물도록 산소 옆에 앉아 있다가 집으로 돌아올 적에 또 한 번 인생의 허무를 느끼고 "아버지 안녕히 계십시오" 인사하였지. 산등성을 넘어올 때 자꾸만 허전한 생각이 또 솟아 한 번 더 산소를 건너 바라다보고 무거운 발걸음을 옮겨 돌아온 일이었다.

1977년 5월 7일 맑음

나는 일찍 묘판을 돌아보고 등 넘어 밭으로 올라간 일이었다. 철따라 뽕잎이 새파랗게 피어 연녹색 비단같이 아름다웠고 뽕나무 사이에 뿌렸던 우엉도 알맞게 솟아올랐으며 피어난 밀도 알맞은 작황이었지. 이런 가운데 아내 된 그 사람이 뽕밭 둑을 위시하여 나무 사이를 말끔히도 매어놓아 알뜰한 마음씨를 마음 깊이 느끼고 아버지의 무덤에 이르렀던 일이었지. 때만큼 돋아난 풀로 파랗게 된 무덤. 나는 "불초 인곡이가 왔습니다"라고 고하고 해마다 봄 되면 풀싹은 돋아나는데 한번 간 인생은 그 어찌 안돌아오는지 인생의 무상이 안타깝게 여겨졌다. 생각할수록 한심하고 가소로운 존재요, 너무나도 허무한 일이어서 생전에 어른의 이력하신 지난날이 뇌리에 떠올라 눈물이 머금어진 일이 아닌가. 사실 이 일신 남다르게 완실치 못하여 아버지를 애태우게 했던 일이라 또 한 번 무덤 앞에서 죄가 사해진 일이었다.

"아버지 생시에 불효를 고개 숙여 부끄럽게 생각합니다. 이 못난 자식 때문에 가신 그날까지 근심지게 했던 일 아닙니까." 하고 한참 동안 명상에 잠겼다. 그러다가 집으로 돌아왔지만 인생은 꿈과 같은 것으로 살아생전 남들같이 살아보려고 애를 쓰고 괴로움을 겪다가 한번 눈을 감고 보니 그 아무것도 아닌 하잘 것 없는 존재로 여겨질 뿐, 이러나 한편으로 그렇게 성실히 노력하신 어른의 덕분으로 오늘날 생활에 걱정 없이 지내는 이 자신이니 아버지가 심으셨던 나무에서 내가 열매를 따 먹는 격으로 나를 살게 해놓고 가셨는가 싶은 마음도 들었다. 이래서 나는 오래 오래 가꾸어진 이 나무를 잘 관리하여 보다 많은 열매가 수확되는 일을 위해 마음을 바쳐야 한다는 생각이 들었다.

어느 자식이 부모님 묘 앞에서 떳떳할 수 있을까? 돌아가신 할아버지에 대한 아버지의 그리움은 일기장 곳곳에 수없이 적혀있다. 돌아가신 지 6~7년이 지났는데도 그 강렬한 그리움은 변함이 없다. 아니 오히려 세월이 가고 나이가 들수록 그 그리움은 더 진해져가는 것 같다.

아버지의 무덤 앞에는 할아버지가 심어 아버지가 덕을 보았다는 뽕나무 한 그루가 자라고 있다. 아버지는 생전에 그토록 사무치게 그리워하셨던 당신의 아버지와, 말년까지 고생시켜서 그토록 미안하고 안쓰러워하셨던 당신의 어머니 곁에 나란히 누워계신다. 아마도 이승에서 못 다한 효도를 하면서 세 분 모두 행복하시리라 믿어본다.

아버지가 할아버지의 산소를 찾은 것처럼, 30여 년의 세월이 흐른 지금 나도 아버지의 산소 앞에 섰다. 산소 앞에서 아버지가 할아버지에게 집안의 가호를 빌었던 것처럼, 나는 홀로 남겨진 어머니의 여생을 행복하게 해달라고 빈다.

아버지가 산등성을 넘어오면서 한 번 더 산소를 돌아보셨듯이 나도 한 번씩 뒤돌아본다. 아버지가 할아버지에게 가졌던 절절한 그리움에 비할 수는 없겠지만, 아버지가 할아버지의 산소에 갈 때마다 눈물이 머금었던 것처럼 나 또한 결혼을 하고 아내와 처음으로 아버지 산소에 갔을 때 흐르는 눈물을 멈출 수가 없었다. 당신의 막둥이가 데려온 막내며느리의 모습을 꼭 보여드리고 싶었는데… 살아서 며느리의 절을 한 번이라도 받아보셨으면 얼마나 좋아하셨을까 하는 아쉬움이 하염없는 눈물로 쏟아졌다.

그리고 또 한 번 아버지 산소 앞에서 눈물을 흘렸다. 딸 루다가 막 돌이 지났을 무렵 처음으로 아버지 산소에 데려가 인사를 드린 날이었다. 목까지 차오르는 뜨거운 슬픔을 참기 힘들었다. 하지만 나는 그날 마음껏 울 수도 없었다. 나도 이제 한 아이의 아버지로서 딸이 지켜보고 있었기 때문이다.

1969년의 가족사진

1975년의 어머니와 아버지

2장

오남매

아버지가 돌아가신 후 우리 가족은 하나둘 고향집을 떠났다. 할머니와 증조할머니는 아버지가 돌아가신 후 곧바로 아버지를 따라 세상을 떠나셨다. 누나는 결혼을 했고 큰형과 셋째 형과 나는 고등학교를 대구로 진학하면서 고향집을 떠났다. 마지막까지 남아서 어머니와 농사를 짓던 둘째 형도 몇 년 뒤 대구로 나갔고 고향집에는 어머니 혼자만 덩그러니 남게 되었다. 형제들이 학업을 마치고 스스로 호구할 때까지 어머니의 고생은 이루 말할 수 없을 정도였다. 아버지가 살아계실 때도 그랬지만 돌아가신 후에도, 아니 지금까지도 가족들을 위한 어머니의 헌신적 삶은 계속되고 있다.

오남매는 경제적으로나 학문적으로 크게 성공한 사람은 없지만 큰 과오나 오점 없이 장성했고 지금은 모두 일가를 이루어 무난한 삶을 살아가고 있다.

누나는 평범하지만 착하고 성실한 남편을 만나 아들과 딸 하나씩을 낳았다. 결혼을 하고 두 아이를 키우면서도 대구로 나온 동생들을 뒷바라지하느라 한동안 고생도 많이 했다. 지금은 두 아이 모두 대학을 졸업시키고 여전히 부지런한 성격으로 활발히 경제활동을 하고 있다.

가장 늦게 도시로 나온 둘째 형도 건장한 몸으로 부지런히 삶의 터전을 닦아 아들과 딸을 가진 네 식구의 가장으로 살고 있다. 도시에 살면서도 수시로 어머니의 농사일을 도왔으며 지금도 형제 중에서는 어머니의 일손을 가장 많이 돕고 있다.

셋째 형 또한 일찍이 기술을 배워 독립했고 형제 중 가장 먼저 결혼을 했다. 셋째 형도 아들과 딸, 두 아이를 둔 아버지로 살고 있다. 셋째 형은 손재주가 좋아서 고향집이나 형제들 집에서 사용하는 물건이 고장 나서 고쳐야 할 일이 생기면 어김없이 셋째 형의 몫이 된다.

막내인 나는 형제들 중 가장 늦게까지 공부를 하느라 어머니를 가장 오랫동안 고생시킨 자식이다. 나 또한 결혼을 했고 영세하긴 하지만 조그만 영상제작 회사를 운영하고 있다. 그리고 결혼 8년 만에 어린 딸 하나를 두었다.

마지막으로, 다른 모든 형제자매가 고향집이 가까운 대구에서 일가를 이루고 사는데, 유독 큰형만은 일찍부터 고향에서 먼 객지를 옮겨 다니며 생활했다. 그래서 어떤 때는 집안의 장남인 큰형을 몇 년 동안 한 번도 만나지 못하고 지내는 경우도 있었다. 그리고 다른 형제들과 누나가 모두 결혼하도록 미혼으로 있어 늘 어머니 가슴에 한이 되었던 자식이다. 큰형이 몇 해 전 결혼을 하자 어머니는 이제 죽어도 여한

이 없다는 말씀을 하곤 하셨다. 큰형은 아직 슬하에 자식을 두지 않았고 지금은 머나먼 전라도의 섬에서 공무원으로 일하며 살고 있다.

어머니는 장성한 오남매에 대해 당신 나름대로의 기준을 세우고 계신 듯하다. 가령 집안의 농사일이 바쁠 때는 둘째 형, 보일러나 가스레인지 등 사용하던 물건에 이상이 생기면 셋째 형, 집안 행사에 관해서 상의하거나 뭔가 불만스러운 일이 있어 역정을 내실 일이 있으면 누나, 병원에 가야 하거나 행정적인 문제는 막내인 나에게 연락하여 분담시키는 식이다. 큰형은 멀리 떨어져있고 늦게나마 결혼해서 산다는 자체만으로도 대부분의 집안일에서 열외를 시켜주시는 것 같다.

돌아가신 아버지가 우리 자식들에게 어떤 모습, 어느 정도의 수준을 기대하셨는지는 모르겠지만 우리 오남매는 서로 간에 특별한 반목이나 큰 갈등 없이 잘 지내왔다. 집안의 대소사가 있으면 각자 알아서 일을 분담해왔고 어머니에게도 저마다 할 수 있는 범위 내에서 도리를 다하고 있다. 그리고 오남매의 배우자들도 하나같이 모난 사람이 없어서, 흔히 말하는 고부간의 갈등 같은 문제도 생기지 않았다. 단지 어머니가 오랫동안 시골집에서 혼자 농사를 지으며 외롭게 살고 계신 것을 제외한다면 그동안 아버지 없이도 별 문제 없이 원만하게 살아온 것 같다. 지금 아버지가 우리 모습을 보신다 해도 크게 실망하지는 않으시리라.

저마다 성실하게 살아가는 오남매의 모습은 아버지가 생전에 아버지로서나 가장으로서 흐트러짐 없는 삶의 자세를 몸소 보여주셨고 자식인 우리들에게도 엄격한 가르침을 아끼지 않은 덕택일 것이다. 아버지의 일기장을 보면 가정에서 형제자매들 간은 물론 특히 부모에게 어떠한 마음을 가져야 하는지를 누누이 강조하는 구절이 적혀있다. 비록 일찍 돌아가셔서 우리가 장성할 때까지 직접 가르치고 매를 들지는 못하셨지만 이미 오남매에게 아버지의 올곧은 삶의 태도는 어릴 때부터 뇌리에 박힌 금과옥조와 같은 것이었다. 또한 아버지가 떠나신 후 홀로 온갖 고생을 하며 우리를 뒷바라지하신 어머니의 모습만 봐도 누구도 감히 허투로 살아갈 수 없었다.

특히 지독할 정도로 검소한 아버지의 생활습관은 지금도 누나와 형들의 생활 모습에 그대로 투영되어 있다. 그런 가족들의 모습을 볼 때마다 아버지가 여전히 우리 안에 살아계심을 느낀다. 그런 구두쇠 같은 생활습관 때문에 가끔씩 성(姓)이 다른 식구들과 작은 분란이 일어나기도 하는데, 가장 짧은 기간 아버지의 영향을 받은 나 역시 반드시 필요한 물건이 아니라면 돈 주고 사는 것을 싫어한다. 그러나 다른 가풍에서 자란 사람들과 만나 새로운 가정을 이룬 우리 오남매가 자식들에게도 아버지의 그러한 생활방식을 그대로 물려줄 수 있을지는 의문이다.

나도 루다라는 딸 하나를 두었지만 벌써부터 마음대로 되지 않음을 실감한다. 그리고 아내에게조차 내 생활방식이 먹혀들지 않음을 느낄

때가 많다. 그래서 오늘날 돌이켜 생각해보면 아홉 식구의 CEO로서 가정을 경영했던 아버지의 능력은 참으로 탁월한 것이었다.

화합하는 가정

1974년 12월 9일 맑은 날

오직 성실한 마음으로 가정과 살림을 위하여 노력해 오는 우리 집은 자립자족의 바탕이 이루어진 환경 되어 다행인가 싶은 감이다. 이는 전 가족이 한마음 한뜻으로 부지런히 일하고 아울러 절제하고 검소한 생활을 지속해 온 여덕이 아닌가. 사실 마음이 합해진 가운데 노력하는 가정은 향상되고 부해지는 일이지. 서로가 생각하고 위로하는 여기에 생활의 의욕이 생기고 보다 더 잘살아지게 되는 일 아닌가.

이에 나는 언제나 가족의 화평을 도모하고 보다 아늑한 보금자리 마련키 위한 마음으로 이력하는 바이다.

오늘을 살아가는 우리가 가정을 어떻게 꾸려야 하는지 생각해보게 하는 글이다. 그리고 한 가정의 가장으로서 어떠한 마음자세를 가져야 하는지도 알 수 있게 하는 글이다.

아버지는 특히 검소하고 절제하는 생활에 철저하게 모범을 보이셨고 농사일을 하는 데 있어서도 항상 솔선수범하는 모습을 보여주셨다. 모든 일을 철두철미한 계획에 의해 결정하고 실행하셨기 때문에 가족 모두는 아버지의 지도력을 믿고 따랐다. 가장으로서의 아버지의 권위는 확고한 정당성을 토대로 가족들을 일사분란하게 움직이게 하는 기반이었다.

또한 할머니와 증조할머니에 대한 지극한 봉양의 자세는 가족의 안정적 위계질서를 자연스러운 가풍으로 전승시키는 산교육이 되었다. 당신 스스로 한 치의 흐트러짐 없는 바른 생활 자세를 보여줌으로써 온 가족이 한마음으로 화합할 수 있는 가정을 유지할 수 있었던 것 같다. 당시나 지금이나 가장의 모범적인 모습이 화합하는 가정을 이루는 초석이 된다는 것은 불변의 진리가 아닐까.

1976년 2월 12일 맑은 뒤 흐림

오늘이 우리 집 막내둥이 생일이었다. 그가 출생하던 때가 엇그제 같은 일인데 그동안 벌써 9년의 세월이 지나 곧 3학년에 오르니 감계도 무량한 일이다. 생각하면 빠른 것이 세월이오. 무상한 것이 인생이지. 그가 출생했을 적에 생존하셨던 아버지께서 넷째 손자를 보셨다고 기쁘게 여기시던 일이 뇌리에 생생한 일 아닌가. 그리고 여러모로 생각하시어 이놈의 이름도 지으시던 일을 상기하니 돌아가신 어른이 안타깝고 인생의 무상이 느껴지는 일이 아닌가.

오늘따라 생일이라고 아침에 밥그릇을 크게 담고 고깃국을 끓여주니 좋아라 고 그는 웃었지만 지금까지 생존하셨더라면 어른께서도 귀하게 여기시고 오늘 같은 날에는 많이도 기뻐하셨을 것이다. 더욱이 인자하셨던 아버지의 마음씨였던 만큼 커가는 손자들에 대한 자정은 유별했을는지 모른다. 이런 것이 그때 언젠가도 어린 이놈들을 앞에 놓고 모두 장래에 크고 높게 되어 우리 문 앞에도 번들 번들거리는 구두가 여러 켤레 놓여질 날이 있을 거라고 하셨지. 이는 아버지가 바라시고 기대하셨던 희망이라 말할 일이다. 하시던 어른은 그만 훌언* 운명을 다하시고 가신지도 벌써 8년, 그때 겨우 1학년이었던 큰놈은 중학교를 마치고 오늘 후기고교 시험 치기 위해 어제 대구로 나가고 둘째 놈이 금년에 중학교 2학년에 오르며 셋째 놈이 국민학교 6학년에 오르니 또 한 번 세월의 흐름은 빠른 느낌 들고 가신 아버지의 추모지정이 눈시울 적신다.

* 훌언 : 거짓말같이, 갑작스럽게

평생 자식으로만 산다면 어찌 부모의 마음을 다 알겠는가? 자식이 자라 결혼을 하고 아이가 생겨 스스로 부모가 되어보지 않고서는 절대로 헤아릴 수 없는 것이 부모의 마음인 것 같다. 엄마가 되는 힘든 산고의 과정을 거치면서 어머니의 사랑을 알게 되고 자식이 자라면서 안겨주는 온갖 희로애락을 경험하며 아버지가 나에게 가지셨던 그 마음을 이해하게 되는 것이다. 자식으로서 부모에 대해 동질감을 느끼고 지금껏 가졌던 부모에 대한 개념 자체가 획기적으로 전환되는 계기가 바로 '부모가 되는 일'인 것 같다.

아버지가 오남매를 낳아 키우는 모습을 자랑스럽게 보여드림으로써 할아버지가 기뻐하시는 모습을 보고 싶으셨던 것처럼, 나 또한 루다를 낳아 예쁘게 키우는 모습을 아버지에게 보여드리고 싶다. 그러나 아버지의 아버지도 나의 아버지도, 두 분의 아버지 모두 이미 이 세상 분들이 아니라 이제는 볼 수도, 보여드릴 수도 없게 되어버렸다. 막내둥이 생일에 아버지가 느껴야 했던 그 안타까움이 바로 지금의 내 심정이다.

당시 3학년 막내둥이였던 나는 이미 훌쩍 어른이 되어 예쁜 딸아이의 아버지이자 한 여자의 남편으로 40대 중반의 가장이 되었다. 늦게까지 결혼을 하지 않아 어머니를 걱정시켰던 당시 중학교 졸업반이었던 큰형도 몇 해 전에 착하고 참한 아내를 맞아 가정을 꾸리면서 아버지의 오남매는 모두 일가를 이루어 오순도순 잘살고 있다. 칠순 때 화려한 잔치도 마다하시고 자식들과 사위 며느리를 대동한 채 멀고 먼 목포의 큰형 신혼집을 갔다 오시며 너무나 좋아하시던 어머니의 모습을 보며, 아버지도 계셨다면 함께 누렸어야 할 기쁨이라는 생각에 내 가슴도 35년 전 아버지 가슴처럼 미어졌다.

우리들이 자라는 모습을 할아버지께 보여드리지 못해서 애통해하셨던 아버지처럼 지금 우리들이 장성하여 당신의 손자 손녀를 낳고 키우는 모습을 아버지께 보여드리지 못하는 것이 애통하고 절통할 따름이다.

앞선 일기를 쓴 시점으로부터 3년이 지난 뒤에도 아버지는 또다시 생일을 맞은 막내를 바라보며 떠나신 어른을 추억하셨다.

1979년 2월 9일 흐린 날

오늘이 음력 정월 열사흘로 우리 집 막내둥이의 생일이었다. 생각하니 세월의 흐름이 꿈과도 같은 일이지. 이놈이 태어나던 때가 엊그제 일만 같이 느껴지는데 어언 많은 세월이 지나고 본 일이니 말이다. 이래서 출생했던 그 당시가 다시금 회상되고 그동안 지낸 일이 뇌리에 떠올랐다. 가고 간 세월로 벌써 이놈의 나이가 열세 살로 곧 6학년에 오르게 되니 감계도 무량한 이 심정이나 한편으로 허전함은 돌아가신 어른의 생각이다. 이러하여 인생의 무상함이 느껴져 눈물로 젖어지는 이 심정이 아닌가.

그 당시 어른께서는 네 번째의 손자를 보게 된 일이라고 기쁜 마음으로 좋아하셨지. 그래서 이름까지 생각 깊이 하고 하셔서 좋은 글자 취택하여 지으시었지. 그리고 간주롭게* 네 형제인 손자를 앞에 두고 장차 우리 집도 너희들이 장성해서 출세 성공하면 빛나고 영광스러울 것이라고 하시던 말씀이 지금까지 기억에 생생하니 이 과연 눈물날 일 아닌가. 그렇게 뜻밖으로 운명을 고하시지 않았더라면 지금도 생존하시어 자라난 오늘의 손자들과 얼마나 기뻐하셨을까 생각하니 가슴 아련한 심정으로 탄스럽기 말할 수도 없다. 더욱이 아버지 작고하실 그 때 겨우 한 살밖에 안됐던 막내둥이가 학교에서 배워 익힌 지식으로 지금의 오늘 날 아는 것도 많고 때로는 나로서도 답변 곤란한 문제까지 질문할 적에 언제 이놈이 이만큼 커서 이렇게 되었는가 싶어 기쁨에 웃음도 솟는다.

이러하여 귀여운 정은 더욱 더 하여 교육에 힘 쓸 작정 굳어지는 일이기도 하다. 이래서 나는 그의 공부를 도우려고 숙제라도 하게 되면 까다로운 문제는 함께 연구해 보자고 한다. 헌데, 부모로 하여 자식에 대한 자정은 대체로 다 같은 일이기는 하지만 유독 막내둥이에 쏟아지는 정은 다소 다른지, 간혹 개구쟁이 짓을 해도 미운 정이 아니고 우스울 때가 많지 않은가. 어제도 그의 어머니가 장에 가게 되어 집을 떠날 적에 오늘의 생일을 위해 아이들이 즐겨 먹는 오뎅을 많이 사오라고 나는 권하고 오늘 아침 식탁에도 평소와는 다르게 맛있는 음식을 하도록 말한 일이었다.

사실 천진한 어린놈들의 마음이란 감수성이 예민한지라 부모 된 마음으로 이들을 관심깊이 보살피고 아늑한 마음의 보금자리 되도록 가정을 꾸려야 할 일이다. 이러나 환경과 능력의 탓으로 생각같이 이들을 해주지 못하여 때로는 마음의 상처를 입게 할 때 아픈 심정이 된 경우도 있지 않는가. 오늘따라 또 한 번 반성되는 부모로서 심혈을 다하여 자식들을 가꾸는 거름이 되어야 한다는 각오가 굳어지고 어떻게 해서 이들을 기쁘게 해 줄 건가. 깊은 생각에 잠기기도 한 일이다.

일컬어 그 넝쿨에 그 열매라는 속담도 있듯이 부모의 행적여하로 그 자식들이 좌우된다는 말을 생각하니 오로지 수양에 수양하여 자식을 참되게 뒷바라지해야 할 결심이 한층 굳어지는 생일날의 이 마음이라 하겠다.

* 간주롭게 : 덜 여문 대상을 애정과 염려의 눈길로 바라본다는 의미의 경상도 방언

아버지는 이 일기를 쓰고 딱 1년 후에 돌아가셨다.

아버지! 아버지는 할아버지께 다섯 명의 손주들이 자라나는 모습을 보여드리지 못한 것이 그렇게 가슴 아프셨나요? 그러는 아버지는요? 아무것도 보지 못하고 돌아가셨잖아요?

당신의 아들이 국민학교를 졸업하는 것도, 상급학교에 진학하고, 졸업하는 것도, 첫 직장에 들어가고, 첫 월급을 타고, 창업을 하고, 차를 사고, 집을 사고, 결혼을 하고, 예쁜 딸을 낳은 것도… 그 어떤 것도 보시지 못하지 않으셨습니까?

아버지가 할아버지를 그리워하는 마음에는 미치지 못하겠지만, 결혼해서 아내와 처음으로 아버지 산소를 찾았을 때 예쁜 며느리의 모습만은 꼭 아버지께 보여드리고 싶었는데…. 아버지에 대한 그리움이 사무쳐 솟구치는 눈물을 멈출 수가 없었다.

별반 잘난 인생을 살고 있는 건 아니지만 나도 때때로 아버지께 보여드리고 싶은 것이 있다. 그러나 그때마다 아버지가 이미 내 곁을 떠나셨으니 볼 수도, 보여드릴 수도 없다. 다른 아버지들이 자식들을 키우면서 일상적으로 보고 듣고 울고 웃는 평범하고 사소한 일들조차….

그래도 할아버지는 당신의 다섯 손주들을 한 번씩 안아보기라도 하셨는데 아버지는 오남매 자식들이 낳은 일곱 손주들을 얼굴 한 번 못 보고 가셨으니 생각하면 더욱 비통하다.

아버지, 왜 그리 급하게 가셨나요?

오남매의 학교생활

1975년 3월 23일 맑음

어제따라 올해 2학년이 된 우리 집 막내둥이가 그의 학급에서 회장으로 뽑혔다고 한지라 이 마음은 한층 기특케 여겨진 일이다. 사실 지금까지 학교를 다녀 온 과정에서 별로 공부 재주 있는 아이들이 없는 우리 집이라 내 마음속으로 "어째서 영특한 머리를 가진 놈이 없는가." 싶어 안타까운 정도 없지 않았지. 이렇던 차에 이놈이 그렇게 되었다고 하니 반갑고 기뻤으며 은근히 장래 희망도 기대되는 생각도 솟은 일 아닌가. 말하기를 학업의 성적이 후일 인생의 출세와 성공을 좌우하지는 않는다고 하는 일이지만 그래도 공부를 시키는 부모 된 마음은 글재주가 있고 성적이 우수하면 기분이 좋고 그 뒷바라지에도 의욕이 더한 일이다.

이래서 어제따라 집사람 모두가 그에 대한 마음이 달랐고 그로서도 은근히 회장에 뽑힐 가망을 품고 왔던 만큼 좋은 기분으로 보였던 일이 아닌가. 어차피 우리 집안의 경사로서 며칠 전부터 그가 회장이 되는 날에는 구두를 한 켤레 사 신어야 한다고 했는데 물은즉 다른 반에서 회장 된 아이들은 모두 그렇더라고 말하여 너도 회장만 되면 그렇게 해보자고 했더니 오늘따라 일요일인데도 그의 어머니가 장에 갔는데 찾아가서 한 켤레 사 신고 좋은 기분으로 돌아왔다. 나는 속으로 우스워 아무 말도 않다가 구두 좋다고 말해주었지.

나의 회장 당선은 아버지의 오남매 자식들 중에서는 처음 있는 일이었고 아버지에게는 큰 기쁨이었던 모양이다. 나는 아버지의 기쁨을 교묘하게 이용할 줄도 알았던 것 같다. 당시 검정 고무신을 신고 있었던 내가 흰 고무신이나 운동화를 신은 친구들이 부럽긴 했지만 그렇다고 해서 모든 회장들이 구두를 신고 다닌 건 아니었다. 아버지 일기의 전반적인 문맥을 보건대 아마도 아버지는 그 사실을 알면서도 속아주신 것 같다는 생각이 든다.

나는 검정 고무신에서 흰 고무신과 운동화의 중간 단계를 생략하고 하루아침에 급승격해버린 구두를 친구들에게 날마다 자랑하고 싶었다. 그래서 학교를 갈 때는 물론이고, 동네 친구들과 어울려 놀 때도 주야장창 그 구두를 신고 뻐기며 다녔던 것 같다. 그런데 한번은 친구들과 신나게 놀다가 그만 그 구두로 이웃집 새끼 오리를 밟아 죽인 일이 생겼다. 다른 때 같았으면 부주의한 나의 행동을 질책하셨을 법도 한데, 그때 아버지는 두말없이 오리 값을 물어주셨다.

회장에 당선된 나의 기를 죽이고 싶지 않으셨던 마음보다 어쩌면 처음으로 맛보는 당신의 좋은 기분을 그런 불미스러운 일로 망치고 싶지 않으셨는지도 모르겠다.

1974년 10월 22일 흐린 날씨

어제따라 우리 집 막내둥이가 그의 학급에서 월간고사의 점수가 으뜸 되어 일개 반에서 한 아동에게만 주게 되는 우수상패를 차지해 왔다. 이러하여 이 마음은 적이 기뻤고 그가 기특하게 여겨진 일 아닌가. 마을에서 그 어느 학동도 이 상패를 차지한 아이가 없다고 들을 적에 그의 머리가 어지간한가 싶었고 새삼 아버지 된 나로서 앞으로 그의 공부에 자세한 관심을 기울여 보살피고 돌보아야 한다는 생각이 솟았다.

어느 부모든 자식이 뭔가를 잘한다는 것은 큰 기쁨이고 보람이 아니겠는가. 이것이 아마도 내가 아버지와 살아온 짧은 기간 동안 아버지에게 해드린 몇 안 되는 효도 중 하나였던 것 같다. 만약 조금 더 오래 살아계셨더라면 아버지는 이러한 기쁨을 몇 번 더 맛보셨을 것이다. 그러나 또 만약 그보다 더 오래 살아계셨다면 막내아들이 저지른 더 많은 불효도 경험하셨을 것이다. 그렇게 명석하다고 믿었던 막내아들이 대구로 나오면서 그저 평범한 아이에 지나지 않았고 일류 대학에 들어가지 못한 범재였다는 사실을 알게 되셨다면 아버지는 많이 실망하셨을 것이다. 그래서 그런지 내가 대학 등록을 앞두고 있을 즈음 아버지가 꿈에 나타나서 "무슨 놈의 등록금이 그렇게 비싸냐?"고 하시며 대학을 포기할 것을 권하기도 하셨다.

그러나 나는 요즘 어린 루다를 키우면서 자식이 부모를 기쁘게 하는 것이 꼭 뭔가를 달성하는 것만은 아니라는 걸 알게 되었다. 그저 루다가 나를 향해 예쁜 미소 한 번 보여주는 것만으로도 충분히 부모를 기쁘고 기분 좋게 만들 수 있다는 사실을 깨달았다.

1974년 1월 15일(가계부)

복애 중학교 졸업했다. 그러니까 국민학교 6학년 과정을 마치고 잇따라 중학교에 응시했으나 합격이 안 되어 일년 지내고 정부의 문교시책 변경으로 무시험으로 입학할 수 있게 되어 71년 3월 5일 입학했다. 이래서 오늘로서 졸업을 하게 되고 보니 다시 한 번 세월의 흐름이 빠른 것으로 여겨지고 이제 공부도 마친 일인가 싶으니 허전 섭섭한 감회이다. 이러나 한편으로 생각하니 그래도 환경이 이만큼이라도 되어 중학교라도 마치게 된 그는 다행케 된 일이라 하겠다. 이런데 3년간 쓰여 진 돈은 128730원 이었다.

그때는 대부분이 그랬다. 딸자식들은 초등학교 아니면 중학교 졸업이 최종학력이었다. 이 땅의 딸들은 가족을 위해 생활전선에 뛰어들어야만 했다. 객지로 나가 공장을 다니며 힘들게 번 돈을 오빠나 남동생 학비에 보태거나 곤궁한 살림의 고향집으로 보냈다. 더러는 배움의 꿈을 실현하기 위해 낮에는 일하고 밤에는 야간학교를 다니는 피곤한 생활을 기꺼이 감수하기도 했다.

누나는 중학교를 졸업한 뒤부터 우리 집안의 든든한 농사꾼으로 살다가 시집을 갔다. 엄마와 누나가 얼마나 많은 농사일을 했는지는 아버지의 일기장 곳곳에 잘 나타나 있다. 중학교 무시험 제도가 시행되지 않았다면 누나는 아마도 초등학교를 마치자마자 농사꾼이 되었을 것이다. 그런 누나에게 미안함을 가진 때문인지 자식들에게 대체로 엄했던 아버지도 누나에게만은 너그러운 태도로 대하셨다고 한다. 다른 자식들 몰래 옷을 사주기도 하고 농사일이 끝나면 한 번씩 놀다가 오라며 특별히 용돈을 챙겨주시기도 했다는 것은 누나의 고백이 없었다면 상상조차 할 수 없었을 것이다. 이것 또한 내가 알지 못했던 아버지의 새로운 모습이었다.

집안을 위한 누나의 노고는 시집을 가서도 끝나지 않았다. 내가 대구로 나와서 고등학교를 다니게 되자 누나는 내 뒷바라지까지 해야만 했다. 남의 집 셋방살이를 하는 그 각박한 살림에 매형을 수발하고 두 아이를 키우면서도 막내 동생을 위하여 기꺼이 고생을 감수해주었다. 나뿐만 아니라 세 형들도 수시로 누나의 신세를 지고 살아왔다. 아버지가 없는 집안에서 누나는 또 한 사람의 어머니였고 아버지였다. 그 어려운 시기를 살면서도 누나는 동생들에게 늘 씩씩하고 용감한 모습을 보여주었다.

그런 누나도 이제 50대 중반 초로의 여인이 되었다. 하지만 내 눈에는 여전히 씩씩하고 든든한 젊은 누나로 보인다.

1974년 2월16일

우리 집 막내둥이 병동이가 국민학교에 들어가게 되어 그의 어머니가 데리고 가서 면접시키고 왔다. 이 마음은 다시 한 번 세월의 흐름이 빠른 감이 들고 기쁜 감회가 솟고 본 일이다.

1974년은 내가 초등학교에 입학한 해다. 입학식은 3월 5일이었지만 그 전에 있었던 사전 면접에 어머니가 동행하셨던 모양이다. 흐릿한 나의 기억으로 어머니는 그때 이후 입학식 때 한 번 더 동행을 하셨고 2학년 때 내가 학급 반장을 하게 되어 학부형 회의에 꼭 참석하라는 선생님의 간곡한 통보를 받고 한 번 더 학교에 나오셨다. 그리고 6학년 때 반장 어머니 자격으로 학부형 회의에 한 번 더 참석하셨던 것 외에는 한 번도 스스로 학교를 찾아가 선생님을 만난 적이 없으셨다. 그도 그럴 것이 어머니는 국민학교 1학년도 채 마치지 못하셨고 거의 까막눈에 가까우셨다. 그러니 농사를 짓는 일보다 학부형 회의에 참석하는 것을 더 힘들어하셨는지도 모른다.

1974년 2월 23일

오늘따라 학년말로 어린놈들이 성적표를 받아왔다. 중학교 다니는 놈이나 국민학교 다니는 두 놈이나 모두가 평균점수가 70점 전후되어 우리 집에는 뛰어나게 공부 잘하는 아이가 없는가 싶어 이 마음은 섭섭하였지. 이러나 그래도 멀고 험한 통학 길에 결석 않고 다녀 두 놈은 개근상을 타온 일이 기특케 여겨진 일이다.

누나도 중학교 입학시험에 떨어져 결국 무시험 제도의 해택으로 입학을 했고 중학교에 다니는 장남과 초등학교 다니는 둘째, 셋째 아들 중 누구 하나 성적이 특출한 자식이 없어 아버지는 심히 실망하셨던 것 같다. 그나마 개근상이라도 없었다면 아버지가 위로받을 만한 것이 없었을 것이다. 학교까지의 거리는 왕복 4킬로미터 정도였다. 겨울에는 정말이지 학교 가기가 만만치 않은 통학 길이었다.

이때만 해도 나는 학교에 입학하기 전이었다. 며칠 뒤 나는 초등학교에 입학했고 이후 아버지의 실망감을 조금은 보상해드렸던 것 같다. 비록 한글도 다 깨치지 못하고 입학을 했지만 1학년 후반부터 제법 공부에 재능을 보였고 2학년 때 첫 학급반장이 되었다. 그리고 국민학교 6년 내내 거의 반장에 선출되면서 아버지에게 남다른 기대를 품게 해드렸다.

집 떠나 나들이

1974년 4월 22일 때때로 구름

복애와 귀애는 오늘따라 갓바위 그들의 고모네 집으로 갔다. 과연 오래간만에 놀러 나가는 일이라 기쁘고 즐거운 마음으로 집을 떠났지. 아닌게 아니라 여태까지 채전을 부치고 보리밭을 맸으며 갖가지 집 안팎일을 해 온 그들이라 마음 한편 측은한 생각도 들었다. 사정이 그렇게 안 되니 말이지 나이가 나이인 만큼 같은 나이 동무들과 어울려 가고 싶은 곳에 구경이나 가고 즐길 시절이 아닌가. 하지만 중학교를 졸업한 이래 내내 집안에 있었던 그들이다. 이러하여 이번에는 근 10일 놀다가 오라고 허락한 일되니 좋아라고 떠나는 그들의 모습은 기쁘기만 보였다.

복애는 친누나고 귀애는 사촌 누나다. 각각 열일곱, 열여덟. 지금으로 치자면 한창 감수성이 예민한 여고생에 해당하는 나이다. 그러나 그때는 그런 것들이 무시되어도 당연한 시절이었다.

중학교 졸업 후 내내 농사일을 거들게 한 것을 아버지도 측은하게 여기셨는지 8일간의 휴가를 주셨다. 상당히 인심을 쓰신 셈이다. 당시 팔공산 갓바위에는 시집간 고모가 식당을 하고 있었다. 그러고 보면 온전한 휴가는 아니었을 것 같다. 내가 알고 있는 고모의 성격으로 보아 그곳에서도 식당일을 도왔을 것이다.

두 누나 모두 시집갈 때까지 시골에서 농사일을 도왔다. 나중에 동생인 사촌 누나가 우리 누나보다 먼저 시집을 갔고 그 모습을 지켜본 아버지의 마음은 더 조급해지셨던 것 같다. 하지만 결국 아버지는 누나가 시집가는 것을 보지 못하고 눈을 감으셨다.

1974년 8월 11일 맑음

방학을 하게 된지도 벌써 20여일, 학교 가던 아이들이 집에서 설치고보니 분잡할 때가 많고 왕왕 말썽을 일으켜 어른들의 마음도 상하고 보았지. 했지만 그 어쩔 수 없는 사정이라 그럭저럭 지내왔는데 오늘따라 두 놈은 그의 작은아버지 따라 대구로 갔다.
내내 어디 가고 싶어 하던 차에 달성공원 동물도 구경시켜 주고 다른 곳도 보여 준다고 데리고 가게 된지라 떠나는 그들의 마음은 마냥 기쁘게 보였는데 천진한 동심이란 것을 또 한 번 느꼈다. 그리고 오늘따라 부모 되어 자식들을 기쁘고 즐겁게 해 주는 것이 마땅한 이력으로 생각된 이 마음이 아니었나. 이래서 보다 돈독히 노력하여 경제적 기반을 넉넉하게 하여 자식들 뒷바라지 할 작정이 굳어진 일이었다.

1974년 8월 11일 (가계부에서)

한편 연곡이는 아이들 데리고 대구 갔다. 대호와 정호, 병인과 병진을 데리고 달성공원 동물과 다른 곳의 구경을 시키려고 했는 만큼 이들은 좋아라고 기쁜 표정으로 7시 40분 첫 버스로 떠난 일이지.

천진한 아이들의 마음이라 즐겁기만 보여 기회 따라 가끔 구경도 시켜주는 것이 옳은가 싶었다.

내가 이날 행사에 왜 빠졌는지는 기억에 없지만, 형들이 얼마나 신이 났을지 그 기분은 지금도 충분히 짐작할 수 있다. 얼마나 신나고 가슴 설레는 일이었을까?

작은아버지(삼촌)는 사촌형 둘과 둘째, 셋째 형을 데리고 대구 달성공원으로 나들이를 가셨다. 시골에서 인근의 가장 큰 도시인 대구를 간다는 것, 그것도 달성공원을 간다는 것, 그 자체로도 잊을 수 없는 여름방학의 추억이 되었을 것이다.

자식에 대한 아버지의 마음이 일기장에 기록된 것과 실제 겉으로 드러난 것이 많이 달랐다는 것은 일기장을 읽는 내내 의아스럽게 생각해온 부분인데, 작은아버지도 예외가 아니었다. 내가 알고 있는 작은아버지 역시 자식들이나 조카들에게 그리 다정한 분은 아니었다. 지금껏 생존해계시지만 돈 한 푼, 말씀 한마디 너그럽게 베푸시는 것을 잘 보지 못했다. 그런데 아버지의 일기장 곳곳에서 지금과 다른 작은아버지의 젊은 시절 모습들을 보면서 아버지에게 품게 된 똑같은 의아심을 떨쳐버릴 수 없었다.

그런데 얼마 전 만난 작은아버지에게서 또 다른 모습을 보았다. 그렇게 지독하게 일만 하시고 돈 한 푼 쓰는 걸 아까워하셨던 작은아버지가 남몰래 기백만 원의 이웃돕기 성금을 여러 번 내셨다는 사실을 알게 된 것이다. 내가 아버지 일기장을 통해 당시에는 어려서 몰랐던 당신의 또 다른 모습과 고민을 발견하고 서서히 아버지를 이해하게 된 것처럼 작은아버지 또한 새롭게 이해되기 시작했다.

8월 12일

어제 대구 갔던 아이들이 7시 반경 돌아왔다. 내내 말만 듣고 가보지 못했던 대구와 달성공원 동물들, 양일간에 걸쳐 구경을 하고 온 이들은 이야기도 많았다. 이러하여 이 마음도 한 번 잘 보냈다는 생각이 들고 기뻤지. 헌데, 학교 공부 아닌 견학도 가끔 가다 다시 시켜야 옳다는 생각이지. 처음으로 가본 대구의 풍경, 호랑이 사자 등 직접 본 느낌, 경북도청과 체육관, 큰 백화점, 봤는 그대로를 이야기 할 때 어느 만큼 실지식 얻었으니 말이다.

이때 이미 아버지는 체험학습의 중요성을 체감하신 듯하다. 달성공원에 갔다 온 자식들이 직접 보고 느낀 사실을 아버지 앞에서 신나게 말하는 모습을 보면서 그 정도라도 체험학습을 할 수 있게 해주었다는 사실에 나름 뿌듯해하신다.

그러면서 아버지는 또 한 번 다짐을 하신다. 앞으로 더욱 열심히 노력해서 자식들이 더 많은 산지식을 체험할 수 있는 여건을 만들어주어야겠다고. 그때는 몰랐던 아버지의 그 세심한 마음을 이제야 깨닫게 되다니!

1974년 10월 10일 맑음

오늘 새벽 5시경 수학여행 간다고 상권이는 집을 떠났다. 그를 보내는 준비로 모든 집사람들은 일찌감치 일어나 그 뒷바라지에 분주했는데, 서울구경을 가게 되는 그로서는 즐거움에 부푼 가슴이고 볼 적에 한 때 학창시절이 좋은 것인가 싶었지.

헌데, 어버이 된 마음으로 여행 중에 조심과 주의를 당부했다. 그리고 마음속으로 별무 유고 없이 재미나고 흥미스러운 여행이 되기 빌어졌다.

상권이는 집에서 부르는 큰형의 이름이었다. 당시 수학여행은 동네뿐만 아니라 전 면(面)이 들썩거리는 중요한 행사였다. 새벽에 출발을 해야 머나먼 수도 서울을 비롯하여 한 곳이라도 더 돌아보고 올 수 있었다. 그래서 면 소재지에 있는 학교나 기차역에서 멀리 떨어져있는 마을의 아이들은 15리, 20리도 넘는 거리를 새벽어둠 속에서 산길을 걸어 나왔을 것이다. 지금 아이들은 상상할 수도 없는 일이다.

아버지 당신은 한 번도 가보시지 못한 서울에 다섯 자식들을 보내며 대리만족을 느끼셨을 것이다. 조금만 더 오래 살아계셨더라면 당시 아버지가 자식들을 수학여행 보내신 것처럼 내가 아버지를 모시고 여행을 시켜드렸을 텐데…. 깊은 아쉬움이 남는다.

졸업식과 아버지

1977년 2월 11일

오늘따라 병진이가 국민학교 졸업을 했다. 생각하니 어제같이 입학했던 일이 그동안 벌써 6년이 지났는가 싶을 때 또 한 번 세월의 흐름이 빠르고 속절없이 느껴진 이 마음 아닌가. 더욱이 몸도 작은 아이가 6년간을 하루도 결석 않고 다녀 개근상을 타서 왔을 때 아버지 된 이 마음으로 하여금 그 놈이 기특하고 장하다는 생각도 들었지.

그리고 새삼 돌아가신 아버지도 생각났다. 기억도 생생한 일이지. 그가 출생했을 당시 세 번째의 손자를 보았다고 마냥 기뻐하시고 이름도 좋은 글자를 골라 불꽃 병자와 참 진자를 하셨던 어른이 아니었던가. 오늘 같은 날에 생존 해 계셨더라면 많이나도 좋아하셨을 일로 미루어 한 번 가신 어른에 대한 추모지정은 가슴에 여한 말 못할 그것이기도 하다.

아, 무상한 인생, 영혼이 있다면 저세상에서 오늘을 기쁘게 여기실까 싶다.

아버지는 내가 초등학교 마지막 겨울방학 때 돌아가셨기 때문에 나의 국민학교 졸업식은 보지 못하셨다. 만약 아버지가 내 졸업식을 보시고 그것을 일기장에 기록하셨더라면 또 한 번 할아버지를 떠올리셨을 것이 분명하다.

아버지는 자식들에게 중요한 일이 있을 때마다 늘 돌아가신 할아버지를 떠올리셨다. 당신의 자식들이 성장하는 모습을 할아버지께 자랑스럽게 보여주고 싶으셨던 것이다. 비단 자식에만 한정되지 않고 집안의 대소사가 있을 때마다 할아버지에 대한 추모지정을 보이시고 그 마음을 반복적으로 일기장에 남기셨다. 그것은 처음에 일기장을 읽는 나로 하여금 식상함을 느끼게 했고 '우리 아버지 또 이러신다' 정도로 그저 아버지의 일상화된 버릇처럼 대수롭지 않게 여겼다. 때로는 지나친 감정의 과장으로 치부해버리기도 했다.

그러나 나도 어느 순간부터, 특히 딸 루다가 생기고 하루하루 자라는 모습을 보면서 아버지에게 꼭 한 번만이라도 루다를 보여드릴 수 있다면 얼마나 좋을까 하는 아쉬움이 불쑥불쑥 치오른다. 서서히 아버지의 마음과 감정을 닮아가고 있나보다.

아버지의 마지막 당부

1978년 12월 28일 맑음

그럭저럭 동지 절후도 지나고 소한을 앞둔 무렵이나 내내 포근한 기온은 그대로. 겨울 아닌 봄 날씨 같아서 지내기는 좋다. 이래서 사람마다 올겨울 날씨는 이상타고 말하고 이 같은 날씨 따라 논밭 보리 싹도 예년과 다르게 생장하여 흡사 이른 봄을 연상케 하는 일이기도 하다. 헌데, 때가 때인 만큼 금년에는 잔치도 많아 마을에서도 총각, 처녀가 여럿 결혼을 했고 우리 집으로서도 친지들로부터 잔치에 오라는 청첩 편지도 몇 장 받았던 일이다. 이는 다른 집도 마찬가지로 큰일 부조 때문에 못 살겠다는 늙은 사람들의 푸념도 들린다. 이제 인간의 숫자도 점점 많아진 추세라 앞으로는 내내 이렇게 될 것이라는 사람들의 말이 옳은지 모른다.

이런데, 우리 집으로서도 딸아이의 나이가 벌써 스무 세살로 이 동유의 마을 처녀들이 몇몇 결혼하고 보니 아비 된 마음도 조바심이 솟는다. 아닌게 아니라 자식을 남의 가문에 보내야 하는 이 심정은 무거운 것으로 친구 따라 금년에 결혼 안 시키느냐고 물을 적에 "해야지"고 대답하기는 하지만 가슴 벙벙한 그것이다. 대관절 어느 곳 어떠한 인간을 택하느냐. 자못 심각한 심정에 잠긴다. 더욱이 딸자식을 출가하여 말없이 살아야 하는 일이라 인심도 두렵고 사람의 마음속은 알 수 없는 일이니 말이다.

한 해가 또 저물고 있다. 과년한 딸은 올해도 그냥 넘긴다. 해를 넘기면 또 한 살을 더 먹게 될 딸을 보며 아버지는 걱정이 태산 같다. 그러나 이듬해에도 아버지는 똑같은 걱정을 하시면서 해를 넘겨야만 했고 끝내 누나의 결혼을 보지 못하고 돌아가셨다. 아니, 오남매 자식 중 그 누구의 결혼도 보지 못하셨다.

아버지가 누나의 결혼에 대해 얼마나 고심하셨는지 알 수 있는 누나의 회고가 있다. 당신이 돌아가시던 바로 그날 아침에 아버지는 누나를 따로 불러다 앉혀놓고 말씀하셨다.

"얘야, 너에게는 늘 미안하다. 그나마 지금 우리 집에 돈이 조금이라도 남아있을 때 시집을 가거라."

마치 그날 당신의 운명을 예감이라도 하신 듯, 돌아가시기 몇 시간 전에 누나에게 남긴 마지막 말씀이었다. 누나가 대답했다.

"아네요, 아버지. 나 한 사람 조금만 더 희생하면 동생들을 공부시킬 수 있잖아요."

아버지의 마지막 당부에 부정적인 대답을 한 누나는 친구가 찾아와 밖으로 나갔고 그 사이 아버지는 운명하셨다. 생각해보면 정말 눈물겨운 부녀간의 마지막 대화였다. 그렇게 아버지는 마지막 순간까지 과년한 딸의 혼사를 가슴의 짐으로 안고 돌아가셨던 것이다.

듬직한 둘째 형

1979년 11월 13일 (가계부)

수학여행 가매 9000원을 주었더니 허약한 아버지를 위해 한약제 율무라는 약을 한 통 2천원 주고 사오고 수건 2개를 1400원에 사왔다. 이러하여 그는 돈도 얼마 쓰지 않았다.

병인 1년간 쓰인 돈 206200원
다른 집 아이들에 비해 정말 절약하게 써 온 일이다. 대체로 우리 집 아이들이 집안일도 많이 도와오고 진실한 편으로 어른들의 말을 잘 듣는 편이라 기특하기 말할 수 없다.

둘째 형 병인은 일찌감치 철이 든 아들이었다. 수학여행 간다고 9천원을 주었더니 자신은 얼마 쓰지도 않고 아버지와 가족들을 위해 선물을 사왔을 때 아버지 마음이 어떠했겠는가? 특히 허약한 아버지를 생각해서 어린 자식이 사온 한약재를 받아든 마음은 얼마나 대견했을까? 아버지가 이때 일을 일기장에 여러 번 기록하신 걸로 보아 많이도 감동스러웠던 모양이다. 이때가 둘째 형이 고등학교 2학년이고 아버지가 돌아가시기 두 달 전이었다.

1979년 2월 18일
아내는 고구마 우엉 돌개(도라지) 끌고 장에 갔다. 일요일이라 병진도 함께 끌고 간 일이다. 그리고 병인은 마구 치고 난 뒤 변소 쳐서 뽕밭에 2번 끌고 간 일이었다. 내가 시키지 않아도 이와 같은 일을 하니 기특하기 말할 수가 없었지. 이제 변소 치는 걱정은 없어져 이 마음이 놓였다.

둘째 형은 우리 네 형제 중 가장 건장한 체력을 가졌다. 그래서 어려서부터 누나와 함께 우리 집안의 농사일을 가장 많이 거든 아들이었다. 어머니가 채소를 팔러 장에 가는 날이면 둘째 형은 어머니의 리어카를 도맡아 끌고 갔고, 아버지 일기에서처럼 학교를 마치면 시키지 않아도 알아서 농사일을 거든 믿음직한 아들이었다. 이날은 일요일이라 셋째 형 병진이 어머니 리어카를 끌고 장에 갔고, 둘째 형은 소똥이 가득한 외양간을 청소하고, 변소의 인분도 말끔히 퍼내어 뽕밭 거름으로 부었다. 그동안 외양간과 변소를 칠 때마다 어렵게 인부를 구하고 그때마다 인건비가 나갔는데 이제 그 일을 성장한 자식이 대신하게 되었으니 아버지는 아들이 심히 대견했을 것이며 자식을 키운 보람도 느꼈으리라.

큰형과 동생들이 상급학교로 진학하면서 집을 떠나 대구로 갔지만 둘째 형은 고향에서 고등학교를 다녔다. 아버지가 돌아가신 후 누나도 시집을 가고 형제들도 떠난 고향집에서 홀로되신 어머니와 함께 그 많은 농사일을 묵묵히 해왔던 든든한 아들, 그가 바로 둘째 형이다.

우리 가족 모두는 둘째 형이 우리 집안의 가업인 농사를 물려받을 것이란 것에 대해 의심의 여지가 없었다. 그러나 지금 둘째 형은 농사를 짓지 않는다. 농사를 지으면 장가가기 어렵다며 누나가 강력하게 설득하는 통에 대구로 나와 삶의 터전을 마련했다. 누나의 주장이 맞아떨어진 것인지는 모르나 형님은 지금 장가도 가고 두 아이의 아버지가 되어 50대를 바라보는 도시의 가장으로 살고 있다. 그러나 언젠가 어머니가 돌아가신 후 시골의 농사를 이어받기 위해 누군가 귀농해야 한다면 그것은 둘째 형이 되지 않을까. 농사를 버리고 도시에서 살아가는 형의 모습을 아버지는 어떻게 생각하실지 문득 궁금해진다.

쟁기질하는 누나

1979년 6월 23일

콩 고라리했다. 식전에 아침 먹고 아내는 소 이끌고 복애가 쟁기질 하여 11시경에 마쳤는데 작금년 일꾼을 못 구해 딸아이가 쟁기질 하게 될 때 이 마음은 눈물겨웠다. 몸 불편한 아비 때문에 고역도 유별나게 겪어오니 말이다. 이와 같은 사정을 생각하면 죄 된 생각 말 못할 이 자신으로 남모르게 아픈 이 가슴 아닌가. 고라리 마치고 와서 쉬지 않고 또 아내와 복애는 작은 집 모심으러 갔다.

누나는 참으로 대단한 여장부였다. 시집도 안 간 처녀의 몸으로 남자 일꾼들도 하기 힘든 쟁기질을 하고 있으니 아버지 마음이 아플 수밖에…. 몸이 불편해 노동력이 없는 당신 탓에 딸이 그토록 고생하고 있다고 생각하니 더더욱 죄스러운 마음이 들었을 것이다.

그 시절 어느 가정이든 이렇게 가족을 위해 헌신하는 식구들이 있어 힘들고 어려운 시절을 이겨낼 수 있었을 것이다. 지금도 현실은 그때와 똑같이 힘들고 어렵지만 가족들에 대한 마음가짐도 그때와 같은지는 한번쯤 되돌아볼 일이다.

1979년 7월 12일

어머니와 아내는 시호와 콩밭 종일 매고 복애는 몸살이 나서 힘을 쓰지 못하고 자리에 눕게 되었다.
농번기가 시작되고부터 내내 힘겨운 일을 해나온 그로서 몸살도 날만한 일이었지. 정말 어지간히도 견뎌왔던 일 아닌가. 또 한번 아비 되어 노력 못하는 때문에 고역을 겪게 하는 죄책감이 솟았다.

1979년 7월 13일

식전에 복애는 병진이 소 끌고 고구마 밭골 서고 아침 먹고부터 비가 내렸다.

아버지의 영농일지는 '아내와 복애'로 시작해서 '아내와 복애'로 끝난다. 어머니와 누나는 어찌 그리 눈만 뜨면 일을 해야만 했는지….

마침내 무쇠 같았던 누나도 쓰러지고 말았다. 그래서 아버지는 또

늘 그러하듯이 반복적인 죄책감을 느끼신다. 하긴 몸살 난 다음 날 또 다시 밭으로 나가야만 했던 누나의 처지를 생각하면 나도 탄식이 나올 지경이다. 집안 형편상 아버지도 어쩔 수 없었을 것이다. 그러니 그 마음은 또 얼마나 안타까웠을까.

한번은 어머니와 누나가 토란 밭에서 일을 하다가 비를 만났단다. 토란 물은 몸에 닿으면 따갑다. 비가 오니 옷에 묻었던 토란 물이 살갗으로 스며들었을 것이고 온몸이 참기 힘들 정도로 따가웠을 것이다. 어머니와 누나는 토란 밭에서 부둥켜안고 엉엉 소리 내어 울었다고 한다. 이토록 모질고 힘들게 살아야 하는 신세를 한탄하는 두 모녀의 몸을 무심한 비는 사정없이 후려쳤을 것이다. 그 혹독한 지난날을 여자의 몸으로 견뎌낸 어머니와 누나를 생각하면 지금도 고맙고 미안할 뿐이다.

어머니는 시집온 열여덟부터 지금까지, 누나는 중학교를 졸업한 열일곱부터 시집갈 때까지 죽어라 농사일만 했다. 또한 증조할머니와 할머니를 포함한 아홉 식구의 가사일까지 두 여인이 도맡아 했으니 요즘 같았으면 가출을 해도 수십 번은 했을 것이다.

아내와 복애 없이 우리 집 농사를 말할 수 없었던 것은, 어머니와 누나 없이 우리 가족 누구도 살아갈 수 없었다는 것을 뜻한다. 아버지의 일기를 통해 아버지를 재발견하는 놀라움도 컸지만 우리 집 두 억척 여인에 대한 재발견 또한 실로 놀라운 것이었다. 가족을 위해 끊임없이 자신을 희생했던 두 여인이 있어 오늘의 우리 가족이 있다고 생각하면 정말 눈물 나게 고맙다. 하지만 두 여인을 생각하면 한없이 애처로운 마음이 든다.

아버지가 돌아가시면서 '아내와 복애'의 기록도 자취를 감추었고 복애가 시집을 간 뒤로 환상의 복식조도 깨어졌다. 이후 어머니는 얼마간 둘째 형과 혼합 복식조를 이루어 농사를 지으셨다.

1972년 할머니의 회갑 잔치

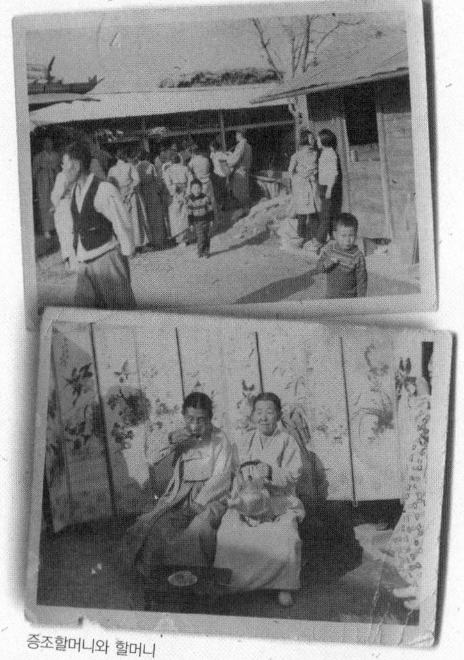

증조할머니와 할머니

3장

어머니의 스웨터

재작년 봄 어느 날, 이른 아침에 엄마(나는 아직 이 호칭이 좋다)에게서 전화가 걸려왔다. 잠에서 채 깨어나지도 않은 상태로 전화를 받은 나에게 엄마는 몸이 자꾸 떨리고 얼굴이 화끈거리며 어지럽다고 하셨다. 그래서 큰 병원을 가봐야겠다는 것이었다. 시골에서 농사를 오래 지어온 연로한 어머니들이 대부분 그렇듯이 우리 엄마도 무릎이 아프다거나 몸이 저리고 머리가 아프고 잔기침을 자주 한다든지 하는 소소한 지병들을 갖고 있었다. 그때마다 시골에 있는 병원에서 처방 받은 약으로 계속 견디어왔고 엄마뿐 아니라 다른 노인분들도 비슷하게 가진 증상들이라 으레 그러려니 해왔다.

우리 오남매도 때때로 엄마의 지병에 괜찮다는 약이나 약재들을 해드리기도 했고 가끔씩 병원에도 모시고 가서 진료를 받게 해드렸다. 그럴 때마다 엄마의 반응은 대개 "뭐하러 이런 걸 사 오느냐?"나 "병원 안 가도 개안타" 라고 하시며 소극적인 태도를 보이셨다. 그런데 이렇게 엄마 스스로 대구의 큰 병원에 가보고 싶다고 한 것은 이례적인 일이었다. 갑자기 잠이 확 달아났다. 뭔가 예전과는 확연히 다른 예감이 들었다.

다른 날 같았으면 퇴근하고 저녁 때 한번 내려가보겠다고 했을 것이지만, 그날은 전화를 받자마자 출근을 포기하고 엄마한테 달려갔다. 그때부터였다. 정말이지 엄마가 예전과는 분명히 다른 모습을 보이기 시작하셨다. 당신 몸의 이상을 반복적으로 말씀하시면서 치료를 요구하셨다. 신경과, 호흡기내과, 순환기내과, 심장내과, 안과를 두루 돌며 갖가지 검사와 진료를 했지만 의학적으로 명확한 이상 증세는 발견되지 않았다. 그러자 엄마는 동네의 누군가가 'CT나 MRI 촬영을 해보면 원인을 알 수 있다고 했다'며 전에 없이 여러 사람의 말을 옮기시기에 그 검사도 받게 해드렸다. 그러나 이상 증세는 발견되지 않았다. 나중에는 정신과까지 가서 진료를 받았지만 엄마의 증세는 크게 호전되지 않았다. 우리 오남매는 결국 '마음의 병'이라고 결론을 내릴 수밖에 없었다.

엄마의 가장 큰 변화 중 하나가 바로 무기력 증세였다. 그 어떤 것에도 관심과 의욕을 보이지 않으셨다. 모든 걸 귀찮아하셨다. 그러면서도 늘 불안해하고 어느 곳에도 오래 머무르지 못하셨다. 그래서 다시 시골집에 모셔다드리면 또 금방 자식들에게 전화를 해서 몸의 이상을 호소하셨다.

아버지가 돌아가신 후 이제껏 홀로 우리 오남매를 키우시면서 그야말로 억척스럽게 살아오신 엄마에게서 예전에는 한 번도 본 적이 없던 모습이었다. 당황스러웠다. 어떻게 해야 할지 방법을 찾을 수가 없었다. 자식들 집으로 모셔올 수도, 고향집에 혼자 계실 수도, 그렇다고 누군가가 내려가서 함께 있을 수도 없는 상황이라 자식들 모두 난처하지 않을 수 없었다. 뾰족한 수가 없었다. 엄마는 여전히 살아오신 그대로 지금도 시골에 혼자 계신다.

아버지는 노동력이 없는 불편한 몸을 가지고 계셨다. 그 원인을 명확히 아는 사람은 없었다. 일종의 소아마비 증세였던 것으로 추측만 할 뿐이다. 살이 하나도 없는 야윈 몸이었고 한쪽 다리를 약간 절었다. 그런 남편과 살아야 했던 엄마는 그야말로 강하고 억척스럽지 않으면 안 되었다. 아버지가 살아계실 때는 시누이들까지 열 명도 넘는 식구들의 수발을 들면서 노동력이 없는 아버지를 대신해 그 많은 농사를 지으셨다. 그리고 아버지가 돌아가신 후에는 남겨진 오남매를 키우기 위해 또 얼마나 절박하고 다급한 삶을 사셨던가.

엄마는 농사일 외에 좋아하는 일이 없다. 특별히 좋아하는 음식도 없다. 엄마 자신이 좋아하는 무언가를 가진다는 것이 당신에게는 일종의 사치로 여겨졌을 것이다. 그런 것이 오히려 지금의 엄마를 지독한 무기력 증세에 빠뜨린 것인지도 모른다. 아버지가 살아계셨거나 돌아가셨거나 변함없이 계속되었던 기나긴 인고의 세월, 그것을 녹여내고 풀어낼 방법이 엄마에겐 없었던 것이다. 또래 할머니들은 술도 한 잔씩 하고 노래도 부르고 춤도 추면서, 혹은 옆에 있는 영감에게 푸념이라도 늘어놓으면서 고달픈 인생의 맺힌 부분들을 조금씩이나마 푼다지만, 우리 엄마는 전혀 그러시지 못했다.

어쩌면 지금이야말로 자식들 다 장성하여 무난히 일가를 이루고 나름대로 호구하며 살아가고 있으니 농사를 지어도 그만, 안 지어도 그만, 별 걱정 없이 여생을 즐기면서 보낼 수도 있는 상황인데, 엄마는 즐기는 방법 자체를 모르시는 것이다. 시부모님을 모시고 자식을 키우며 농사를 짓고, 남편과 산 시간보다 더 기나긴 세월 홀로 살아오면서 가슴속에 맺힌 화와 한이 얼마나 많았겠는가? 그 풀어내지 못한 회한이 이제 와서 몸과 마음으로 한꺼번에 터져 나오니 엄마 스스로도 감당하기 어려운 것이리라.

엄마는 평생을 쉬지 않고 일하셨다. 아니 쉴 수가 없었으니 쉬는 법도 모르셨을 것이다. 그것이 인처럼 몸에 배어버렸다. 3년 전, 마치 남겨진 숙제를 해결하기라도 하듯이 오남매가 돈을 모았고 내가 엄마를 모시고 중국으로 여행을 다녀온 적이 있다. 엄마는 여유로워야 할 여행에서도 내내 급하셨다. 식사 시간에도 맛을 음미하기보다는 마치 빨리 먹어치워야만 하는 것처럼 급하게 드셨고 화장실을 갈 때도 바지를 내리며 들어갔다가 바지를 올리며 나오셨다. 그러지 말고 천천히 하시라고 몇 번이나 당부를 했는데도 절대 고쳐지지 않는 습관이었다. 그 습관은 일이 있거나 없거나, 자식들 집에서 며칠이라도 머물

라치면 가시방석 위에 앉은 것처럼 불안해하는 마음으로 나타났다. 그래서 다시 시골에 가시고 새벽부터 일 나가는 남의 집 경운기 소리라도 들리면 당신이 힘에 부쳐 그냥 묵히고 있는 땅들이 아까워 안절부절, 심리적으로 불안 증세를 보이기도 하신다.

그동안 우리는 엄마에게 늘 반찬거리를 받아먹던 처지였는데, 얼마 전에는 아내가 정구지 김치를 직접 담아 나에게 내밀었다. 어머니께 갖다드리라는 것이었다. 가는 길에 쇠고깃국도 한 그릇 사서 고향 집에 도착했을 때는 이미 밤 아홉 시가 넘어있었다. 문풍지 사이로 희미한 불빛과 TV 소리가 새어나왔다. 조용히 방문을 열어보니 그동안 지독한 불면 증세를 보이시던 엄마가 내가 온 줄도 모르고 곤히 잠들어 계셨다. 가져간 정구지 김치와 쇠고깃국을 머리맡에 조용히 내려놓고 나오다가 문득 돌아본 엄마의 모습에 그만 울컥하는 것이 올라오고 말았다. 자동차를 몰고 돌아오는 길 양 옆으로 모내기를 끝낸 논에서 마침 개구리들이 모질게도 울고 있었다. 나도 서럽게 울면서 차를 몰았다. 울음이 성에 차지 않아 팔공산을 넘어오는 산마루에서는 아예 차를 세워놓고 한참이나 소리 내어 엉엉 울어버렸다.

우리 오남매에게 어떠한 힘든 상황에서도 "나는 개안타, 나는 개안타"를 입버릇처럼 되뇌이시던 우리 엄마가, 그래서 언제까지고 괜찮을 줄로만 알았던 우리 엄마가 몸과 마음이 급격히 쇠약해지시면서 자식들의 마음에도 자꾸만 슬픔의 그림자가 드리워지고 있다.

아버지의 걱정

1972년 12월 23일 맑음

그는 추운 날씨에도 불구하고 밭에 나가 우엉을 캐오고 마구도 치고 본 어제날이었는데 오늘 또한 차가운 날씨를 무릅쓰고 고구마와 우엉을 팔려고 장에 갔다 왔다. 바로 이 사람이 다른 사람 아닌 아내 된 그이로 나로서 아니, 남편 된 입장으로 구실 다하지 못하는 죄의식과 미안감이 솟고 보는 일 아닌가. 그리고 학교길 통행하는 어린 것들이 돌아오기까지 못내 염려되는데 이것도 아비 된 마음인지 항상 염려이고 볼 일이다. 즉 그 어린 것들이 어떻게 다녀오는지 또한 큰 못을 지나는 길손이라 철부지로 동무끼리 위험한 장난은 안하는지 허술한 옷과 헤어진 신발 되어 다른 집 아이보다 추위에 더 떨지는 안하는지 이래저래 마음이 안 놓이고 보는 일이다. 그리고 모든 것이 안타까운 정인 나는 이 자신으로 다하지 못하는 책임 때문이다. 이래서 늙으신 할머니의 심정은 어떤지 어머니의 마음속에는 어떤 불만이 있지는 않은지 싶은 마음도 있다. 이런데 오늘만 해도 영하의 날씨로 방안에 있어도 몸과 마음 떨렸는데 그는 몇 백 원 돈 장만한다는 의욕으로 리어카를 끌고 장에 간다고 나섰지. 북풍을 안고 오르막길 힘겨울 것을 생각하여 못가도록 굳이 말렸으나 기어코 갔다. 이래서 늦게야 돌아온 추위에 질린 그 모습 아니었나. 살림을 위하고 돈을 생각하는 이력이 갸륵하고 고마운 일이지. 허나 내 마음속은 어딘가 남편 되어 떳떳한 이력 못하는데 기인한 의식이 들어 편치 안한 일이었다.

추운 날씨에 장에 간 아내, 학교 간 아이들, 모시고 있는 당신의 어머니와 할머니에 대한 가장의 염려와 걱정이 깊이 담겨있다. 그러면서 온전한 구실을 하지 못하는 스스로에 대한 자책과 가족에 대한 미안한 마음도 서술하셨다. 이래저래 한 가족을 이끄는 가장의 어깨는 무겁고 부담은 크다.

아내는 영하의 추위를 무릅쓰고 온종일 밖에서 떨면서 채소를 팔고 있다. 아이들의 등하교 길에는 큰 저수지가 있어 혹시나 친구들과 얼음을 지치며 장난을 치다가 잘못하면 익사를 할 수도 있다. 비록 따뜻한 방 안에 있지만 아버지의 몸과 마음은 밖에 있는 어머니와 아이들만큼 떨고 있다. 일을 하거나 쉬거나 놀 때도 가족에 대한 걱정과 염려로부터 온전히 자유로울 수 없는 존재가 바로 가장인 것이다.

일기장을 보면 나의 아버지는 내내 그렇게 가족들에게 미안한 마음을 품고 사셨던 것 같다.

1973년 8월 27일 맑음

벌써 아내가 몸 아프다고 괴롭게 누워서 지내게 된지도 여러 날 된다. 이래서 집안사람들은 걱정을 하지 않을 수 없는 일로 이 동안 몇 차례 신약도 먹고 탕약도 몇 첩 지어 먹었으나 별 효과 못 봤다. 대관절 무슨 병세인지 머릿

속이 아프고 정신이 휘황하며 식욕도 없어진 그이고 볼 때 자못 답답하고 애되는 일이 아닌가. 약방 사람들은 "영양실조다." 또는 "신경과민에서 일어난 병이다."고 했지. 헌데 어느 진단이 옳은 말인지. 사실 무릇 병이란 들고 보면 쉬이 치료 안 되는 일이지만 그래도 오늘날 지금까지 크게 몸 괴롭다고 자리에 누운 적이 드물었던 이 사람이 이번에는 이만큼 여러 날 끌고 있으니 은근히 걱정도 되는 이 마음이다. 이러하여 어느 약이 맞을지 모르니 마음 기울어지는 대로 약을 써 보자고 권고해도 곧 괜찮지 싶다고 그대로 그 날 저 날 지내 보내고 있으니 불안한 마음이 가셔지는 일 안 된다.

아닌게 아니라 집안에 우환이 있고 보면 걱정이 따르고 또 내내 잘 아프지 않았던 사람이 아프다고 할 때는 애가 태워지는 일이 아닌가. 말이 났으니 말이지만 그 대로는 노력과 활동도 어지간히 하고 의욕도 꿋꿋하게 지낸 그가 아프다고 하니 하루속히 완쾌되기를 빌어지는 마음, 간절한 일이라 하겠다.

어머니는 집안의 기둥이셨다. 다섯 남매의 어머니고 증조모와 할머니를 모시는 며느리며 허약한 남편을 돌보는 아내였다. 그리고 무엇보다 그 많은 농사일을 도맡아 하는 농사꾼이었다. 아마도 그해 여름 지독한 가뭄과 폭염이 어머니의 몸과 마음을 더욱 힘들게 했을 것이다. 단순히 아내가 아픈 정도의 문제가 아니다. 집안의 기둥이 아프다. 당연히 아버지의 걱정은 클 수밖에 없었을 것이다.

지금 나의 어머니가 다시 아프다. 그리고 한없이 나약한 모습을 보이시고 있다. 지금까지 소소하게 아픈 적은 있었지만 지금처럼 심신이 급격히 쇠약해지신 적은 없었다. 일기 속의 아버지처럼 지금 우리 오남매는 어머니가 걱정스럽고 염려스럽다. 우리도 여러 가지 진료를 받게 해드렸지만 별 효과가 없다. 이제껏 강하고 억척스러웠던 어머니의 모습으로 하루빨리 되돌아오기를, 당시 아버지가 간절하게 빌었던 마음처럼, 우리 자식들의 마음도 간절하다.

어머니의 충고

1973년 8월 31일 때때로 구름

너무 깔끔하고 딱딱한 내 성질은 또 예민하고 과격한 편이다. 이러니 조금 별난 셈으로 언짢고 못마땅한 일 있으면 기어이 캐고 따지어야 직성이 풀린다. 이렇기 때문에 무슨 계획한 바 일이 있으면 직각 서둘러 해 치워야 속이 편하고 마음이 놓이지. 안하고 보면 그 일에 대한 신경으로 괴롭기만 한 마음이다. 이와 같은 내 개성이 어찌 생각하면 단정적인 것으로 흐리멍텅한 성품의 인간 보다는 옳은 것인지 모르나 대체로 보는 마당에는 유하고 화한 성질이라고는 할 수 없는 일 아닌가.

사실 형성된 개성이란 백인백색으로 흔히 마음을 고쳐라, 개정을 해야 한다고 하지만 천성은 고치기 어려운 노릇이 아닐까. 이러나 나쁜 성질과 버릇은 마땅히 고쳐야 옳은 것이다. 우리들 사람으로 하여 다른 사람을 보고 느끼고 깨우쳐 내 마음 내 행동의 그릇된 구석을 안 고치면 어찌 될 일인가. 이래서 나는 개과천선하는 인간 되려고 무척 힘을 쓰고 나 아닌 다른 사람들의 이력을 유심히 살피는 가운데 취사선택한다.

헌데, 어제 저녁에 아내 된 사람으로 나는 나무람을 당했다. 말인즉, 너무 과격한 성격을 고쳐야 한다고. 그리고 자식들에 대해서도 조금만 못마땅한 일 있으면 울화증을 내고 심한 욕설을 하는 습성은 아주 나쁘다고. 어느 정도 부드럽고 순하게 타이르는 설득이 버릇과 행동을 고치는데 효력이 더 할일 아니겠느냐는 말. 나는 이러한 소리를 듣고 한갖 충고가 됨을 느꼈다. 사실이지 이 자신의 성질이 성질인 만큼 사소한 일에도 집안사람들에게 기성을 부리고 울화증을 잘 내는 내가 아닌가. 비록 여자의 말이지만 지당한 충고로 여겨져 시정하고 개정코저 생각을 갖게 된 일이다.

생각하면 집안사람에게 뿐 아니라 여타인에게도 그 무슨 틀린 일 있으면 기어코 시비를 가려야 직성이 풀리는 일이었다. 이와 같은 일이었던 만큼 나를 아는 사람들은 비교적 딱딱하고 깔끔한 개성으로 보아오는 줄 안다. 이제부터 먼저 집안사람들에게 순리적으로 지내는 인간이 될 생각이고 대인상종에 있어서도 이해와 아량을 베푸는 인간 되려고 작정한다. 더욱이 벌써 연령이 40대 중반에 이른 인생인지라 나이에 값하는 언행을 아니치 못할 일 아닌가. 점차로 생속을 색이고 어디까지나 너그럽고 부드러운 인간성이 되는 마음의 노력 말이다. 이래서 오늘 이 시간도 눈을 감고 자신의 인생을 반성해

보면서 지난날의 온갖 일들을 되새겨 보는 가운데 보다 참되려는 명상에 잠기고 있는 바이다.

마침내 참다못한 어머니가 아버지에게 한마디 하셨던 모양이다. 아버지의 일기장엔 이와 비슷한 반성이 여러 번 나온다. 그러나 아버지 스스로 진단하셨듯이 그 성격이 하루아침에 고쳐지는 것이 아니다. 아버지를 알고 있는 사람들이 '딱딱하고 깔끔한 개성'의 소유자라 생각했듯이 내가 알고 있는 아버지 또한 그러하다. 거기다 무섭고 엄하기까지 한 사람이 아버지였다. 요즘 시쳇말로 하자면 아버지는 '참 피곤한 스타일'이었던 것이다. 그런데 아버지도 이미 당신 성격의 단점을 다 알고 계셨고 늘 고치려고 노력했다는 사실을 그때 우리들은 조금도 몰랐다.

그렇다면 아버지의 피를 이어받은 나의 성격은 어떨까. 나도 아버지처럼 곰곰이 되짚어보았다. 내 속에도 아버지와 같은 짜증과 울화가 끓고 있다. 그러나 나는 아버지처럼 겉으로 자주 분출시키지는 못한다. 물론 아내와의 결혼생활 동안 가끔씩 순간적으로 짜증과 화가 치밀어 소소한 다툼이 있기는 했다. 돌이켜보면 화를 낸 이유조차 잘 기억나지 않는 것이 대부분이다. 아주 평범한 대화를 하다가도 아내가 나의 대답을 강요한다든지 어떤 반응을 채근하고 있다는 생각이 들면, 순간적으로 화가 나서 소리를 버럭 지르고 만다. 그리고 금방 후회를 하지만 사태는 이미 돌이킬 수 없는 상황이 되어버린다. 그것이 결국 부부간에 좋지 못한 결과로 귀결되는 경험을 여러 번 겪으면서 스스로 자제하고 조심할 수밖에 없었다. 무엇보다 순간적으로 화를 낸 이후에 닥쳐오는 아내와의 서먹하고 불편한 분위기를 견딜 수 없었다. 아내를 이길 수 없다면 순간의 화를 참는 것이 얼마나 중요한 것인가 하는 교훈을 모든 남편들에게 말해주고 싶다.

그리고 그때와는 위상이 많이 변해버린 오늘날의 아버지와 남편들이 아버지 세대처럼 자신의 감정을 함부로 표현할 수 없게 된 것도 현실이다. 오히려 자식들이나 아내의 불만과 잔소리를 감내하며 살아야 하는 아버지나 남편들이 더 많지 않을까?

아버지는 부지런했지만 나는 게으르다. 아버지는 어떤 일을 하든 집요했지만 나는 어려움을 느끼면 쉽게 포기해버린다. 아버지는 꼼꼼하고 치밀했지만 나는 대충대충 묻어버린다. 아버지는 목표를 정하고 매진했지만 나에게는 방향만 있을 뿐 목표 같은 건 없다. '딱딱하고 깔끔한 개성'을 소유한 아버지의 아들답지 않게 나는 대체로 우유부단하고 맺고 끊음이 불분명하다. 결과적으로 나는 아버지와 닮은 구석이 별로 없는 듯 보인다.

그러나 일기장을 읽어오면서 나와 우리 가족이 알고 있던 아버지의 성격과는 달리 겉으로 드러나지 않았던 또 다른 아버지의 모습에서 나를 발견하게 되었다. 놀랍게도 내가 이제껏 살아오고 지금 현재의 나를 존재하게 한 것이 어쩌면 나와 아버지가 동일하게 가진 기질 때문이었는지도 모른다는 생각이 들었다.

비록 농사를 짓고 있기는 했지만 수십 년간 써오신 일기를 보면 아버지가 얼마나 글쓰기에 열중하셨고 그것에 대한 당신의 재능이 얼마나 탁월하셨는지를 알 수 있다. 그리고 그 일기 속에 쓰인 사물과 일과 세상의 모든 것에 대한 세밀한 표현력과 섬세하고 여린 감성의 묘사들은 아버지가 충분히 글쟁이로서의 소질과 기질을 갖고 있었다는 것을 보여주었다.

나도 한때 문학의 열병으로 홍역을 앓은 적이 있다. 대학 때는 신문사 문학상을 수상하기도 하고 신춘문예에 수차례 응모하기도 했지만 큰 재능을 발휘하지는 못했다. 하여간 나는 글재간(편의상 이렇게 표현하자)을 기반으로 광고회사에서 카피라이터라는 명함을 달고 사회에 첫발을 내디뎠다. 그리고 영상 일을 하는 지금까지도 지속하고 있는 나의 밥벌이 수단이 바로 글재간이다. 그리고 수년간 운영해온 블로그도 나의 글재간이 그 근간이 되었고, 마침내 아버지의 일기장을 책으로 펴내겠다는 당돌한 꿈을 갖고 지금 이 순간에도 글쓰기를 하고 있는 것이다.

아버지와 나는 너무나 다르지만 또한 너무나 닮아있다. 그 사실을 이제야 깨달아가고 있다. 이렇게 우둔한 건 아버지를 안 닮아도 너무 안 닮았다.

장에 간 어머니

1973년 8월 3일 오전까지 비

비가 내리는 날씨 속에 아내 된 사람은 정구지, 당근, 가지 등 채소를 이고 장에 갔다. 우비도 없이 가고 본 일이라 옷을 적실 염려가 되었지. 그리고 몇 푼어치 안 되는 그것 판다고 궂은 날에 공연한 애를 먹지는 않는가 싶기도 했다. 헌데, 뜻밖에도 오후 되어 일찌감치 돌아 온 아내, 오늘은 예상외로 잘 팔리어 돈도 그대로 손에 쥐어진 일이었다고. 그 기분은 좋은 것 같았다. 그리고 볼일도 빠진 물건 없이 해온데 나는 마음속으로 고맙게 여겨진 일 아닌가. 이리하여 이제 한 가정의 주부 구실을 할 만큼 하게 된 사람이로구나. 여겨져 그를 한 번 바라 본 나다.

아닌 게 아니라 이 사람이 빗나가는 인간 되어 가정이 안 편하고 부부 된 정도 안 솟는 일 될까봐 은근히 염려도 됐던 일을 상기하니 오늘의 나는 이만하게 다행인가 싶은 자부심에서 솔직히 말해 속으로 기쁘기도 하지. 오늘만 해도 허약한 남편의 보신을 위해 토끼고기 한 마리를 사오고 발에 맞는 나의 고무신, 라디오 약, 반찬 할 고등어와 갈치, 수박, 설탕 등을 채소 팔아 사 왔으니 말이다.

1973년 8월 한여름, 어머니 나이 서른여덟. 종갓집 종부로 시집온 어머니는 평생 아침에 눈 뜨면 잠자리에 들 때까지 농사일만 하셨다.

그리고 장날만 되면 채소를 팔기 위해 하루도 빠짐없이 장에 나가셨다. 이날도 비가 오는 가운데 어머니는 장에 가셨고 아버지는 우비도 없이 장에 가신 어머니를 걱정하셨다. 다행히 어머니는 채소도 다 팔고 아버지를 위해 토끼 고기까지 사오셨다. 당시 갖고 가신 채소를 다 팔아봐야 2천 원에서 3천 원 남짓 되었을 것이다.

사실 어머니가 장에 가시면 집에서 어머니가 돌아오기를 애타게 기다리는 사람은 아버지뿐만이 아니었다. 일기 마지막 부분에 적힌 것처럼 어머니가 사오시는 여러 가지 물품에 그 이유가 있다. 특히 아버지는 당시 동네에서는 드물게 트랜지스터 소니 라디오를 가지고 계셨다. 시골에서 세상 소식을 바로바로 들을 수 있는 라디오는 아버지에게는 소중한 보물이었다. 라디오 배터리가 다 되거나 고장이 나면 어머니가 장에 나가 그 문제를 해결해주셨던 것이다. 그뿐 아니라 라이터 기름이나 라이터 돌 등, 아버지가 요긴하게 필요했던 물건들도 장날 어머니를 통해 공급되었다. 그리고 어린 나와 형제들은 어머니가 들고 올 여러 가지 먹을거리들을 간절히 기다렸다.

한번은 내가 배탈이 나서 아무것도 먹을 수 없는 상태였는데 장에 갔다 오신 어머니가 수박을 사오셨다. 내 배를 걱정한 어른들이 수박을 먹지 말라고 했지만 나는 좀처럼 오지 않을 그 기회를 놓치기 싫어서 배가 아프지 않다고, 우겨서 수박을 먹었던 기억이 난다. 증조할머니나 할머니가 오랜만에 생선 반찬을 드실 수 있는 날 또한 어머니가

장에 갔다 오신 날이었다.

1974년 12월 13일 비

새벽부터 비가 내리어 한때는 진눈깨비도 같이 날린 험상궂은 날씨였다. 이래서 장에 가려고 어제부터 말했던 아내는 장이 안 되겠다고 그만 주저앉더니 또 마음을 달리 하여 고구마와 시금치 우엉 등을 한보따리 이고 집을 나섰다.

생각건대 장날마다 그 얼마씩 장만해 온 재미라 용기를 내어 궂은 날씨 무릅쓰고 가는구나 싶었다. 헌데, 저녁 무렵 몽땅 처분하고 왔는바 그래도 이천백 여원이 장만해 졌다고. 이러하여 그 사람의 갸륵한 마음씨를 느끼고 더욱이 남편 된 나를 위해 토끼고기 한 마리까지 사온지라 마음깊이 고마움의 정을 느꼈다.

참으로 나의 어머니는 대단한 분이었다. 한겨울, 그것도 비와 진눈깨비가 내리는 날에도 기어이 장에 가셨다. 그리고 아버지 몸보신하시라고 토끼 고기까지 사오셨으니 어찌 아니 고마우랴. 그러나 아버지는 어머니에게 그런 마음을 다정다감하게 표현하시지는 않았을 것이다. 물론 우리가 모르는 두 사람만의 다정한 교감들이 있었을 수도 있지만….

어머니가 그 힘든 날들을 묵묵히 견디어왔던 것을 보면, 그리고 아버지를 위해 토끼 고기를 사오신 것을 보면 어머니를 생각하는 아버지의 마음이 전해졌던 게 아닐까.

가슴 아픈 자장면 한 그릇

1974년 8월 28일 차차 흐려져 비

한 푼 돈이라도 장만하려고 끈기 찬 의욕으로 노력하는 아내 된 사람의 이력은 장하고도 놀라운 일이나 한편으로 생각하니 그렇게 안 그래도 그럭저럭 살아갈 오늘의 환경으로 여겨져 나는 가끔 너무 그러지 말라고 그 사람에게 말을 한다. 사실 안팎일이 다른 집보다 더 많은 그이로 장날 따라 채소 등을 팔러 가게 되니 한층 그 마음이 복잡하고 몸도 괴로운 일이 되니 보는 이로 하여 안타까운 정도 솟지 않는가.

더구나 해 저물게까지 돌아오지 않을 때 집에 있는 사람들의 마음도 애가 되어 편하지가 않으니 말이다. 지난 장날만 해도 오후 3시 반경 무렵부터 줄기차게 비가 내려져 장에 간 그이가 궁금케 여겨졌지. 이런데 멈추지 않고 비는 쏟아지는데 사방이 어두워도 돌아오지 않았다. 이리하여 조모님께서도 애태우시고 나로서도 무슨 유고인가 싶어 걱정이 되었다. 이랬더니 저녁 먹고 난 뒤에서야 대문으로 들어섰다. 그제야 마음이 놓였지. 헌데, 오늘 장날도 또 갔다. 지금 이 시간 비가 내리고 있는데 오지 않으니 또한 애가 되는 이 마음으로 초조히 기다려지는 일이다.

평상시에는 농사꾼, 장날에는 채소장수, 그렇게 어머니는 평생을 고생하셨다. 아버지는 그런 어머니를 늘 안쓰러워만 했지 결코 그 고생을 그만두게 하지는 못하셨다. 돌아가시는 그날까지, 아니 아버지가 돌아가시고도 어머니는 홀로 오남매를 키우시느라 그 고생을 멈출 수 없었다. 어머니의 고생을 어찌 말로 다 표현할 수 있겠는가.

시장에서 채소장사를 하신 어머니를 떠올리면 나에게도 잊을 수 없는 기억이 하나 있다. 학교가 파하기 무섭게 시장판의 어머니께 달려가서는 떼를 써서 몇 십 원을 받아내고 그 돈으로 군것질하는 재미에 장날은 마냥 신나는 날이었다.

한번은 제법 무리수를 던졌다. 자장면을 사달라고 조르기 시작한 것이었다. 달래기도 하고 화를 내보기도 했지만 막무가내인 막내아들의 성화를 이기지 못하고 결국 어머니는 시장 입구에 있는 중국집으로 나를 데리고 가 자장면 한 그릇을 시켜주셨다. 나는 그야말로 게 눈 감추듯이 순식간에 그릇을 비워버렸다. 그때까지 어머니는 내 맞은편에 앉아서 내가 먹는 모습을 물끄러미 바라보고만 계셨다. 아, 당신은 하루 종일 아무것도 드시지 않았고, 당신이야말로 자장면 한 그릇이 간절히 드시고 싶었을 텐데…. 내가 조금이라도 철이 든 놈이었다면 그 자장면을 다 먹지 않고 조금은 남겨드렸을 텐데, 그때는 정말 몰랐다. 성인이 거의 다 되어 이날의 추억을 회상하다가 어느 순간 불에 덴 듯 화들짝 놀라며 뒤늦게 깨우친 것이다.

요즘도 시장이나 길에서 채소를 팔고 계시는 할머니들을 보면 내 어머니의 모습이 겹쳐 보이는 듯하다. 그리고 가끔씩 시켜 먹는 자장면을 보아도 어머니가 생각난다.

당시 우리 오남매에게는 퍼내어도 퍼내어도 자꾸만 뭔가를 내놓는 화수분 같은 존재, 그것이 바로 어머니였다.

부모님의 결혼기념일

1977년 1월 24일

음력으로 오늘이 섣달 초엿새 날. 둘째 놈의 생일이고 또한 나의 결혼기념일이라 감계가 무량했다. 그러니까 어느덧 세월의 흐름으로 23주년을 맞고 본 날이 아닌가.

생각하니 오늘날 지금까지 갖가지 괴롭고 안타까운 고비를 지내왔던 그동안의 일들이 새삼 머릿속에 떠오르고 더욱이 그 때의 환경. 어렵고 딱한 처지여서 이 자신 결혼생활의 길손에 어떠한 탐탁치 못한 일도 겪을까 싶던 염려도 있었던 사실이 아니었던가. 과연 세월은 속절없이 빠르고 많이도 흘러간 것이지. 벌써 이 나이 48세의 중년 인생이 되고 그 당시 열여덟의 아리따운 새색시였던 아내는 41세가 된 중년 가정부인이 되어 그와 나 사이에 얻어진 자식이 딸 하나에 아들 넷이 된 일 아닌가. 이리하여 부모노릇 한다고 이들 뒷바라지에 안간힘을 기울이고 있으니 때로는 우습기도 하다. 하지만 그래도 그 당시보다 살림도 많이 늘어나고 크게 걱정 없는 생활이 된지라 이날을 맞은 오늘의 이 심정은 자못 기쁘고 감개가 무량한 일이라 하겠다.

지금으로부터 34년 전, 아버지는 당신의 결혼 23주년 기념일에 대한 감상을 기록하셨다. 음력 섣달 초엿새 날. 이날은 또 둘째 형의 생일이기도 했다. 하지만 공교롭게도 3년 후 바로 이날, 아버지는 세상을 떠나신다. 그러니까 이 음력 섣달 초엿새 날이 당신의 결혼기념일이자 둘째 아들의 생일이며, 또한 당신의 기일이 되어버린 것이다. 당시 41세로 중년의 가정주부였던 어머니는 이제 70대 중반을 넘어선 할머니가 되셨다. 아버지 말씀처럼 과연 세월은 속절없이 빠르고 많이도 흘러가버렸다.

지금도 우리 식구는 이날이 되면 제사상을 차려놓고 애석한 마음으로 아버지를 추모하다가, 제사상을 물리고 나면 케이크를 자르고 떠들썩하게 둘째 형의 생일을 축하하는 촌극을 연출하기도 한다. 그런데 아무도 어머니 아버지의 결혼기념일은 의식하지 못했던 것 같다. 돌아오는 아버지 기일에는 두 분의 결혼기념일에 대한 축하도 곁들여야겠다는 생각이 든다.

아버지의 기다림

1979년 1월 13일 맑음

내내 포근했던 날씨가 간밤에는 뜻밖으로 눈이 내리고 오늘의 기온은 매우 차가워 세찬 눈바람은 겨울을 느끼게 했다. 이러하여 여태까지 지내기 좋았던 날씨가 다시 그립고 혹독한 추운 날이 계속 되려는가 싶어 은근히 두려운 마음도 솟았던 일이었다. 이랬지만 오늘따라 장날이라 아내는 식전부터 서둘러 일찌감치 고구마와 돌개, 우엉을 끌고 둘째 놈과 장에 갔다. 방안에 앉아도 몸이 떨린 일이라 장에 가지 않았으면 싶은 생각이었으나 매양 장날마다 가게 된 그 사람으로 한 푼이라도 장만해 볼 의욕으로 떠나고 보니 정말 안타까운 정도 솟았다. 뿐만 아니라 아무런 불평 없이 함께 끌고 가는 둘째 놈도 기특하였다.

날씨는 점점 심하게 불어온 바람이라 집에 있는 이 마음으로 하여금 장에 간 사람들이 애가 되었는데 돌아온 둘째 놈이 오늘 장에는 사람도 별로 없더라고 전해 더욱 애 된 마음이었지.

이런데, 그래도 아내는 두 아이의 축구화를 사 보낸 일이 아닌가. 한 켤레에 2500원씩 하는 엄청난 값인 신을 말이다. 이러하여 나는 자식을 위한 어머니의 마음을 감탄한 일이었다. 사실 그이로 하여 돈 장만하는 고역, 생각하면 이만큼 비싼 신을 살수는 없는 일이다. 이렇지만 벌써부터 한 켤레 신어보고 싶어 해 온 그들이었는지라 어머니 된 마음으로 안타깝게 여겨진 일인가 싶었다. 그리고 신을 사게 된 두 놈도 좋아라고 기뻐했을 적에 그동안 동무들이 신고 있는 그 축구화가 얼마나 신고 싶었던 심정이었음을 알 수가 있었다. 이러하여 어버이 된 이 자신으로 여태까지 안 사줬던 죄 된 마음이 솟았고 앞으로는 천진한 자식들의 요구는 들어 주어야 옳다는 생각도 느껴졌지.

저녁 무렵 가까워오니 날씨는 더욱 추워져 그이가 기다려진 이 마음으로 갖고 간 물건이 처분 잘 안되어 늦게까지 애쓰고 있는가 싶었다. 이렇던 참에 마침 돌아왔는데 생각과는 달리 처분도 거의 하고 장만해진 금액도 많아 기분 좋게 보인 표정이어 다행케 여겨진 일이 아니었나.

이런 가운데 또 생선을 사고 설에 쓸 생엿을 2관이나 샀으며 이밖에도 부탁했던 고장 난 나의 라이터도 고쳐 왔으며 여러 가지 가정 필수품을 사온지라 정말 고맙게 여겨진 이 마음이었다. 알뜰하게 장만해서 오로지 가정과 살림을 위해 쓰게 되는 이 사람의 참된 마음씨. 다시 한 번 한 푼도 헛되게는 써서 안 될 돈인가 싶었다.

1979년 1월 한겨울, 눈보라가 몰아치는 혹한의 날씨에도 어머니는 변함없이 또 장에 가셨다. 그야말로 눈이 오나 비가 오나, 더우나 추우나 변함없이 장에 가셨다.

이날, 날씨는 점점 추워지는데 어머니가 늦게까지 돌아오시지 않아 아버지의 걱정은 이만저만이 아니었다. 그런데 어머니는 2천500원씩이나 하는 아이들 축구화를 두 켤레씩이나 사 보내고 아버지의 고장 난 라이터까지 고쳐오셨다. 당시 가져간 채소를 다 팔아봐야 5천 원에서 6천 원 남짓 되었을까?

아버지의 일기장에는 내내 아내와 자식에 대한 절절한 마음이 적혀 있다. 그러나 어머니나 우리 자식들에게 당신의 그 절절한 마음을 겉으로 표현하지는 않으셨다. 항상 돈을 쓰는 데 있어서도 무척이나 엄격하고 무섭게 하셨던 기억이 많이 남아있다.

아버지가 왜 가족들에게 그렇게 할 수밖에 없었는지 이제야 조금은 이해할 것 같다. 어머니와 온 가족이 그토록 고생하며 번 돈을 한 푼이라도 헛되이 쓰지 않기 위해 아버지는 스스로에게나 가족들에게 엄격하지 않으면 안 되었던 것이다. 그러고 보면 아버지가 어머니와 우리 자식들에게 가졌던 그 애틋한 마음은 지금 내가 아내와 딸 루다에게 품은 그것보다 몇 배나 큰 것이었음에도 불구하고 그 감정을 의식적으로 감추고 계셨는지 모른다. 그것이 말년에 당신을 더 고통스럽게 했던 것은 아닐까.

어머니는 지금도 여전히 농사를 짓고 계시지만 늘 곁에서 걱정만 하시던 아버지는 이제 계시지 않다. 그렇게 억척스럽던 우리 어머니도 요즘은 기력이 많이 쇠잔해져서 모든 일에 의욕을 상실하신 것 같아 자식들 걱정이 이만저만 아니다. 하지만 그것이 아버지가 살아생전 어머니를 걱정하셨던 그 마음에 어디 미치기나 하겠는가?

어머니의 스웨터

1978년 11월 23일 맑음

오늘도 아내는 일찌감치 채소를 끌고 장에 갔다가 저물어 왔다. 벌써 추수를 마친 뒤부터 몇 장날을 가고 본 일이지만 금년 따라 생산이 많이 된 채소로 값이 형편없어 처분이 힘들었고 처분을 하고와도 얼마 안 된 금액이라 너무도 억울하게 여겨져 끌고 갈 의욕이 없다는 것이었다. 이랬지만 장날이 되고 보니 그이는 또 한 푼이라도 장만해 볼 의욕이 솟아 어제 오후부터 밭에 나가 시금치 당근과 무우, 우엉 등 몇 가지 채소를 준비하여 오늘아침 집을 떠났던 일이 아닌가. 집에 있은 나로서도 돈도 잘 안되는 이것을 팔기 위해 종일 장바닥에서 고충을 겪는 그이로 생각 되었지.

이런데 저물어 돌아온 아내는 처분을 거의 하고 오늘따라 돈도 많이 쓰고 왔다고 했지. 보아하니 묘사장, 고기와 과실을 비롯하여 바겠쯔, 쌀다라이, 가구를 사오고 아이들의 내복 두 벌과 장갑, 둘째 놈의 교복, 파자마, 그리고 나의 내복 한 벌까지 사온일이었다. 이래서 웬일로 이만큼 여러 가지 물건과 옷가지를 사온 일인가고 물은즉 오늘은 생각, 생각 끝에 큰마음 한 번 쓰고 해왔다고 말하고 그래도 자기의 쉐-타는 사지 못했다고 할 적에 한 가정, 주부로서 자식과 남편을 위하고 자기는 추위에 떨면서도 하지 않은 그 마음씨의 고마움이 느껴졌다. 더욱이 남편 된 이 인간은 노력도 못하고 매양 집안에만 있는데 이렇게 내복을 사다주니 미안한 생각도 들었지. 이러하여 누구

보다 당신의 옷이 있어야 한다고 다음 장날에는 꼭 비교적 나쁘지 않는 쉐-
타를 사 입으라고 권했다.

연년세세, 사시사철, 변함없이 되풀이되는 이야기다. 어머니는 여전히 밭에서 거둬들인 채소를 팔러 장에 가고 아버지는 또 기다리셨다. 어머니는 억척스럽게 채소를 다 처분하고 또 가족들에게 필요한 물품들을 장만해오셨다. 그러나 정작 어머니가 사고 싶었던 스웨터는 사지 못하고 돌아오셨다. 그것을 보는 아버지 마음은 고마움과 안쓰러움으로 가득하다. 그래서 다음 장날에는 꼭 스웨터를 사 입으라고 권하신다.

참으로 정다운 부부의 모습이다. 돈 쓰는 일에 매우 인색하셨던 아버지도 어머니가 가족들을 위해 물건을 사는 일에는 그다지 간섭을 하지 않았다는 사실을 보여주는 한 단면이기도 하다. 내 어머니뿐만 아니라 당시 우리 어머니들의 삶이 대부분 이러했을 것이다. 자신을 위한 일은 언제나 가장 마지막 순서로 미루고 오로지 가족과 자식들을 위해 아낌없이 당신을 희생하는 것이 전형적인 우리네 어머니들의 모습이었다.

형편이 좀 나아진 지금도 어머니는 좋은 옷을 여간해서 걸치지 않으신다. 오남매들이 사다주는 옷들이 제법 되는데도 그 옷들은 늘 장롱 속에 고이 모셔져있을 뿐이다. 오랜 세월 몸에 배어버린 습관 탓에 좋은 옷, 새 옷이 오히려 더 불편하기만 하신 건지….

한번은 아내와 함께 가을 추수를 하느라 고생한 어머니를 위해 가까운 온천에 가서 목욕이라도 하고 오자고 권유한 적이 있었다. 하지만 완강히 거부하셨다. 그 이유를 여쭤보니 아직 먼지 뒤집어쓸 일이 남아서 지금 온천을 하면 아깝다는 것이었다. 온천을 가더라도 먼지 뒤집어쓸 것 다 뒤집어쓴 뒤에 가야 아깝지 않다는 것이다. 어차피 그날 뒤집어쓴 먼지도 씻을 겸 잠시 갔다 오면 좋을 텐데, 이왕 돈 주고 하는 거라면 조금이라도 본전을 뽑아야 한다고 고집을 하셨다.

"아이고, 엄마, 그러면 내일 또 먼지 뒤집어쓸 건데 저녁에 씻기는 뭣하러 씻어요?"

만약 가뭄이 심해 물이 귀하다면 우리 어머니는 정말 그렇게 하고도 남을 분이다. 그런 어머니에 대한 아버지의 정은 이듬해 결혼기념일의 기록에도 다시금 드러난다.

아버지의 꿈

1978년 1월 14일

어제도 오늘도 매우 포근하였다. 오늘이 나의 결혼기념일로 감계가 무량하였지. 그러니까 지금으로부터 24년 전 지금의 아내 된 사람과 평생을 같이 할 가약을 맺고 만났던 일로서 희비애락을 함께하고 오늘에 이르기까지 지내온 과정으로 생각하니 세월의 흐름은 빠른 것인가도 싶었다. 회상하니 꿈과도 흡사한 살아온 줄거리로 그 당시 꽃다운 열여덟의 새색시가 가고 보낸 세월 따라 먹어진 나이로 40대의 중년 여인 되어 살림을 위하고 자식의 뒷바라지에 안간힘을 다하고 있으니 말이다. 그 때의 아리따운 모습은 어디로 가고 오늘의 퇴색한 아내의 모습. 많은 일 하느라고 거칠어진 손발이며 의복도 잘 못 입고 험하고 보니 인생의 무상이 느껴진 이 마음. 남편 된 이 마음이 미안했다. 이런 것이 그의 부모들은 근 20년간 고이 길러 남 못지않게 고생시키지 않고 잘 데리고 살아라고 이 인간에게 허락해 주었는데 환경 떳떳치 못하고 이 자질 부족하여 그를 옳게 못 가꾸었으니 말이다. 이러하여 그 사람의 품어진 마음속에도 언제나 미련과 여한을 갖고 '나는 왜 이런가' 싶은 운명을 저주하는 마음이 없지 않은 일이기도 하다.

이러나 한편으로 이 생각은 그래도 우리 집 환경이 보다 나아져서 곤란을 면하게 되었고 오늘날 경제적 자립이 이룩되어 비교적 안정된 생활이 되었는지라 다행한 자부심도 솟는다. 이는 오로지 성실한 지조와 꾸준한 노력으로 남다르게 살림을 알뜰히 꾸려나온 여덕인데 여기에는 그 사람도 허영과 사치를 모르고 우리 집 부모와 마음을 함께하여 일해 온 때문이다. 이래서 나는 마음속으로 그를 고맙게 여기고 앞으로 보다 가정처사를 잘해나가 먼 후일에 가서 언제인가 자식들에게 살림을 맡긴 뒤 지내 난 옛 이야기를 다시 하면서 "이 할망구야 우리부부 일생은 그래도 이만하면 괜찮지." "글쎄요.

사람의 평생이 별 것 있나요. 괜찮다면 괜찮은 게지요." 하면서 서로가 웃으면서 여생을 진심으로 위로하고 아끼며 후회와 미련 없는 그것이 되기를 바라는 바이다.

어머니는 26년 남짓 아버지와 살았다. 그리고 마흔다섯의 나이에 과부가 되어서 30여 년의 세월을 홀로 살았다.

그러고 보면 아버지는 참으로 가당치도 않은 꿈을 꾸셨던 셈이다. 아버지는 2년 후 바로 이 결혼기념일에 돌아가셨고 결국 아버지가 꿈꾸었던 노년의 아름다운 부부의 모습도 실현되지 못했다.

가끔 주위에서 노부부들이 의견이 맞지 않아 얼굴만 맞대면 티격태격 싸우며 불화하는 모습을 보게 되는데 나는 그런 모습조차 마냥 부러울 따름이다. 나의 어머니는 그렇게라도 비빌 수 있는 언덕이 아예 없었으므로, 서로에 대해 몸서리치도록 넌더리를 내는 노부부의 행동이 하나같이 복에 겨운 불평처럼 여겨지는 것이다.

지금도 그 긴 세월을 홀로 외로이 고생하며 살아온 어머니만 생각하면 먼저 가신 아버지가 몹시 원망스럽기까지 하다. 나 또한 자식으로서 아버지의 빈자리를 채워 드리지 못하고 여전히 어머니로 하여금 외로운 여생을 보내게 하고 있는 것을 생각하면 나 자신에게도 개탄스러울 따름이다.

4장

불효자의 노래

1967년 내가 태어나던 해 나의 할아버지는 불의의 교통사고로 돌아가셨다. 막내 손자인 내가 10개월쯤 되었을 때였다.

내 딸 루다가 자라는 모습을 바라보면서 나는 가끔 할아버지를 생각한다. 조금씩 앙증맞고 귀여운 행동을 하는 루다를 안고 즐거워하시는 루다의 외할아버지 모습에서 나는 얼굴도 기억나지 않는 내 할아버지의 모습을 떠올린다. 그리고 더욱 애석한 마음으로 나의 아버지를 떠올리기도 한다. 손자 손녀들이 자라나 장성하는 모습도 제대로 못 보고 가신 할아버지, 손자 손녀들이 갓 태어난 모습조차 하나도 보지 못하고 가신 아버지, 두 분 다 참으로 박복한 운명이셨다.

할아버지가 돌아가시고 12년이 조금 더 지난 1980년 양력 1월, 아버지는 할머니와 증조할머니보다 앞서 세상을 하직하셨다. 그리고 그해 여름 할머니가 아버지 뒤를 따라 돌아가셨고, 가을에는 증조할머니마저 세상을 떠나셨다. 1980년 우리 집은 한 해에 세 분의 집안 어른을, 그것도 역으로 줄초상을 치르는 불운을 겪어야 했다.

자식을 먼저 저세상으로 보낸 할머니는 정신을 놓아버리셨다. 한번씩 짐 보따리를 들고 대구로 나가신다고 하거나 갈림길까지 아버지를 마중 나가야 한다고 하셨고 사람들을 잘 구분하지 못하는 치매 증상까지 보여 가족들의 속을 태우셨다. 나중에는 어머니가 일일이 대소변까지 받아내야 했고 결국 그해 여름을 넘기지 못하셨다.

큰아들과 며느리, 맏손자까지 먼저 떠나보낸 증조할머니 또한 그 정정하던 기력이 급전직하로 쇠약해지셨다. 아버지가 돌아가시고 할머니가 아프면서 얼마간 대구의 작은할아버지 댁으로 모셔갔는데 그것이 더욱 증조할머니를 힘들게 했던 것 같다. 평생 시골에서 사시던 팔순 노인네에게 도시는 감옥처럼 여겨졌을지도 모른다. 더구나 자식과 며느리와 손자를 잃은 그 허망한 마음을 어찌 견딜 수 있었겠는가? 다시 우리 집으로 모셔왔을 땐 이미 예전의 증조할머니 모습이 아니었다. 결국 가을 누에치기를 시작할 무렵 증조할머니도 당신의 아들과 며느리와 손자가 간 길을 뒤따라가셨다.

할아버지가 불의의 사고로 갑자기 돌아가신 후 아버지는 내내 아쉬운 감정을 일기장에 표현하셨다. 그리고 그 아쉬운 감정을 살아계신 할머니와 증조할머니에 대한 극진한 효성으로 대신하고자 했던 것 같다. 항상 고생하시는 할머니에 대한 안타깝고 죄송스러운 마음을 표현하셨고 증조할머니가 오래도록 살아서 아버지의 봉양을 받기를 바라셨다. 또한 할머니와 증조할머니의 여생이 얼마 남지 않아 편안하게 모실 시간이 별로 없다고 조급해하기도 하셨다. 그리고 두 분이 돌아가시면 당신의 마음이 얼마나 허전하고 아플 것인지 염려하고 두려워하는 마음도 내보이셨다.

그러나 결과적으로 아버지는 세 분 중 가장 먼저 돌아가시면서 그토록 다짐했던 효도도 다하지 못했고 오히려 할머니와 증조할머니보다 앞서 세상을 떠나면서 어른들 마음에 깊은 상처를 남긴 크나큰 불효를 저지르고 말았다. 세상에서 가장 큰 슬픔이 바로 부모가 자식을 먼저 보내고 가슴에 묻는 일이라고 했는데, 우리 집 두 여인도 가슴이 갈가리 찢어지는 통한의 아픔을 가슴에 묻고 가셨을 것이다. 지금은 저세상에서 3대가 오순도순 정겹게 잘살고 있으리라 믿어본다.

뻐꾸기, 장미 그리고 할아버지

1974년 5월 21일 비온 뒤 때때로 햇빛

해마다 이맘 때 논밭 보리가 이삭을 피울 무렵 되면 울고 보는 뻐꾹새가 올해도 며칠 전부터 울게 된 일이다. 뻐꾹뻐꾹, 그 울음소리는 어딘가 구슬프고 애끓는 것으로 어느 다른 새보다도 그 무슨 곡절을 지니고 있는지 모른다. 할머니들의 말에 의하면 옛날 그 어떤 사람이 다정했던 아내를 잃고 잇따라 자식마저 잃고 보아 슬픔과 고독의 정을 억제치 못하여 그만 그 사람도 죽게 되어 그 넋이 뻐꾹새가 되었다고 하지 않는가. 이래서 그 울음소리는 누가 들어도 애끓는 것으로 때로는 밤에도 울적에 한층 애달픈 호소로 들린다. 이러하여 그 신세가 외롭고 고달픈 운명에 처한 여인들은 이 뻐꾹새 소리에 비감이 더하여 남모르는 눈물을 더더욱 뜨겁게 흘린다는 이야기가 아닌가. 뒷산 솔밭에서 건너 마을 숲 속에서 오늘도 지금 이 시간 그 울음소리가 들려온다. 곡절과 연유는 어찌되었든 연연세세 이맘 때 되어 울고 보니 이 마음으로 하여금 인생의 무상이 안타깝기도 하다.

해마다 철새는 계절 따라 찾아와서 노래하고 울건마는 한번 간 인생은 영영 소식 없고 보니 말이다. 오늘따라 또다시 돌아가신 아버지의 추모지정이 솟는다. 생전에 문인서생들이 뻐꾹새를 소제로 하여 읊었다는 시구를 이야기해 주시던 생각이 나고 그 어느 해 우리도 한 수씩 지어보자고 어른과 외삼촌과 나도 생각 솟는 대로 지어봤던 때가 있었으니 말이다. 이제는 지나가고 흘러간 꿈. 작고하신 세월도 어언 만 6년, 추억은 생생하나 현실은 변한 일이다. 가고 또 가고 가는 세월 따라 인생도 가서 이 마음 이다지도 애절코 보니 우리들 인생은 미련과 눈물. 애홉다. 허무하고 가소로울 뿐. 아~ 인생은 가고 보면 그만 되는가.

어제 따라 아버지가 구해 와서 성심 바쳐 가꾸셨던 장미화가 처음으로 한 송이 피고 보았다. 이 꽃도 철을 따라 피게 된 일이나 심고 가꾸셨던 어른은 고인이 된지라 또 한번 눈물이 머금어진 일로 오래오래 그 유지를 받들고 이어 이 꽃을 손질하고 꽃피게 하여 볼 다짐된 이 마음이었다.

누군가 '시간이 지날수록 떠나간 사람에 대한 기억이 더 선명해진다'고 말했듯이 아버지의 할아버지에 대한 그리움은 해가 갈수록 깊어지는 듯하다. 오늘은 또 뻐꾸기 울음소리가 아버지의 마음을 뒤흔들었다. 그러니 할아버지께서 남기고 간 장미 한 송이를 어찌 그냥 지나치셨겠는가? 피어난 그 꽃이 마치 할아버지를 보는 양 반가웠으리라. 집안 구석구석 할아버지가 남겨두고 가신 흔적들을 보면서 생전에 집안을 위해 고생만 하시다가 호강 한 번 해보지 못하고 돌아가신 당신의 아버지를 가슴 깊이 안타깝게 여기셨다.

말년에 집안을 위해 열심히 살다 가신 나의 할아버지도 전해지는 얘기에 의하면 젊은 시절에는 그야말로 한량이었다고 한다. 우리가 주변에서 간혹 듣는 '왕년에 금송아지' 이야기가 우리 집에도 전해지고 있었다. 예전에는 부유한 집안이었는데, 일제강점기 할아버지 대에 이르러 재산을 탕진하고 가세가 기울었다는 것이다. 젊은 시절 할아버지는 가족들을 버려둔 채 세상을 유랑하며 만주 일대를 떠돌아다녔다고도 했다(하지만 내가 혹시나 하고 기대했던 장렬한 독립운동의 일화 같은 것은 없었다).

지금도 살아계신 작은아버지의 증언에 의하면 그때 남겨진 할머니와 가족들은 두 번 다시 기억하기조차 싫을 만큼 엄청난 고생을 하셨단다. 찢어지게 가난했던 그 시절 한 맺힌 마음이 아버지와 작은아버지로 하여금 평생 가족을 아쉬움 없이 먹이고 입히기 위해 일에 매달리게 한 동력이 되었던 것 같다고 하셨다.

가산을 탕진한 할아버지에 대한 이야기는 가족들의 입을 통해 야사로만 구전되었고 아버지의 '정사(일기)'에는 찾아볼 수 없었다. 아버지의 일기에는 가정을 다시 일으켜 세우기 위해 부단히 노력하신 할아버지의 치적에 대해서만 주로 언급이 되어있다.

증조할머니

1974년 5월 22일 흐린 날이 차차 개어 맑은 햇빛

조모님의 연세는 올해로 여든 두 살, 우리 마을로 봐서는 안팎 늙은이 치고 최고령자 된다. 이러나 할머니의 근력은 단단하시고 모습도 깨끗한 일이며 정신 또한 말할 수 없이 맑고 쟁쟁하여 보는 이로 하여금 장하신 어른이라고 말하지. 이러하여 나는 마음속으로 다행케 여기고 오래오래 살아계시기를 바란다. 이러나 할머니께서는 가끔 "나이가 많으면 죽어야 할텐데." 고 말씀하시지. 이런 것이 아버지가 할머니 앞에 벌써 돌아가셨고 며느리 되는 어머니가 환갑 진갑 지낸 연세로 퇴색된 모습으로 변하여 계시니 그런 생각이신지 모른다. 하지만 나는 인생의 무상을 느끼고 이 세상을 한 번 가고 보면 다시 못 오는 운명을 생각하여 이미 아버지께서는 가셨지만 할머니라도 오래토록 살아계셨으면 싶은 일이다. 더욱이 불의의 사고로 비명으로 돌아가신 아버지라 못내 그 정이 안타깝고 애석한 일이라 할머니의 정이라도 오래토록 갖고 싶은 이 심정 아닌가.

높은 연세라도 가정 일을 많이 돕는다. 성품이 깔끔한 만큼 집 안팎 청소는 젊은 사람들보다 서둘러 깨끗하게 하시고 보며 모두가 들에 가면 점심이나 저녁밥을 감당하시고 들에서 해오는 채소 등을 다듬는 일이며 장난꾸러기들인 어린것들 감독도 하시는지라 할머니가 집에 계시면 어디를 나가 있어도 마음 든든하고 미덥지 않는가. 뿐만 아니라 마을로 놀러갔다 오시게 되면 보시고 들으신 이야기도 하시어 경우따라 유익한 때도 있는 일로 지난해 돌개팔 적만 해도 밖에 나가셨다가 오시더니 장사꾼이 작은 집에 와 있더라고 하시기에 내가 그리로 가서 흥정을 하여 팔았던 일이다.

그리고 할머니는 우리 집이 지내나온 이야기를 지지엽엽히 하여 주실 적에 지금까지 내가 몰랐던 일이 알아질 때 역사의 증인이기도 하다. 말하면 내가 출생하기 전 증조부 시대로부터 조부님 소시절의 생활형편 줄거리. 아버지 유년시절 겪었던 온갖 일들. 그런대로 넉넉하게 지내다가 내리막을 만난 살림 되어 곤란도 어지간히 당했다는 이야기. 그때 시대만큼 시집살이 고애도 여간 아니었다는 이야기 등등. 이야말로 고고청청한 일화를 가끔 듣는다. 과연 80세를 넘게까지 생존하시고 보니 이와 같은 까마득한 전전사*를 오늘날 듣게 되는 일이지. 중년이나 6, 70세 전후 되어 돌아가셨으면 듣지도 못하였을 일이 아닌가.

예측할 수는 없지만 연세가 연세인 만큼 이제 여생도 얼마 남지 않은 조모님으로 여겨질 때 마음 한 편 허허로운 감도 들게 된다. 그 어느 때는 세상을 떠나서 조모님의 정이 그립고 생존시의 이력을 상기하고 눈물로 오늘날 베풀어 주시는 자정을 아쉬워 할 때가 있을 일이니 말이다. 이러하여 무병장수를 기원하는 바이다.

* 전전사 : 오래전 이야기

아버지에게는 할머니, 우리는 '노할매' 라고 불렀던 나의 증조할머니에 대한 일기다. 이 일기는 우리 가족사의 비통함이 숨어있는 기록이다. 아버지의 바람대로 증조할머니는 장수하셨다. 그러나 아버지가 증조할머니가 돌아가시고 나면 그 정이 그리울 것이라 했던 예측은 아버지가 먼저 돌아가심으로써 빗나가고 말았다.

돌이켜보면 증조할머니는 더 오래 장수하실 수도 있었다는 생각이 든다. 아버지와 할머니가 돌아가시고 심적으로 상당한 충격을 받으셨을 것이다. 게다가 오랫동안 살아왔던 시골에서 도시(작은아버지 댁)로 거처를 옮기면서 급격히 기력이 쇠퇴하셨던 것 같다. 큰아들, 큰며느리, 큰손자를 먼저 앞세웠으니 삶에 대한 애착이 남아있을 리도 없었으리라. 진위 여부를 알 수는 없지만 가족 중에는 증조할머니 스스로 곡기를 거부하셨다고 말하는 이도 있다. 결국 증조할머니는 시골집으로 다시 돌아와 손자와 며느리를 떠나보냈던 그 자리에서 뒤를 따라가셨다.

증조할머니는 1893년, 그러니까 19세기에 태어난 분이었다. 증조할머니에게는 할아버지 밑으로 두 명의 아들이 더 있었지만 할아버지가 돌아가신 후에도 종가집인 우리 집에서 계속 사셨다. 그러니까 손자인 아버지가 두 삼촌들을 대신해 할머니를 모시고 산 셈이다.

내 기억 속의 증조할머니는 참으로 대단한 분이었다. 당시 동네에서도 가장 연장자 축에 드는 나이임에도 정신이 또렷했고 성정은 깔끔하셨다. 그리고 속된 말로 성깔 또한 불같으셨다. 동네 사람이나 가족 중 누구라도 당신의 심기에 거슬리는 행위를 하면 당장 불호령을 치셨고 어김없이 기다란 곰방대로 등짝이나 머리통을 후려치셨다. 마을 잔치나 경조사가 있으면 빠짐없이 증조할머니를 모시러왔고 거기에 다녀오신 증조할머니의 흰 가재 손수건에는 우리 증손자들에게 줄 음식이 싸여있었다. 그리고 오래 보관할 수 있는 귀한 음식은 우리들이 모르는 곳에 몰래 감춰두고 조금씩 나눠주셨다. 한번은 형들과 함께 그것을 표시 나지 않게 조금씩 훔쳐 먹다가 결국 발각이 되어 증조할머니가 심하게 진노하신 적이 있었다.

"이놈들~!"

까랑까랑한 목소리로 고함을 치시며 막내 증손자인 나를 마당 한가운데 넘어뜨리고 멱살을 잡아 흔들던 80대 할머니의 어마어마한 손아귀 힘은 아직도 잊을 수가 없다.

아버지와 증조할머니 사이에는 존경과 신뢰가 자리 잡고 있었던 것 같다. 증조할머니는 두 자식들 대신 당신을 봉양하는 손자(아버지)가 대견했고 아버지 또한 집안의 소소한 일들을 깔끔하게 챙기시는 할머니가 고마웠을 것이다. 그래서 아버지는 늘 증조할머니로 하여금 우리 오남매의 행동거지를 감시하게 하셨다. 화단의 포도를 익기도 전에 따 먹는다든지, 학교를 갔다 와서 해야 할 일을 소홀히 한다든지, 집안 식구들이 다함께 나누어 먹어야 할 특별한 먹을거리를 증손자들이 몰래 훔쳐 먹는다든지 하는 일들에 대한 감시와 처벌을 증조할머니께 일임하셨던 것이다.

아버지의 눈물

1967년 11월 18일 맑음

천만 뜻밖 집 나가신 아버지가 와촌에서 버스에서 추락, 별세하셨다는 비보를 듣고 우리는 놀라고 통곡했다. 과연 믿어지지 않고 그렇게 되다니 모두의 생각이 이랬는데 정말 운명하신 아버지이시었다. 몸과 마음 떨리는 가운데 대절차로 하양병원으로 달려간 나와 동생, 통곡 통곡했지만 다한 운명의 아버지는 말이 없는 것. 너무나도 허무한 인생의 운명이었지. 못다 한 효가 이 가슴을 아프게 했던 일이다. 울고 또 울고 암만 울어 봐도 반응 없는 숨 다한 아버지. 이제 환경이 환경인만큼 앞으로는 수고와 노력도 덜 할 어른 될 것이라고 나는 생각했던 일인데 그만 별세하신 아버지일 때 이 마음은 더욱더 욱 원통하여 애절했다.

지금으로부터 44년 전 아버지의 일기장이다. 1967년 음력 11월 18일 아버지의 아버지, 즉 할아버지가 별세하셨다.

원인은 교통사고였다. 아버지가 스크랩해두신 당시 신문기사에는 개문발차(開門發車: 문이 열린 상태에서 차가 출발함)라고 되어있다. 한 해 추수가 다 끝나고 농한기의 여유를 즐기던 그해 겨울, 할아버지는 2년 전 시집보낸 둘째 딸 집을 다녀오시는 길이었다고 한다. 그러니 참으로 억울한 죽음이었다. 그날 날씨까지 맑았으니 그야말로 마른하늘의 날벼락이었다.

전하는 말에 의하면 할아버지는 막내 손자인 나를 안고 동네방네 귀엽다고 자랑하며 다니셨다고 한다. 그런 할아버지가 돌아가신 것이다.

할아버지의 별세가 예상치 못한 갑작스런 일인 데다 불의의 사고였기 때문에 아버지는 더욱 애통해하셨고 해가 바뀌어 시간이 흘러도 통탄스러운 마음이 사그라지지 않으셨던 것 같다. 아니, 오히려 할아버지에 대한 추모의 마음은 날이 가고 해가 갈수록 더 커졌던 것 같다.

11월 20일

어제와 오늘 두 삼촌을 위시하여 고모와 고모부, 누이동생, 제매* 친지들이

놀란 소식으로 달려온 사람들. 모두가 아버지의 별세를 슬퍼하고 울었다

* 제매 : 남동생과 여동생

천붕지통(天崩之痛)의 아픔 속에서도 아버지는 이날을 기록하셨다. 그 후 12년 뒤, 아버지도 할아버지 계신 곳으로 가셨지만 나는 '그날'을 기록하지 못했다. (아버지의 아들인) 내가 (할아버지의 아들인) 아버지처럼 그토록 애절하게 선친을 추모하지 못하는 것이 그저 부끄럽고 죄송스러울 따름이다.

1974년 8월 3일 맑은 날이 늦게 두어 차례 빗방울

오늘따라 아버지의 생신일. 어언 흘러간 세월은 작고하신지도 6년의 날과 달이 지내고 보니 빠른 것이 세월이요, 인생의 무상이 안타까운 일이며 가신 아버지의 추모지정은 더더욱 간절하여 눈물로 젖어지는 이 마음이다. 과연 한 번 가면 못 오고 보는 것이 우리들 인생인가. 살아생전 그토록 가정을 위하고 자식 된 나를 염려 걱정하여 주시던 이력과 자정을 생각해 볼 적에 무어라 표언할 수 없는 감회이기도 하다. 아~~ 한심하고 가소로운 인생의 운명. 홀연히 그렇게 운명을 고하고 가신 뒤로는 영영 소식도 없는 일이니 생시에 자식 되어 못 다한 효가 가슴에 한이 되는 죄책감이다. 아~~ 아버지, 영원히 가셨나이까. 불효 소생은 문득문득 아버지의 생각으로 남모르는 눈물을 흘리고 집안에 이력 해 놓으신 온갖 가지 볼 때마다 안타까운 생각 들

어 오래오래 간직해 나가려고 작정하고 논밭 물려주신 토지도 언제까지 가지려고 굳은 신념을 지니고 있습니다. 이러하오니 부디 염려 마시옵고 편안히 계시기를 오늘 생신 일을 맞아 자식 된 저가 전하는 바입니다.

이 세상에 돌아가신 부모에 대한 회한이 남지 않는 자식이 몇이나 되랴! 자식들은 늘 그렇게 때늦은 후회를 하는 바보들이다. 하물며 아버지는 할아버지가 불의의 사고로 갑작스럽게 떠나셨기 때문에 그 회한이 더 각별하고 남다르셨던 것 같다.

아버지의 할아버지에 대한 그리움은 할아버지가 돌아가신 뒤에도 내내 계속됐다. 그도 그럴 것이 집안의 모든 것이 할아버지의 손때가 묻은 것이고 당시 소유하고 있던 농토 하나하나가 할아버지의 노력으로 마련한 것이었으니 보는 것, 가는 곳마다 어찌 할아버지를 떠올리지 않을 수 있었겠는가. 더군다나 이날은 할아버지의 생신이었으니 아버지의 마음은 추모의 정으로 눈물바다를 이루었을 것이다.

하지만 나는 아버지의 생신도 제대로 기억하지 못하고 아버지처럼 생신일마다 선친을 추모하지도 않으니 참으로 한심한 노릇이다. 아버지가 이런 나를 보시면 '저 녀석이 과연 내 자식인가' 의구심을 가지실지도 모르겠다.

1974년 8월 4일 맑음

인생으로 혈연의 소식은 언제나 그립기만 한 것인지. 헤어져 살고 보니 문득

문득 궁금하고 그 소식이 답답하니 알고 싶은 일이다. "그동안 별고 없이 잘 지내고 있는지" 이러한 마음은 언제나 있어서 소식을 들었으면 싶은 심정 아닌가. 헌데, 요즘 두 삼촌 집을 위시하여 고모네와 누이동생 등. 모두가 어떻게 지내는지 매우 궁금하여 "소식도 너무 없다"고 어머니와 나는 말을 하고 본 일이었지. 이랬더니 마침 그저께 따라 대구에서 종동생과 고종제가 와서 작은댁 소식은 듣게 되었고 아울러 고모네 소식, 그리고 〈광니〉 작은 누이동생도 대구에로 이사 왔다는 소식으로 한꺼번에 몇 집의 안부는 듣게 되었다. 이랬더니 어제따라 외가의 숙희가 오게 되었고 장에 가서 치일 고모부와 고모도 만났다는 이야기이며 또한 인편으로 능성 소식도 듣게 되었다는 것. 이렇고 보니 양일간에 궁금하고 답답했던 곳곳의 소식을 모두 듣고 본지라 풀리고 본 마음이 되었다. 이러나 대체로 인생살이가 안타까운 줄거리로 미루어 이래저래 애스럽고 애연한 정이 들고 놓이지 않는 이 마음은 혈연지간의 그리움의 정이다.

그때는 그랬다. 요즘 같으면 전화 한 통이면 간단히 소식을 전할 수 있었을 텐데…. 아버지의 혈연들이 살고 있는 곳은 자동차로 달린다면 모두가 30분 거리 안에 있었다. 그러나 그때는 인편을 통하거나 편지를 주고받는 방법 외에는 그저 '무소식이 희소식이려니' 하고 궁금함을 참을 수밖에 없는 시절이었다. 어쩌다 근동의 사람들이 다 모이는 5일장에서 친정 동네 사람이라도 만나면 그렇게 반가울 수가 없고 그를 통해 친정 소식도 듣고 또 친정식구들에게 안부도 전하던, 참으로 소박한 시절이었다. 그래서 오히려 그때가 혈연의 정이 더 애틋하고 두터웠는지도 모른다. 요즘은 언제든지 맘만 먹으면 쉽게 볼 수 있고 소식도 전할 수 있지만 오히려 그때보다 혈연 간의 왕래도 드물고 소원한 관계가 되어가고 있는 건 아닌지 생각해볼 일이다.

아버지는 몸이 불편한 관계로 쉽게 외출을 하시지 못해 더더욱 혈육들이 그립고 보고 싶으셨을 것이다. 지금 같았으면 내가 차에 모시고 단번에 다녀올 텐데….

살기 좋은 집 만들기

우리들 인간생활은 대체로 보다 편리하고 휴웰하게 지내기 위한 노력인 만큼 개선 개량을 하게 되는 일 아닌가. 이러하여 이 자신도 먼저 가정과 농토를 개선 개량 하려고 애쓰고 내 나름대로는 아버지 작고하신 뒤 우금 10년 동안 여러 가지 일을 해왔다. 이러나 살고 보니 개량할 일은 자꾸만 생겨 고치고 다시 해야 할 때 생활하는 인간 앞에는 일이란 끝이 없는 것인가 싶은 생각도 들었지. 했지만 사람으로서는 고쳐야 할 것은 반드시 고쳐야만 마땅한 일이라 나는 개량하는 일이 재미가 났다.

더구나 정부에서 경지정리를 위시하여 새마을 사업을 추진하는 과정이라 누구 집 못지않게 나도 해야 된다는 마음도 솟아 앞으로도 계속 개량 개선을 할 작정이다.

아버지는 할아버지께서 돌아가신 후 10여 년 동안 집안을 책임진 가장으로서 많은 일을 하셨다. 그러나 아버지가 돌아가신 후 우리 집은 별다르게 개량된 부분이 없이 그때 모습을 그대로 유지하고 있다. 설령 개선된 부분이 있다고 해도 아버지처럼 이렇게 기록으로 남기는 사람이 없으니 그 내용을 알 수도 없을 것이다.

그런 아버지의 아들인 나는 공부한답시고 뒤늦게까지 어머니를 고생만 시키고 오히려 아버지가 힘들여 마련하셨던 논·밭떼기를 야금야금 갉아먹기만 했다. 나뿐만 아니라 우리 형제들 뒷바라지에 아버지의 논밭은 서서히 사라졌을 것이다. 세세한 내막은 잘 모르지만, 얼추 내가 기억하는 것만도 양골의 작약 밭, 아버지가 먼 미래를 생각해서 집에서 20리도 더 떨어진 팔공산 아래 장만해서 고모부에게 경작하도록 했던, (나중에 그곳으로 도로가 나면서 고모부네가 목돈을 쥐기도 했던) 논, 그리고 청통의 은해사 아래 고모할머니네서 경작하도록 했던 논 (이 논은 내가 결혼할 때 어머니가 팔아서 우리 부부의 전세자금으로 주셨다) 등…. 하여간 아버지가 돌아가시고 내가 집안을 위해 한 일은 기록할 것도 없다. 아니, 마이너스 장부를 적는다면 차고 넘쳐 칸이 모자랄 것이다. 아버지에게 정말로 낯부끄러운 노릇이다.

아버지의 사모곡

1977년 10월 30일

어머니가 3번 대구 가서 팔게 된 양파 8300원

또 2포대 갖고 가서 ~~1600

또다시 2포 갖고 가서~~1400

1977년 11월 10일

어머니는 구석구석 손을 대시고 오후 3시경 이모와 대구로 가셨는데 병인이가 짐을 끌고 갈림길까지 갔던바 짐이 너무 많아 버스를 태워주지 않아 신녕 정류장까지 끌고 가 영천 가는 삼천리 버스로 가셨다는 것이었다. 이번에도 양파 3포대와 쌀 5되, 채소, 생선, 토란뿌리, 돈 3만원을 갖고 가시고 이모는 풋고추와 마늘 한 접, 고구마 몇 개, 양파 등을 제공했다.

큰형의 공부 뒷바라지를 위해 대구에 나가계신 할머니는 정말 억척이었다. 가계에 조금이라도 보탬이 되게 하려고 한번씩 고향집에 오실 때마다 엄청난 짐을 혼자 짊어지고 대구로 나가셨다. 몇 번씩 갈아타야 하는 버스에 그 짐들을 일일이 올리고 내리고, 그것을 다시 대구의 어느 시장 모퉁이에서 내다 팔고, 노구의 할머니는 그 모든 일을 혼자서 다 하셨다. 그것 또한 아버지의 마음을 내내 아프게 했다.

버스에서 승차를 거부할 정도의 많은 짐을 어떻게 옮기셨는지 지금 생각해도 불가사의한 일이다. 양파 한 포대의 무게는 대략 20킬로그램인데, 세 포대면 60킬로그램, 거기다 쌀 다섯 되와 여타의 짐까지….

내가 기억하는 할머니는 참으로 용감한 분이었다. 젊은 시절, 집을 돌보지 않고 밖으로 떠도신 할아버지로 인해 어떻게든 자식들과 죽지 않고 살아야겠다는 절박함이 할머니를 강인하게 만들었던 것 같다. 당시 가만히 앉아 자식들을 굶겨죽이겠다 싶어서 작은아버지와 함께 무작정 할아버지를 찾아 나서기도 했단다. 할아버지에 대한 소문을 따라 충청도까지 찾아가기도 했는데, 그때를 회상하면 지금도 작은아버지는 치를 떨 정도로 고생이 심하셨던 것 같다.

어릴 때 내 기억으로 할머니는 그야말로 부끄러움을 모르는 사람처럼 보였다. 집안과 가족을 위하는 일에 부끄러움과 쑥스러움은 할머니에게 사치스러운 것이었다. 대구에서 큰형의 공부를 뒷바라지하실 때는 근처 캐시밀론 이불공장에서 버린 천 조각들을 일일이 바느질해서 이불 한 채를 거뜬히 만들기도 하셨다. 남들이 버린 음식이나 상한 밥 같은 것도 씻거나 끓여서 드시는 것을 주저하지 않으셨고 짐이 많아 버스기사가 승차를 거부해도 전혀 굴하지 않고 기어이 짐을 버스에 다 실으셨다.

할머니는 손재주도 좋았다. 집안의 고장 나고 허물어진 것들도 할머니의 손이 한 번 가면 말끔해졌다. 늘 할머니의 손에는 진흙 같은 것이 묻어있었던 기억이 난다. 검소하신 성정도 남달라서 삶은 고구마 껍질도 절대 벗겨 드시지 않았고 꽁지라도 남기면 심한 잔소리를 하실 정도였다. 형과 함께 대구에서 남의 집 셋방살이를 하시면서도 자투리땅에 텃밭을 일구어 재배한 채소를 시장에 내다파실 정도로 부지런하셨다.

방학 때 대구로 놀러온 막내 손자인 나에게 처음으로 병에 든 우유와 아욱국을 맛보게 해주신 분이 나의 할머니. 성인이 된 지금도 그 맛을 잊을 수가 없다.

할머니의 환갑

1972년 3월 27일

기쁜 마음으로 어머니의 갑일을 준비하면서 은근히 날씨가 좋아주기를 빌었던 일이었다. 아닌게 아니라 불초자식으로 어머니의 환갑잔치를 베풀게 될 때 멀고 가까운 친지들과 마을 사람들을 맞아 크게 잘 차리지는 못하는 일이었지만 내 집을 찾아와서 하루를 즐기시고 흥겹게 노시다가 돌아가시는 일을 염원한 나의 심정이 아니었던가. 헌데, 하늘도 나의 마음을 알아주셨는지 의외로 쾌청한 당일의 날씨로 예상 밖 손님이 많이 오셔서 그날의 하루는 잘 지낸 일이었다.

사실, 오늘날 이맘이때까지 없는 가정을 이룩하시려고 노고도 많았고 본 어머니로 그래도 그 공과로 자립자족의 환경이 이루어져 걱정 염려 없는 생활 되어 환갑을 맞으니 정말 나로서는 기뻤다. 나뿐만 아니라 어머니도 기쁘신 것으로 보였다. 더욱 삼촌님과 숙모님들 고모님들과 제매들 모두가 축하의 물품을 많이 해 오시고 건실하게 한자리에 모인 일일 때 바라보는 나의 심정은 기쁨에 넘쳐 눈물도 난 일이었지. 모두가 흥을 돋구고 밤이 모자라 닭이 우는 새벽까지 춤추고 노래하고 보메 무어라 말할 수도 없는 이 심사 아니었던가. 정말 지난 세월을 회고하니 과연 성공한 오늘로서 영광인가 싶었다. 이런 것이 살려고 온갖 몸부림 다 치고 고난의 고비에서 허덕일 때 남의 정도 부러운 것 많은 과정 아니었던가. 헌데 알뜰한 보람으로 지금의 오늘은 넉넉한 처지가 되었으니 말이다. 아~ 고생 끝에 영화라, 오늘의 형편은 노고 겪은 대가이다. 이 마음은 보다 더 돈독히 하여 어머니를 위로하는 자식 될 것을 다짐한다.

헌데, 공교롭게도 어제 날로 친지 되는 손님들까지 모두 돌아가시고 집안에 어지럽혔던 뒷설거지 말끔히 하고본 오늘 새벽 날에 비가 오는 날씨가 되니 정말 이번 날씨는 어머니 환갑을 위해 준 일인 것으로 여겨진다. 과연 아찔아찔한 생각도 들고 본 일이지. 그 당일이나 어제 날에 불순한 일기가 되었더라면 어떻게 되었을 일일까 말이다.

아~고맙기도 하신 하늘, 어머니는 복 받으실 일인가. 그렇다. 그 지극한 성실성만 봐도, 아니, 미운사람, 고운사람 가리지 않으신 넓은 마음만 봐도, 이뿐인가, 용기 가지신 의지만도 대단한 분이 아닌가. 살아나온 오늘날까지의 과정에 있어서 어렵고 걱정되는 일을 당할 적에 다른 사람들은 비관하고 낙심해도 오직 어머니만은 큰마음 그것으로 '하늘이 무너져도 솟아날 구멍이 있다'고 일을 되도록 하신 어른 아닌가. 오늘따라 다시 한번 어머니의 만수무강을 빌면서 잘 보낸 어머니 갑일을 다행케 여기는 바이다.

지금으로부터 39년 전, 내가 여섯 살 되던 해다. 할머니가 환갑을 맞이하셨고 아버지는 잔치를 무사히 마친 후 그 감상을 적어두셨다.

요즘은 환갑잔치를 건너뛰고 칠순잔치를 여는 것이 일반적인데 당시는 환갑잔치가 집안은 물론 동네의 큰 행사였던 것 같다. 할머니 환갑을 앞두고 아버지는 잔치에 대한 염려와 준비를 많이 하셨던 것으로 보인다.

다행히 당일에는 날씨도 좋고 손님들도 많이 찾아와 할머니도 기뻐하셨다니 아버지는 성공적으로 할머니의 환갑잔치를 치르신 것 같다. 아버지 또한 모처럼 자식으로서의 도리를 다한 것 같아 무척이나 기분이 좋으셨던 모양이다. 나도 비록 어렸지만 이날의 흥겨웠던 모습을 어렴풋이 기억한다. 손님들이 많아 헛간이며 외양간에까지 자리를 깔고 손님들을 대접했던 풍경이 머릿속에 남아있다. 나도 사촌들과 먹을 것을 손에 들고 다니며 즐거운 시간을 보냈던 것 같다.

그러나 정작 아버지는 자식들로부터 환갑이나 칠순은 고사하고 그

흔한 생일상 한 번 받아보지 못하고 돌아가셨다. 당신이 낳은 자식이 다섯이나 되는데, 살아계시기만 했다면 할머니의 환갑잔치만 못했겠는가?

세월은 흘러 어머니가 이미 칠순잔치를 대신해 오남매와 며느리, 사위까지 대동하여 전라도의 큰형 집에 다녀온 것이 벌써 6년 전 일이 되었다. 그리고 장인어른도 재작년에 칠남매 형제 누이동생들과 함께 칠순 행사를 하셨다. 그때마다 아버지 생각에 가슴이 저려온다.

1974년 3월 23일 맑음

이 세상에서 무슨 정 보다도 높고 깊은 것이 어머니의 정이 아닐까. 그렇다. 어머니의 자식을 염려하시고 사랑을 베푸시는 정은 언제나 거짓이 없고 변함이 없는 것으로 포근하고 아늑한 마음의 보금자리이다. 이와 같은 어머니의 은공은 하늘보다 더 높고 바다보다 더 깊은 것으로 자식 된 우리들로서는 그 누구 만분의 일도 갚지 못하고 보는 일이다. '어머니.' 이는 불러도 또 불러도 자꾸만 부르고 싶은 이름으로 자식 된 자들의 마음의 의지이요, 등불이 되어있지 않는가. 이러하여 이 자신만 해도 어머니의 자정을 마음깊이 느끼고 믿음의 자식이 되려고 나대로는 애를 쓰는 일이다.

다함없는 어머니의 인자하신, 아껴주고 생각해 주시는 정은 자식을 위한 봉사와 희생적 그것으로 눈을 감는 순간까지 베풀고 보는 일 아닌가. 이 나이 벌써 40대 중반이 되고 본 일이지만 어머니는 항상 나를 아끼고 살찌게 하시려고 마음으로 이력하시니 때로는 눈물겹게 고맙기도 한 일이다. 헌데, 이와 같은 어머니를 나이 어려 일찍이 잃게 된 자식들은 정말 불쌍하고 애석한 일 아닌가. 그 누구 진정으로 사랑해 줄 사람 없는 불우한 그들의 인생. 친구 김생원이 오늘따라 어머니 없는 딸을 치우고 볼 때 시집가는 그나 남겨진 어린 삼남매가 마냥 불쌍케 여겨진다.

아마 이날은 어머니 없이 시집가는 친구분의 딸을 보면서 아버지의 감정이 많이 자극을 받으셨던 모양이다.

우리 오남매는 모두 아버지 없이 시집, 장가를 가야만 했는데, 아버지는 그런 우리의 허전한 마음을 아실까? 그러나 남겨진 우리 오남매보다 그것을 보지 못하고 가신 아버지가 더 애통하고 불쌍하게 여겨진다.

1976년 3월 25일 차차 흐려진 날씨

벌써 어머니가 대구 나가신지도 20여일. 한 놈의 공부를 뒷바라지하기 위해 이렇게 된 사정이나 마냥 그립기도 한 이 마음이다. 지금 어머니의 마음은 어떠시온지. 그동안 두 어차래 소식은 들었던 일이오나 자못 궁금케도 여겨진다. 어머니로 말하오면 오늘날 이맘이때까지 가정과 살림을 위하여 노력해 오신 어른이고 더욱이 자식 된 이 일신 남다르게 허약하여 매양 염려와 걱정 속에 지내오신 일이어서 생각은 더 한 일인지 모른다. 사실 부지런하시고 금소하신 그 여덕으로 곤란을 면하고 남부럽잖은 오늘의 우리 집 환경이 이룩해진 일을 상기하니 무어라 말할 수도 없는 이 심정 아닌가. 성품이 성품인 만큼 그곳에 계서도 집안일, 농사일이 애써질 어머니로 여겨진다.

어머니, 어머니. 불러도 부르고 싶은 이름이오. 이 세상에서 어머니의 정보다 더한 사랑의 정은 없는 일 아닌가. 이에 어머니는 자식의 안윽한 마음의 보금자리라고 말할 수도 있다. 오늘날 이 나이가 40대 중반을 넘어서고 거느러진 자녀가 5남매나 되는 일이지만 나는 답답하면 어머니를 찾고 괴로우면 어머니를 부르지 않는가. 어머니의 자식에 대한 마음은 수지타산이 없는 무한한 것으로 억울함을 말하지 않는 그것이다. 이렇기에 예로부터 어머니의 은덕은 하늘보다 높고 바다보다 깊으다고 말해오지 않았던가. 어머니, 어머니, 어머니. 세월 따라 허구 많은 고생을 하시고 구차한 살림 속에 지내오신 주름의 금자도 많게 된 어머니. 이리하여 이 마음은 매사로 지금까지 성가시고 걱정 끼친 죄책감을 느낀다. 이러나 부득이한 사정으로 집을 떠나게 하여 한 아이의 밥을 감당케 하였으니, 이 마음은 괴롭고 안타까운 일이다.

어머니~~~ 정말, 미안하오이다. 늙으신 만년에 편하지는 못할망정 그대로 집에서 함께 지내셨으면 얼마나 좋겠습니까. 어머니가 안 계시는 집안은 어딘가 한 모퉁이 뷘 것 같은 느낌이 들고 이 마음은 허전합니다. 그리고 집에 계시면 잠시도 쉬지 않고 여러 가지 일을 하셨던 것이 모두가 가정살림을 더 되게 하여 보다 잘 살게 해보자는 의욕이었음을 생각해보니 눈물로 적셔지는 이 마음이 됩니다. 마음속으로 어머니의 객지 안부가 빌어지면서 만수무

강이 바라지는 바입니다.

1976년 아버지는 할머니, 그러니까 당신의 어머니에 대한 감정이 그 어느 해보다 남달랐다. 그해 맏이를 대구로 유학 보내면서 그 뒷바라지를 할머니께 맡기시고 내내 마음이 편치 않으셨기 때문이다. 어머니를 떠나보낸 후 어머니에 대한 그리움, 허전함, 미안함, 그리고 염려의 마음이 구구절절 아프게도 적혀있다.

어머니에 대한 사무친 정을 담기에는 일기로도 부족하셨던지 따로 지면을 내어 '어머니' 라는 제목으로 글을 쓰셨다.

어머니(1976년 일기장)

손자의 공부 뒷바라지 때문에 집을 나가계시는 어머니가 안타까운 일이다. 이래서 나는 자식 되어 언제나 별고 없이 계시는지 염려스럽고 한편으로 미안하고 죄스러운 심정 아닌가. 대체로 사람들은 젊은 시절에 고생을 해도 늘그막엔 편안할 것이라는 희망과 기대 속에 참고 견디는 생애인데 벌써 그 연세 70이 가까워 이런 사정에 놓여 있으니 말이다. 아닌게 아니라 시대만큼 자식들의 교육 문제로 인하여 할머니가 다 된 어머니를 객지에 계시게 한 이 자신의 처사가 온당하지 못함은 두말할 것도 없다. 이런데 어머니께서는 짜증도 안 내시고 말씀인즉 귀여운 손자의 출세를 위한 기쁨의 수고가 아닌가 고 하시니 이 얼마나 고마우신 것으로 눈물이 머금어졌다. 보아오는 바 젊은 아낙네들 가운데도 끼니때가 닥치면 괴롭게 여기는데 늙으신 몸으로 시간 맞추어 밥을 해 먹이고 옷과 신발을 세탁, 어떻게 하시는지 싶은 생각이 문득문득 든다. 뿐만 아니라 집에 계시면 가고 싶은 곳도 마음대로 가시고 며느리가 대접하는 음식을 앉아서 잡수셔도 되는 될 일 아닌가. 더욱이 어머니는 가난하여 곤란을 당하고 어려웠던 살림살이 남부럽잖게 이루어 보시려고 갖은 고생, 온갖 풍상을 지내시어 뜻하셨던바 오늘날 지금에 있어 의식의 염려 없는 환경을 이루어신 어른이 아닌가. 이러하여 손자의 뒷바라지가 아니면 그래도 지난날 고생했던 보람도 느끼고 크게 편하지는 못할망정 그래도 늦 팔자 험하지는 않다고 말할 처지인데 집을 떠나 계시고 있으니 정말 안타까운 사정이 아닌 일인가.

원래 지극히도 부지런하신 어른이라 거기서도 잠시를 놀지는 않으시는 모양이고 가끔 돈이나 양식이 다되어 집에 다니시러 오게 되면 천연하게 앉아계실 생각 않고 가정 안팎 손 안 된 곳을 구석구석 청소하고 허물어진 물건을 고치고 새로 하며 일에 시간을 쫓다가 떠날 시간 그때는 언제나 허둥지둥 바쁜 걸음, 차 시간을 달려가실 적에 이 심정은 마냥 괴롭지가 않는가. 이러니 나는 언제나 어머니를 보내신 뒤에는 마음이 안 좋다. 그 연세가 연세인 만큼 앞으로 여생도 멀지 않을 생각에 잠길 적에 죄 되는 마음이 한층 더하다. 그리고 요즘 가을 들어 밤도 길어져 한 정 자고나면 생각도 많이 솟아 온갖 가지 살아오고 지내난 추억은 안타깝고 그리워 고독한 심정에 잠기는 이 자신으로 미루어 볼 적에 객지에서 말씀도 주고받을 사람 없이 어머니께서는 문틈으로 비춰드는 달빛과 쓰며드는 찬바람, 그것에도 쓸쓸하고 허전한 정감에 고독의 감회가 얼마나 심할까도 싶은 일이다. 이러나 어쩔 수 없는 우리 집 사정이라 다만 내 염원은 오래오래 살아계시어 뒷바라지 해 준 그 놈이 출세하여 할머니 덕분이라고 인사 듣는 그날이 기대될 뿐이다.

'뒷바라지 해준 그놈이 출세하여 할머니 덕분이라고 인사 듣는 그날이 기대될 뿐이다'라는 마지막 구절에 지금도 눈물이 왈칵 쏟아진다. 아버지에게는 맏아들이고 할머니에게는 장손이며, 나에게는 큰형이 되는 '뒷바라지해준 그놈'은 3년을 뒷바라지했지만 대학에 낙방해서 할머니가 1년을 더 뒷바라지하셨다. 그리고 결국 대학에 가는 것도 보지 못하시고 아버지께서 먼저 세상을 떠나셨고, 할머니도 이내 아버지의 뒤를 따라가셨다.

그렇다면 할머니가 뒷바라지해준 나의 큰형은 과연 아버지와 할머니의 기대에 부응할 만큼 출세를 한 것일까? 시대가 변하면서 사람마다 출세의 기준도 다르겠지만 내 판단으로는 할머니나 아버지의 바람대로 충분히 출세했다고 생각한다. 비록 전라도 어느 외딴 섬, 면사무소의 말단 공무원으로 근무하고 있지만 우리 오남매 중 유일하게 관직에 오른 자식이다. 더욱이 형의 옆에는 언제나 그림자처럼 살뜰히 내조하고 있는 형수님도 있다. 비록 낙도 오지에서 힘들게 공직생활을 하고 있지만 형네 부부는 충분히 아름답고 행복한 모습으로 살아가고 있다. 이만한 출세가 또 있겠는가?

그러고 보면 우리 오남매 모두 비록 크고 높게 되지는 않았지만 나름 출세를 한 셈이다. 자리가 높게 되고 돈을 많이 버는 것을 출세의 기준으로 삼던 시절은 지나갔다. 그것은 힘없이 못 먹고 못 살던 까마득한 옛날에나 있었던 이야기다.

큰고모와 이런 대화를 나눈 적이 있다.

"고모요, 할배, 할매, 노할매, 아부지는 그마이 고생마 하고는 호강 한 번 못해보고 돌아가신 거 아잉교? 쪼매마 더 오래 살어가꼬 호강 한 번 해보고 갔시마 좋았실낀데."

큰고모가 태연하게 대답했다.

"야야, 밥 굶는 거를 밥 묵는 거 맹키로 하던 사람들이 하리 세 끼 쌀밥 묵을 수 있는 시절을 살다가 갔시마 그기 호강한 거 아이가? 네 어른 다 호강하고 간 기라."

그것 또한 맞는 말이었다. 호강에 대한 개념도 너무 지금의 내 기준으로만 재단하고 있었던 것은 아닌가 하는 생각이 들었다.

그렇다면 나의 어머니는 과연 호강하고 계신 것일까? 아버지가 그토록 절절하게 당신의 어머니를 생각했던 것만큼, 나는 내 어머니를 잘 모시고 있는지 자문해본다. 수십 년을 혼자 계셨고 지금도 여전히 혼자이신 나의 어머니, 요사이 몸과 마음이 병들어 힘들어하시는 어머니를 생각하니 갑자기 또 가슴이 먹먹해진다.

5장

자식 농사

아버지의 최종학력은 국민학교 졸업이고, 어머니는 국민학교 1학년을 중퇴하셨다. 누나는 중학교, 큰형은 전문대학, 둘째 형과 셋째 형은 고등학교, 막내인 나는 대학교. 이것이 우리 오남매의 최종학력이다. 지금 기준으로 보면 우리 집안의 학력은 명함을 내밀 만큼 화려한 수준이 아니다. 그것은 집안 환경이 여의치 못했던 이유도 있겠지만 오남매 모두 공부에 큰 재능을 보이지 못한 이유도 있을 것이다. 그나마 막내인 내가 우리 집에서는 가장 많은 혜택을 누린 셈이다. 나는 이따금씩 '아버지가 살아계셨더라면…' 하고 생각해본다. 그랬다면 우리 오남매의 최종학력은 달라질 수 있었을까?

이미 아버지는 돌아가시기 직전에 대구에서 고등학교를 마치고 1년을 재수한 큰형의 대학 진학을 만류하셨다. 그것은 이후 동생들도 대학을 보내지 않겠다는 생각이셨는지, 아니면 동생들에게도 두루 기회를 주기 위해 그러신 것인지는 알 수가 없다. 어쩌면 나의 대학 진학에 대해서도 극렬하게 반대를 하셔서 내 최종학력이 고졸에서 멈추었을지, 아니면 반대로 엄격한 아버지가 계신 덕분에 학업에 더욱 매진함으로써 더 우수한 성적으로 좋은 대학을 갔을지, 지금 그것을 가정해본다는 것이 부질없는 일이라는 것을 잘 알면서도, 가끔 궁금할 때가 있다.

아버지는 공부에 대한 열망이 대단한 분이었다. 하지만 당신의 불우한 유년시절에는 그 열망을 이룰 수 없었다. 그래서 비록 국민학교 졸업이 최종학력이었지만 생활 속에서 늘 스스로 독학하는 의지를 가지고 사셨다. 아버지가 일기장 표지의 당신 이름 앞에 항상 '진리탐구생(眞理探究生)' 혹은 '철리연구생(哲理研究生)' 같은 수식어를 써놓으신 것만 봐도 짐작할 수 있는 일이다. 아버지는 당신이 이루지 못한 배움에 대한 한을 자식에게는 물려주지 않겠다는 의지를 다지며 살아오셨다. 그래서 지독한 구두쇠였던 아버지도 자식들이 공부를 하는 데 필요한 금전적 요구들은 대체로 부족함 없이 들어주려고 부단히 노력하셨다.

아버지는 누나와 형들이 공부에 특출한 재능을 보이지 않아 가끔씩 실망스런 마음을 드러내기도 하셨다. 그러다 막내인 내가 국민학교에 입학하면서 그 서운함을 약간은 덜어드렸던 것 같다. 나는 한글도 제대로 떼지 못하고 입학을 했지만 국민학교 1학년 후반부터 제법 공부에 재능을 보였다. 성적 우수상도 자주 타오고 2학년부터는 거의 매년 학급 반장이나 부반장을 맡았다. 아버지 일기장에도 간혹 기록되어 있지만 아버지는 그런 내가 기특하고 사랑스러웠던 모양이다. 그래서 지금도 내 기억에 남아있는, 아버지에게 기대하기 어려울 것이라고 짐작했던, 나의 요구를 뜻밖에 허락하신 일이 몇 가지 있다.

그 첫 번째가 이미 앞에서도 나온 얘기지만 2학년 때 학급 반장이 되자 구두를 사주신 일이다. 내가 반장들은 모두 구두를 신어야 한다고 거짓말을 했던 모양이다. 지금 생각하면 아버지는 아마도 거짓말인 줄 알면서도 구두를 사주셨던 것 같다. 당시 시골학교의 저학년에 다니는 아이들은 대부분 검정고무신을 신고 다녔고, 좀 형편이 나은 아이들은 흰 고무신, 아주 괜찮게 사는 아이들이라고 해봤자 운동화 정도를 신던 시절이었다. 그런데 아버지가 구두를 선뜻 사주신 일은 지금 생각해도 참으로 의외의 일이다. 돈 한 푼 쓰는 것을 무서워하셨던 분이 두말없이 구두를 사주신 걸 보면 아버지도 막내아들이 반장이 된 것이 무척이나 기뻤셨던 모양이다.

두 번째 예상 밖의 일은, 〈어깨동무〉라는 당시 인기 최고의 어린이 잡지에 관한 것이다. 당시 월간으로 나오던 그 잡지를 나는 학교 도서실에 늦게까지 남아서 보곤 했다. 그 잡지 속에는 재미있는 만화들도 많았는데 지금까지 기억나는 것은 '주먹대장'이다. 아버지에게 그 잡지를 사달라고 하는 것은 애초에 씨도 먹히지 않는 일이라고 나는 일찌감치 단정 짓고 있었다. 왜냐하면 그 책은 공부에 필요한 책이 아닌 말 그대로 잡지였으며 더구나 아버지는 우리가 만화 보는 것을 탐탁지 않게 여기셨는데, 〈어깨동무〉는 부록까지 포함해 만화가 수두룩했기 때문이었다. 나도 학교 도서실에서 보면 되는 것을 굳이 아버지에게 위험을 감수해가면서 사달라고 할 이유가 없었다. 그런데 어느 달엔가 〈어깨동무〉의 별책부록으로 손으로 날리는 접시비행기(개들을 훈련시킬 때 던지는 접시 모양의 원반)가 나왔는데, 그게 너무나 갖고 싶어 속이 탔다. 며칠을 고민하면서도 말을 꺼내기가 쉽지 않았다. 일단 말씀드려봐서 사주시지 않으면 그때 포기해도 되는데도, 혹시나 그 말을 꺼냈다가 공연히 쓸데없는 곳에 낭비를 한다고 꾸지람을 듣지 않을까 두려웠기 때문이다. 그래서 어렵게, 어렵게 말을 꺼냈는데, 놀랍게도 아버지는 별말 없이 그 잡지를 사주셨다. 그때 얼마나 신나게 그 원반을 날리며 놀았는지 지금도 기억이 생생하다.

세 번째는, 내가 보이스카우트 단원이 되는 것을 허락해주신 일이다. 4학년 때 보이스카우트 단원을 모집했는데, 단원으로 가입한다는 것은 빠듯한 시골살림에 적잖은 부담이었다. 단복도 장만해야 하고 회비도 내야 하고 또 해마다 캠프도 보내자면 당시로선 형편이 그런대로 넉넉해야만 가능한 일이었다. 그런데 아버지는 그것마저도 허락해주셨다. 보이스카우트 단복을 받아와서 처음으로 입어보던 때의 설렘과 기쁨은 이루 말할 수 없었다. 방학 때 할머니와 큰형이 계시는 대구로 나들이할 때도 나는 보이스카우트 단복을 자랑스럽게 입고 다닐 정도였다. 나는 우리 집 오남매 중 유일하게 스카우트 단원이 되는 영광을 누렸던 것이다.

돌이켜보면 철저하게 돈 씀씀이를 관리하고 지독할 정도로 절약하셨던 아버지도 자식들의 교육에 쓰는 돈만큼은 상대적으로 관대하셨던 것 같다. 그리고 학교에 내야 하는 돈이 없어 자식들 눈에 눈물을 흘리게 하는 일은 없어야 한다는 일념으로 늘 부족함 없이 준비해두려고 노력하셨던 것 같다. 당신이 많이 배우지 못해 가슴속에 맺힌 한을 자식들에게는 물려주고 싶지 않으셨던 것이다.

그럼에도 불구하고 기억에 남는 것은 돌아가시기 직전 아버지가 끝내 큰형의 대학 진학을 만류하셨던 사실이다. 큰형이 울며 애원해도 아버지는 마음을 돌리지 않으셨다. 가족들 모두 아버지의 처사가 너무 심하다며 이해하려 들지 않았다. 지금 돌이켜보면 어쩌면 아버지는 누구보다도 더 간절하게 큰형을 대학에 보내고 싶었을 것이란 생각이 든다. 그러나 가족들의 반대를 무릅쓰고 아무도 이해해주지 않는 결정을 내릴 수밖에 없었던 아버지의 심정은 얼마나 힘들고 고통스러우셨을까. 누구보다도 간절히 원하면서 누구보다도 완강하게 반대해야만 하는 심정! 이제야 조금씩 당시 아버지의 고통이 내 가슴의 통증으로 느껴진다.

아버지는 공부한 자식들이 나중에 크게 출세할 날에 대해 행복한 상상을 자주 하신 듯하다. 그리고 나중에 출세한 오남매가 "모두 아버지 덕분"이라고 말하는 그런 날을 꿈꾸셨을 것이다. 그래서 살아계시는 동안 자식교육에 그렇게 전력을 다해 노력하셨던 것일까? 아버지는 끝내 그런 날을 보지 못하고 돌아가셨지만 지금 우리 오남매가 아버지의 기대에 부응하여 살고 있는지에 대해서는 솔직히 자신이 없다. 그러나 오남매 모두 착하고 성실하게, 가족의 행복을 위해 정말 열심히 살고 있다는 것은 자신 있게 말씀드릴 수 있을 것 같다.

나 또한 이제는 아버지처럼 한 아이의 아버지가 되었다. 나는 딸 루다에게 아버지가 우리에게 바랐던 것처럼 높고 큰 사람이 되라고는 말하고 싶지 않다. 비록 높고 큰 사람이 되지 않더라도 스스로 만족하고 행복한 삶을 살 수만 있다면 그것이 진정한 출세라고 말해주고 싶다. 그것이 지금 내 딸의 아버지로서 진정 바라는 것이다.

자식들을 위하여 거름이 되고

1974년 8월 중순

자식을 위한 부모 된 마음은 누구나 다 같은 것으로 빈부의 차이 없이 그 나름대로는 온갖 정성을 기울여 출세하기를 염원한다. 이래서 오늘날 이 땅의 부모들은 희생적 노력으로 교육을 시키려고 애 쓰는 일 아닌가? 신문지상이나 잡지를 볼 적에 그 환경 어렵고 딱한 처지 가운데서 갖은 고생 무릅쓰고 자식을 공부시켜 성공케 한 사례를 볼 적에 감탄치 않을 수 없으며 따라서 가급이면 공부는 시켜야 마땅함인가 싶은 생각도 든다. 이런데 우리 집도 네 아이를 학교에 보내고 있는바 날마다 크고 적은 돈을 요구하여 때로는 엉뚱한 돈도 갖고 갈 때 이 마음 불쾌한 경우도 없지 않으나 그래도 아비 된 노릇을 자부하고 참고 지내는 수가 많다.

헌데, 벌써 큰 놈은 다가오는 3월에 중학 3학년에 오르고 그 다음 놈이 또 중학에 들어가게 될 일이며 그 밑에 두 놈이 5학년과 2학년이 된다. 이러하여 점차로 교육비도 상당히 제공될 일로 미루어 이 마음 한 편 벙벙한 생각도 들고 보지만 부모 된 입장으로 힘 자라는데 까지는 해봐야 된다는 생각이 아닌가? 바라지는 바 무엇보다 자식을 얻어 탈선적 행동은 안하는 자식이 되어야 할 터인데 사실, 부모의 마음을 모르고 공부한다 핑계 대고 불량한 짓을 하여 부모의 속을 상하게 하는 자식도 있을 때 언제나 살펴지고 경계케 되는 것이 부모 된 마음이라 하겠다.

자식 교육에 대한 아버지의 부담감이 서서히 가중되고 있다. 그래도 힘닿는 데까지 뒷바라지하겠다는 마음을 다지신다.

아버지가 일기장에서 거론한 엉뚱한 돈이 어떤 것인지는 모르겠으나 사실 우리 형제들에게는 개인적인 용도의 돈이 쉽게 허락되지 않았다. 그리고 아버지가 너무나 꼼꼼하게 가계부를 기록하셨기 때문에 아버지를 속이기란 거의 불가능한 일이었다. 군것질을 하기 위해 학용품을 산다고 하면 그 학용품을 예전에는 언제 얼마에 샀는지 다 꿰고 계셨기 때문에, 그리고 그것이 발각되었을 경우 어떤 결과가 초래될지 너무나 잘 아는 탓에 선불리 그런 시도는 할 수가 없었다. 아마도 여기서 말하는 엉뚱한 돈은 학교에서 어떤 이해할 수 없는 명목을 붙여 학부형에게 부담시킨 돈일 것이다.

우리 형제들은 아버지가 살아계시는 동안에는 당신이 경계하신 불량한 짓을 해서 크게 속을 상하게 한 자식들은 없었다. 이제 나 또한 자식을 키우는 아버지의 입장이 되고 보니 벌써부터 어린 딸의 교육과 뒷바라지를 염려하게 된다.

1974년 3월 21일 사운사청*

한 놈이 중학교에 다니고 세 놈이 국민학교에 다니고 보니 이들 뒷바라지에 노고도 많고 본 어머니 된 그 사람이다. 아침마다 보는 일이지만 매양 도시락 준비해 주느라고 마음이 바쁘고 반찬 때문에 말썽을 일으키며 갈아입혀 주기가 바쁘게 더럽혀 오는 빨래가지요, 양말과 신발도 얼마 안가 빵구 내는 일이지. 이래저래 고충이 여간 아닌 일이다. 이뿐인가. 가끔가다 개구쟁이 짓을 하여 어른들의 심관을 안 편하게 하고 때로는 뜻 아닌 억울한 변을 당하고 와서 마지못해 어른들이 나서지 않을 수 없는 사정도 생기니… 그리고 나로서도 주머니 끈 풀어놓고 지내는 격이지. 어느 날 치고 네 놈 가운데 돈 달라고 하는 소리 가히 안하는 날은 드물게 되어있지 않는가. 이러하여 어버이 된 노릇도 힘겹고 어렵다고 통감하는 일이다. 과연 상시로 돈을 간직하고 있어야지 없고 보면 울고불고 야단나니 말이다. 이렇기에 나로서는 언제나 주머니에 돈 준비를 해 둔다.

헌데, 이러나저러나 부모 된 책임과 의무로 이들 자식들을 위하여 거름이 되고 보는 희생적 노력이 요한 일 아닌가. 더욱이 교육문제에 있어서는 시대가 시대인 만큼 남들 아들 딸 못지않게 심력을 바쳐야 할 일로 학자금은 그 무슨 돈보다 아낌없이 해 주어야 마땅한 일로 생각되는 일이다.

* 사운사청(乍雲乍淸) : 구름 끼었다가 맑았다가

자식을 키우고 교육시키는 데에는 물론 아버지의 부담감도 컸겠지만 우리 형제들에게 직접 거름이 되어 희생하신 분은 어머니다. 아침마다 위로 증조할머니와 할머니를 비롯하여 아홉 식구의 아침상을 차리고 학교 가는 네 아이들의 도시락을 준비하는 일이 모두 어머니의 몫이었던 것이다. 거기다 식구들 빨래는 물론 그 많은 농사일까지 하셨으니 어머니의 고생은 천만 번을 말해도 모자랄 지경이다. 당시 우리 형제들의 도시락 반찬은 거의 김치를 중심으로 우리 밭에서 생산되는 나물 반찬이 대부분이었다.

집에서 키우는 닭이 있으니 계란 정도는 도시락 반찬으로 싸줄 법도 한데, 그것들은 모았다가 시장에 내다 팔거나 병아리를 까거나 하는 까닭에 특별한 날에만 먹을 수 있었다. 그래서 가족들 몰래 닭장에서 금방 낳은 날계란을 훔쳐 먹거나 빨래 삶고 있는 물에 계란을 몰래 삶아 먹는 비위생적인 일을 저지르기도 했다.

당시 어른들의 심기를 불편하게 했던 개구쟁이 짓에는 몇 가지 유형이 있었다. 대표적인 것이 밖에 나가서 동네 아이들과 싸우는 일이다. 당시에는 대부분 형제들끼리 해결했다. 동생이 맞으면 형이 나서서 중제 내지 복수를 해주는 식으로 말이다. 물론 싸움은 형제들 간에도 일어난다. 나는 주로 바로 위의 셋째 형과 많이 싸웠는데, 늘 이기지 못해 분통을 터뜨렸던 기억이 난다.

또 한 가지는 남의 농작물을 건드리는 일이다. 학교 가는 길에는 늘 그런 유혹들이 있었다. 남의 양파나 무 같은 채소를 주전부리 삼아 뽑아먹는데 그 정도는 주인에게 들켜도 호통 한 번 당하는 걸로 대수롭지 않게 넘어갈 수 있다. 그런데 문제는 과일이다. 과일은 일반 채소류와는 그 엄중함이 다르다. 일반 채소는 순간적으로 일어나는 단순한 재미 수준의 서리지만 과일 서리는 다분히 계획적인 감정에서 비롯되며 심장박동의 빠르기 또한 확연히 다르다. 운 좋게 마음씨 좋은 주인에게 잡히면 꿀밤 몇 대 맞고 방면이지만, 까다로운 주인에게 걸리면 부모들끼리 상면해야 하는 심각한 사태가 발생한다. 그러면 아이뿐만 아니라 부모들까지도 불편한 관계가 된다.

그렇게 아버지에게 부담을 주었던 개구쟁이 어린 자식들도 세월이 흘러 아버지들이 되었다. 그리고 당시 우리들의 아버지와 똑같은 마음으로 자식을 키우는 거름이 되어 희생하느라 심히 고생들을 하고 있다.

1974년 7월 18일 때때로 비

사람마다 돈 쓰는 마당에는 경제적 타산으로 아끼고 덜 쓰는 방안을 머리 쓰고 모색하는 일이오나 자식들 공부에 들여지는 돈은 아낌없이 바치는 것 보면 정말 놀랍다. 과연 부모는 자식들을 위한 존재로 이들을 위한 일에는 희생적 노력이고 볼 적에 무어라고 말할 수 없는 감탄지사라고 아니할 수 없다. 대체 부모는 무엇인가. 무한한 자정을 가지고 바치고 또 바치는 변함없는 지성. 암만 생각해봐도 이는 천성인지 모른다. 아~ 부모 된 티 없는 사랑의 마음, 눈 감기 전에는 언제나 자식을 염려하고 걱정하시니… 이 공은 다 갚을 수 없는 일이라 태산보다 높으고 바다보다 깊다고 노래도 있다. 헌데, 현시대만큼 전보다 자식들의 교육열이 대단케 된 오늘날, 부모 된 이의 책무와 부담은 가중된 일로서 무겁고 힘겨운 노릇이 아닌 일인가. 이 마을로 봐서도 그 가정환경 어려운 처지에도 불원하고 자식들 공부시킨다고 안간힘을 쓰고 있는 부모가 많고 보는 것으로 때로는 공납금 때문에 빚돈을 구하려고 해매고 사람 따라 아끼고 절약하는 생활 하여 공부 뒷바라지 하느라고 유별히 일도 많이 하고 있다. 이와 같은 정경을 볼 적에 자식에게 제공되는 돈에 있어서는 아까움이 없는 부모라는 생각이 들고 본 이 마음이다.

말이 났으니 말이지만 이 자신만 해도 가난하여 딱하고 어려운 환경을 살아 지내온 인생이라 한 푼을 쓰는 마당에도 인색한 평을 들을 만큼 검소한 생활

지조이지만 오늘날 한 놈을 중학교에 보내고 셋 놈을 초등학교에 보내고 있는 어버이 된 입장이니 이들 공부에 들여지는 돈은 그 다른 어떤 용도에 쓰여 지는 면과는 판이한 마음이 아닌가. 이리하여 이들이 요구할 적에 줄려고 주머니를 언제나 비게 아니하고 경우 따라 주머니가 바닥나게 될 즈음 되면 무슨 방책 써서라도 미연에 장만하여 대비를 하여둔다. 아마 이런 것도 부모 된 마음인지 모를 일이다.
오늘만 해도 아내 된 사람은 비가 내리는 가운데 리어카를 끌고 채소를 팔러 갔다가 저물게 돌아왔다. 금년 따라 어지간히 갖고 가도 몇 푼 손에 들지 않는 채소 값으로 볼 적에 돈장만 하기란 어렵고 힘든 노릇임을 절절히 느끼게 되는 일이지. 이러나 이와 같이 손에 든 돈도 자식들 공부 밑천으로 들여지는 앞에서는 서슴없이 내어주니 아무래도 희한하고 이상한 일이 아닐 수 없다. 자식을 위한 부모 된 마음, 오늘 아침만 해도 책값을, 육성회비를, 공책 산다고 그 나름대로 요구하는 돈을 내어주어 자식이 무엇인가 심심히 생각킨 일이었다.

그 시대나 지금이나 자식 앞에서는 한없이 약해지기도 하고 강해지기도 하는 것이 부모의 마음인 것 같다.

딸 루다가 태어나고 수많은 밤, 선잠을 자면서 먹이고 입히고 씻기느라 잠시도 숨 돌릴 틈이 없었다. 몸과 신경을 곤두세운 채 보내야 하는 날들이 지속되면서 우리 부부의 피로도 누적되어 몰골이 말이 아니었다. 그때 비로소 이 모든 고생이 그 옛날 내가 우리 부모에게 진 빚이었구나 하는 생각이 들었다. 그리고 그때 부모에게 진 빚을 부모에게 되갚는 것이 아니라 내 자식에게 갚아주고 있구나 하는 것을 깨닫게 되었다.

만약 우리가 결혼 초의 결심처럼 평생 자식을 낳지 않았다면 우리는 영원히 채무자로 살다가 갔을 것이다. 지금도 우리 부부는 루다에게 그 빚을 갚느라 그야말로 생똥을 싸고 있다. 그런데 이것은 이제 시작일 뿐이며 우리 부부 앞에는 깨알 같이 많은 날들의 긴 상환기간이 남아있다.

오늘도 피곤한 몸으로 퇴근한 나에게 루다는 빚 독촉을 하고 있다. 그리고 아버지가 말씀하신 '희한하고 이상한 일'이 우리 부부에게도 똑같이 일어난다. 맞벌이를 했던 아내는 루다가 태어난 후 모든 일을 접고 육아에만 전념하고 있다. 요리나 부엌일에 그다지 재주가 없었던 아내가 이유식 관련 요리책과 인터넷을 모조리 섭렵하더니 이제는 어느 누구보다도 뛰어난 이유식 요리전문가가 되었다. 덩달아 우리 부부가 먹는 식탁의 요리 수준도 급격하게 업그레이드되었다.

특히 루다에게 아토피 증상이 처음 나타났을 때 의사는 하루도 빠짐없이 한 시간 이상을 목욕시키라는 가혹한 처방을 내렸다. 루다의 일이 아니었다면 아마도 우리 부부는 콧방귀를 뀌거나 잔꾀를 부렸을지도 모른다. 그러나 우리 부부는 힘들고 고단한 그 임무를, 얼마간 도

우미 아주머니를 쓰는 경제적 부담까지 기꺼이 감수하면서, 그야말로 하루도 빠짐없이 철두철미하게 완수했다. 루다가 태어나기 전에는 틈만 나면 온천이나 목욕을 즐겼던 우리 부부가 며칠씩 샤워를 못하는 상황에서도 루다를 씻기는 일만은 하루도 거르지 않았다.

또 아내는 한번 잠들면 잘 깨지 않는 편인데 얼마 전 루다가 침대에서 떨어지는 소리가 나자, 아직 잠들지 않고 루다를 지켜보고 있던 나보다도 더 빨리 몸을 일으켜 루다를 안는 그야말로 불가사의한 일이 일어났다. 아버지가 우리 오남매를 키우시며 경험하신 희한하고 이상한 일보다 더 희한하고 이상한 일이 지금 우리 부부에게 일어나고 있는 것이다.

얼마 전 밤 자정이 다 된 시간에 퇴근을 하다가 아파트 엘리베이터에서 15층에 사는 중학생을 만났다. 그 시간에 학원을 마치고 오는 길이라는 말을 듣는 순간, 내 딸 루다를 이 땅에서 계속 키워야 하나 하는 생각마저 들었다. 그 시간까지 루다가 놀지도 못하고 공부에 시달려야 한다는 생각을 하니 벌써부터 애처로운 마음이 들었다. 또 그 시간까지 공부할 수 있도록 우리 부부가 뒷바라지할 생각을 하니 십수 년의 시간을 앞질러 벌써부터 등골이 저려오는 듯하여 깊은 한숨이 나왔다.

예전 같으면 대수롭지 않게 여겼을 일들이 이제는 모든 것을 루다와 연관 지어 생각하곤 한다. 나도 이제 자식을 키우는 아버지가 되어

가고 있나 보다.

오남매 교육

아버지는 우리 오남매의 교육과정을 자식별로 정리해두셨다.

오남매 중 맏이인 큰딸.

당시 농촌의 딸들은 대부분 초등학교 아니면 중학교까지만 마치고 도시로 나가 방직공장이나 섬유공장에서 돈을 벌었다. 상급학교도 포기하고 힘들게 번 돈을 동생들이나 오빠들의 학비로 썼다. 이 땅의 수많은 누나와 여동생들은 그렇게 자신을 희생하며 그 시절을 살아왔다. 우리 누나는 중학교 졸업 후 시집갈 때까지 어머니와 함께 더없이 훌륭한 농사꾼으로 살았다.

장손인 큰아들.

큰형은 일찌감치 고등학교부터 대구로 유학을 보냈다. 아무리 힘들어도, 다른 가족의 희생이 있더라도 장남만은 끝까지 교육을 시키고 싶은 것이 당시 부모들의 간절한 마음이었을 것이다.

자식 모두를 공부시킬 수 없는 형편일 때 공평하게 다 시키지 않는 것과 한 놈이라도 능력되는 데까지 밀어주는 것 중 부모들은 후자를 택한 것이다.

그렇게 전폭적인 후원을 받았던 큰형은 3년 유학 끝에 대학 진학에 실패했고 한 해 재수 후에는 진학문제로 아버지와 심한 갈등을 빚기도 했다. 결국 1980년 3월, 큰형은 전문대학에 입학했지만 아버지는 불과 한 달 반 전에 돌아가셨기 때문에 안타깝게도 그 모습을 지켜보지 못하셨다.

둘째 아들, 가장 건장한 아들이었다.

이미 중학교 때부터 집안의 훌륭한 농사꾼 역할을 해낸 듬직한 형이기도 하다. 고향에서 고등학교까지 마치며 홀어머니의 농사를 도왔고 군대 갔다 와서도 집안 농사를 도맡아 해왔다. 물론 지금은 도시로 나와 살지만 지금도 고향에서 혼자 힘들게 농사일을 하시는 어머니에게 가장 많은 노동력을 부조하고 있다.

셋째 아들, 바로 손위 형.

아버지가 타계하신 후 대구에서 고등학교를 나왔다. 대학교에 합격했고, 본인도 무척이나 가고 싶어 했지만 혼자 농사지으시는 어머니의 고생을 염려하여 눈물을 머금고 진학을 포기하였다. 그때 형이 이불을 뒤집어쓰고 몇 날 며칠을 꼼짝 않고 고민하던 모습은 지금도 잊을 수 없다. 어머니의 증언에 의하면 형은 그 일로 가출까지 했었다고

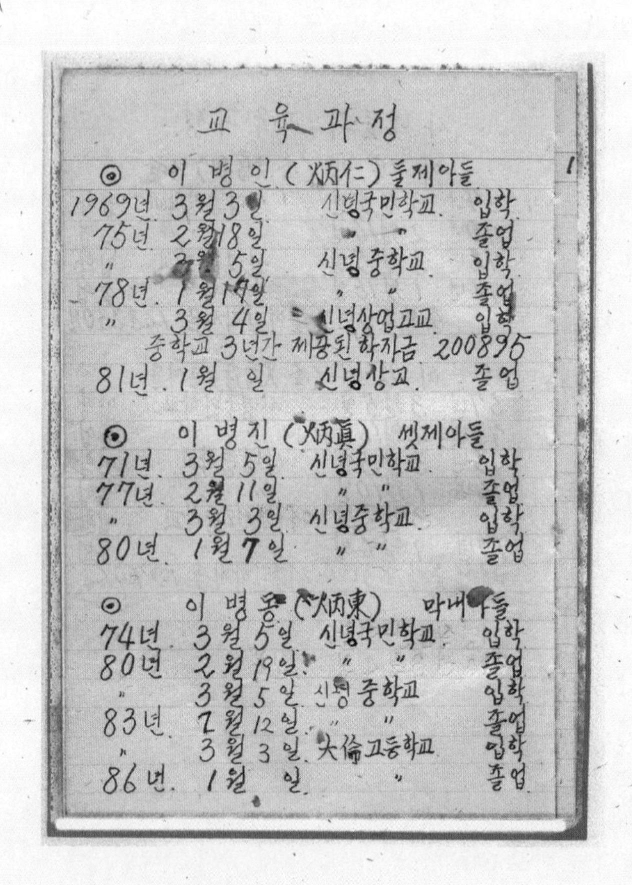

교 육 과 정

◎ 이 병 인 (李炳仁) 둘제아들

1969년. 3월 3일. 신녕국민학교. 입학

75년. 2월 18일 " " 졸업

" 3월 5일 신녕중학교. 입학

78년. 1월 17일 " " 졸업

" 3월 4일 신녕상업고교 입학

중학교 3년간 제공된 학자금 200895

81년. 1월 일 신녕상고. 졸업

◎ 이 병 진 (李炳眞) 셋제아들

71년. 3월 5일. 신녕국민학교. 입학

77년. 2월 11일 " " 졸업

" 3월 3일. 신녕중학교. 입학

80년. 1월 7일 " " 졸업

◎ 이 병 동 (李炳東) 막내아들

74년. 3월 5일. 신녕국민학교. 입학

80년 2월 19일. " " 졸업

" 3월 5일. 신녕 중학교 입학

83년. 2월 12일. " " 졸업

" 3월 3일. 大倫고등학교 입학

86년. 1월 일. " 졸업

아버지가 기록한 형제들의 교육과정

형들과 달리 막내인 나에 대한 기록에는 중학교, 고등학교 입학과 졸업에 해당하는 6년 동안의 칸을 미리 만들어두신 게 눈에 띈다.

한다.

막내아들, 바로 나다.

1980년 아버지가 돌아가시면서 형들은 그 시점에서 모든 기록이 끝났는데, 유독 나에게는 6년 뒤까지나 빈 칸을 남겨두셨다. 고등학교 졸업까지의 칸을 미리 만들어두신 것이다. 난 이 부분에서 그만 눈물을 왈칵 쏟고 말았다. 형들보다 공부에 소질이 있는 막내는 공부를 좀 더 시켜야겠다는 아버지의 결심과 기대를 느낄 수 있었기 때문이다.

아버지의 예의 그 절약정신이 반영되어 공책의 남은 공간을 비워둘 수 없어서 그러셨을 수도 있다는 추측도 해봤다. 그러나 앞 페이지의 큰형 아래 빈 공간은 비어있는 채로 남겨져있다. 아버지는 막내아들인 나를 대학까지 보낼 작정이셨던 것일까?

아버지는 해마다 자식들별로 학자금 비용을 세세하게 기록하셨다. 이 학자금 가계부에는 자식별, 연도별로 수업료, 학용품 등 학교생활과 관련해 지출된 모든 내역이 기록되어있어 당시 생활상과 물가 등을 알 수 있는 귀중한 자료이기도 하다. 1973년 기록을 보면 운동화가 300원에서 400원, 볼펜 한 자루에 20원이고, '새마을 협조금' 이라는 항목도 있다.

이처럼 꼼꼼한 아버지 앞에서 소위 '삥땅'을 친다는 건 상상도 할 수 없는 일이었다. 하지만 늘 구멍은 있는 법이다. 나는 국민학교 6년 동안 아버지를 두 번 속였다. 아버지의 꾸지람이 무서워 거짓말을 한 일은 일일이 기억해내기도 어렵지만, 돈과 관련된 두 번의 거짓말은 지금도 분명히 기억한다. 그만큼 아버지를 속이는 일이 어려웠다는 것을 방증하는 것이기도 하다.

두 번의 거짓말은 몇 년의 시간차를 두고 각각 저지른 일이었지만 서로 연관된 사건이었다. 첫 번째 거짓말을 감추기 위해 두 번째 거짓말을 해야만 했던 것이다.

국민학교 저학년 때 나는 저금을 한다면서 100원을 받아서 간도 크게 군것질을 해버렸다. 아버지 가계부에는 기록이 되었겠지만 통장은 학교에서 관리를 했으니 대조를 해볼 수 없다는 허점을 노린, 아버지를 상대로 한 어린 자식의 당돌한 사기사건이었다. 그러나 나는 그 일을 몇 년 동안 잊을 수 없었다. 그러다 국민학교 졸업이 점점 가까워오자 마음이 조급해지기 시작했다. 분명히 아버지는 가계부에서 6년 동안 저금으로 나간 돈을 합산해서 통장 금액과 대조를 하시고도 남을 분이라는 생각을 했다. 그 전에 어떻게든 그 빈 금액, 100원을 맞춰 넣어야만 했다. 결국 나는 아버지가 잘 알 수 없는 자연과목 실험도구 중의 하나인 알코올램프를 사서 학교에 내야 한다며 100원을 받아냈다. 그리고 마침내 100원을 통장에 채워 넣는 데 성공했다. 어찌 보면 단순한 거짓말 같지만 당시 나로서는 수년에 걸쳐 상당히 용의주도한

완전범죄를 저질렀던 셈이다. 이를 위해 하고많은 실험도구 중에서도 아버지에게 가장 생소할 것으로 보이는 알코올램프를 생각해냈다. 더욱이 아버지가 누군가와 한참 대화를 나누시는 정신없는 틈을 노려서 자연책에 실린 알코올램프 사진까지 보여드렸다. 또한 산 물건을 확인받지 않아도 되도록 학교 과학실에 비치해두어야 한다는 완벽한 가상시나리오까지 꾸며냈던 것이다.

1원 단위까지 빠짐없이, 철두철미하게 가계부를 기록하는 아버지가 아니었다면 나는 그저 흔한 학용품 이름을 갖다 붙여도 되었을 것이다. 그리고 수년에 걸쳐 두 번의 거짓말을 해야 할 필요도 없었을 것이다. 아버지를 속이던 그 순간, 나는 내 심장 뛰는 소리가 아버지 귀에 들리지나 않을까 하는 걱정을 할 만큼 긴장을 했다. 혹시나 아버지가 뭔가를 되물어보았다면 나는 아마 기절했을지도 모른다. 다행히 아버지는 뭘 그렇게 사야 하는 것이 많은지 모르겠다는 혼잣말을 하시고는 의심 없이 돈을 내어주셨다. 그때 일을 생각하면 지금도 내 심장이 막 뛰는 것 같다.

아버지는 들어간 학비를 자식들마다 따로 구분하여 해마다 정리하셨고 전 학년 통계를 내어 '아무개는 국민학교 6년간 얼마가 들었다'는 식의 내용을 적으셨다.

이 학계부는 1979년, 그러니까 내가 6학년 때 것인데, 가을소풍 때

500원이라는 거금을 받아서 대체 무엇을 사먹었을까 궁금하다. 아마도 환타를 사먹지 않았을까? 환타를 원 없이 마셔보는 것이 어린 시절 나의 소원이었기 때문이다. 한번은 소풍을 마치고 돌아오는 길에 환타를 두 병이나 사서 원 없이 다 마셔버렸다. 배가 너무 불러 마치 술 취한 사람처럼 정신이 혼미해지고 걸음은 비틀거렸다. 그래서 하천의 자갈밭에 누워버렸다. 햇볕에 적당히 달궈진 자갈의 따뜻한 온기와 온몸으로 전해지는 충만한 포만감을 조금이라도 더 오랫동안 누리기 위해 그렇게 한참이나 누워있었던 기억이 난다.

그 시간이 지나면 또다시 두 계절이 지난 후 다음 소풍 때나 원 없이 마셔볼 수 있는 환타였다. 술을 마시지 못하는 나는 지금도 술자리나 모임에 참석하면 어김없이 환타를 주문한다.

한편, 이 학계부에는 아주 이례적인 부분이 눈에 띈다. 아버지는 왜 연말인 12월 말일이 아니라 11월 15일까지 합계를 내어놓으신 걸까? 두 달 뒤 아버지가 작고하신 것을 생각하면 아버지는 이미 운명을 예감하고 계셨던 게 아닌가 하는 생각이 들기도 한다.

병동이

11월 15일까지 22010원.

막내둥이로서 우리 집 5자녀 중 가장 머리가 뛰어나 일기 같은 것 쓴 것 보면 가히 천재적 소질을 가진 머리이다. 이리하여 일학년 때부터 여러 번 회

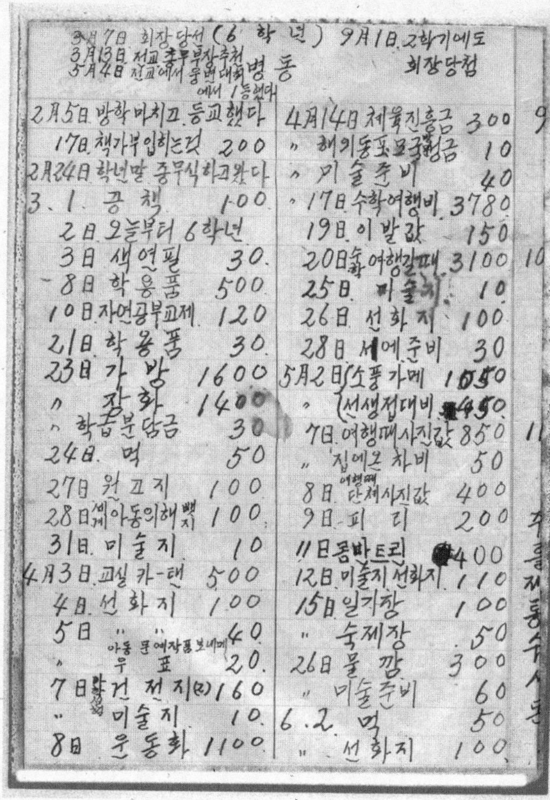

3月7日 회장당선(6학년) 9月1日 2학기에도
3月13日 전교총무부장추천
3月4日 전교에서 웅변대회 병동 회장당첨
에서 1등했다

2月5日 방학 마치고 등교했다		4月14日 체육진흥금	300
17日 책가부 입히는것	200	" [illegible]금	10
2月24日 학년말 종무식하고 왔다		" 미술준비	40
3.1. 공책	100	" 17日 수학여행비	3780
2日 오늘부터 6학년		19日 이발값	150
3日 색연필	30	20日 수학여행갈때	3100
8日 학용품	500	25日 미술지	10
10日 자연공부교재	120	26日 선화지	100
21日 학용품	30	28日 서예준비	30
23日 가방	1600	5月2日 소풍가메	1050
" 장화	1400	" 선생접대비	450
" 학습분담금	30	7日 여행때사진값	850
24日 먹	50	" 집에온 차비	50
27日 원고지	100	8日 여행때 단체사진값	400
28日 세계아동의해 백지	100	9日 피리	200
31日 미술지	10	11日 [illegible]	400
4月3日 교실 카-텐	500	12日 미술지 선화지	110
4日 선화지	100	15日 일기장	100
5日 " "	40	" 숙제장	50
" 아동문예작품보내매 우표	20	26日 물깜	300
7日 [illegible] 건전지(2)	160	" 미술준비	60
" [illegible] 미술지	10	6.2. 먹	50
8日 운동화	1100	" 선화지	100

막내아들의 학계부

아버지는 자식들을 학교에 보내면서 들어간 돈을 빠짐없이 기록하는 한편 학교생활에서의 특이사항도 메모하셨다. 나에 대한 학계부에는 학급 임원이 되었다거나 교내 대회에서 우승했다는 내용도 정확한 날짜와 함께 적으신 걸 보아 아버지가 막내아들에게 보람을 느끼고 자랑스러워하셨음을 짐작할 수 있다.

장을 역임했고 6학년에 들어서는 1,2학기 회장에 추천되어 아이들의 모범적 이력을 해 왔으며 호감도 많이 싸 온 아이이다. 가히 어른다운 사고방식을 갖고 있지 않는가.

아버지는 자식들의 학계부마다 그 아이에 대한 아버지의 생각을 적어두셨는데, 다행히 나에 대한 평가는 상당히 호의적이였다. 아버지는 막내아들을 천재적인 재능과 어른스러운 사고를 하는 아이로 평가하고 계셨다.

아버지가 자식에 대한 기록을 남겨 내가 지금 그 기록을 통해 당신의 마음을 알아가고 있듯이 나 또한 아버지로서 내 딸에 대한 이야기들을 지금부터라도 부지런히 기록하여 먼 훗날 딸 루다가 그 기록을 보고 아버지의 사랑이 얼마나 지극했는가를 느끼게 해야겠다는 당돌한 생각을 해본다.

작은 일꾼들

1978년 12월 27일 맑은 뒤 흐림

아내와 아이들이 밖에서 일을 할 적에 방안에 앉아있는 내 마음은 안심찮은 일이다. 이 몸도 남들같이 성한 몸이면 이들의 괴로움도 적을 것이요, 미안하고 죄 된 마음 없을 일이라. 오늘도 아내와 아이들은 돌개(도라지)를 캐기 위해 밭에 나갔다. 아직도 천진한 아이들이라 군소리를 하고 있었지. 이런 것을 아내는 호통치고 꾸짖어가면서 리어카를 끌게 하여 집을 나설 때 무어라고 말 못하고 내다보았지. 이래서 그들도 함께 하여 뜻밖으로 많이 캐고 흙까지 두 번 싣고 와서 묻었다. 정말 기특하게 여겨진 이 마음이었다.
사실, 어른도 사람 따라 게으름을 피우는데 아이들이 어른 따라 일할 마음 없는 것은 당연한 일이 아닌가. 허지만 우리 집 사정이 이러하여 이들이 하지 않고는 안 된다. 이런데 오늘따라 집에서 보이는 뒷산에서 아이들이 재미있게 공놀이를 하고 있어 더욱 우리 집 아이들이 짜증을 냈다. 했지만 그의 어머니의 독촉에 못 이겨 일을 했던 것이지. 이런데 그래도 아이들이 다른 집보다는 일을 잘하고 때로는 학교 다녀와서 불평 없이 일하러 나갈 적에 고맙게 여겨지는 마음 한편으로 측은한 정도 든다. 저녁 무렵, 비가 올 것으로 보인 하늘이라 이것저것 설거지를 하는 것을 보고 나는 웃음이 솟았지.

'누울 자리를 보고 발을 뻗는다'는 말은 아이들에게도 해당된다. 우리 집이 그러했다. 농사는 많았고 몸이 불편한 아버지는 노동력이 없었다. 집안 환경과 처지에 따라 일찍 철이 드는 아이들이 어디 우리 집뿐이랴.

특히 누나와 둘째 형은 어릴 때부터 농사꾼 노릇을 톡톡히 했다. 다른 집 아이들처럼 놀고 싶었지만 그런 것들을 무던히 참아내는 철이

든 자식들이었다. 그때는 어린아이의 마음을 몰라주는 아버지가 얼마나 야속했는지 모른다. 그러나 아버지는 우리 자식들에게 늘 엄하셨기에 감히 거역할 수 없는 존재였다. 그런데 그런 아버지가 속으로는 이토록 미안하게 여기고 마음 불편해하셨다니… 그때는 상상도 하지 못했다. 오남매 중 누군지는 모르겠으나, 비가 올 것을 대비해 알아서 갈무리하는 자식을 보면서 아버지 마음이 흐뭇하셨던 모양이다.

지금도 고향집에 가면 당시 내가 붓글씨 연습을 하던 나무 장기판에는 '가훈 : 열심히 일하자' 라는 글귀가 적혀있다.

자식 뒷바라지

1976년 3월 1일 흐린 날씨

쉬지 않고 가는 세월은 흐르는 물결과 같은 것으로 벌써 해가 바뀌고 두 달이나 지나 셋째 달을 맞는 오늘이 3월 1일이고 보니 자못 빠르기도 한 느낌이 든다. 이 달 3월은 각급 학교가 신 학년에 접어들고 농촌에서는 보리밭 가꾸기를 위시한 봄 채전을 해야 하는 일이라 이래저래 분주한 달이다. 뿐만 아니라 초중고교 대학 교사들의 이동도 있어 새로운 임지로 찾아가는 선생들의 소용돌이도 심한 일 아닌가. 해마다 3월이면 이와 같은 일이지만 농촌에서 도회지 학교에 입학한 자녀들의 공부 문제는 부형들의 고충 중차 대한 일이라고 아니할 수 없다. 시대만큼 교육열이 종전보다 대단하게 된 일로 집집은 자식을 가르쳐야 한다는 의욕에서 그 환경과 처지를 벗어난 사정도 많다.
헌데, 우리 집으로도 아이 하나가 대구에 나가 공부하게 되어 벌써부터 이 뒷바라지 준비를 해온 일로서 이제 개학일도 앞으로 5일이라 내일 떠나게 되어 오늘도 아침부터 갖고 나갈 물건을 보자기 꾸러미로 만든다고 종일 일을 했다. 정말 한 곳에 또 새살림을 해야 하는 일이라 갖가지 준비도 많고 보는 것. 헌데, 벌써 돈도 10만원 가깝게 쓰여 진 일이지만 앞으로 장만하고 준비해야 할 생필품도 적지 않아 약비한 금액의 지출이 예상된다. 이러하여 이 가슴은 먹먹한 것으로 지금까지 지내온 과정은 비교적 휴월하게 잘 지내왔다는 생각이 든다. 좌우간 앞으로 우리 집 경제는 어떻게 될 것인지 깊은 생각에 잠기는 오늘의 이 자신이다.

35년 전 3월 1일, 날씨는 흐렸고 그 전날도 비가 내렸다.

3월의 시작과 함께 아버지는 세월의 빠름을 느끼면서 1년 중 새로운 시작의 달이 실제로 3월이고 그래서 모든 면에서 분주한 달이라고 기록하셨다.

맏아들을 당신의 어머니와 함께 인근의 대도시 대구로 유학을 보내면서 느끼는 부모로서의 부담과 걱정이 고스란히 드러난다. 그때나 지금이나 농사를 지어서 자식의 교육을 뒷바라지한다는 것은 여간 버거운 일이 아닌지라 가장인 아버지의 걱정은 적지 않았을 것이다. 이후 아버지는 수많은 날, 농사일을 하는 중간 중간에 손을 놓고 객지로 나간 첫째 아들과 어머니 걱정에 남몰래 많은 눈물을 삼키셨던 것 같다.

아버지는 객지로 나간 큰아들에게도 따로 노트를 하나 장만해주시고 거기에 돈이 들고 나는 사항을 모두 기록하라고 지시하셨다. 그리고 한번씩 그 노트를 검사하시고는 노트 앞쪽에 '빠짐없이 기록하라'는 메모를 남기기도 하셨다.

1979년 1월 15일 눈 내리고 개었다.

시험에 낙방한 자식으로 하여 아련하고 씁쓸한 부모 된 가슴, 희망과 기대가 꺾어진 일로 무어라고 말 못할 그 심정 아닌가. 대체로 부모는 자식을 위해 그 환경 불문하고 안간힘을 다해 있는 돈 없는 돈 뒷바라지로 공부시켜 성공을 바라는 일이다. 헌데, 지난 13일 고등학교 연합고사 결과가 발표되어 당락이 판명된 일이다. 이로서 희비가 엇갈린 일로서 합격의 영예를 얻은 수험생과 그 부모는 기쁨에 부푼 가슴이 되었고 반면으로 낙방된 학생과 부모들은 안타깝고 원통한 심정에 잠기게 된 일이다.

무릇 경쟁에 있어서 사람은 누구나 승리를 목적으로 진출하게 된 만큼 승리 아닌 패배를 당하게 될 때 원통하고 아픈 마음은 인지상정이 아닐 일인가. 더욱이 내 아끼고 사랑하는 자식의 일이 실패로 돌아간 결과는 그 무슨 일보다도 더한 일이라고 아니할 수 없다. 일컬어 인생은 평생이 경쟁과정이라고. 한 번 패배앞에 실망할 것이 아니라 다시 신념과 용기로 다음 단계의 승리를 위한 노력이 중요하다고 한다. 이러나 시험으로 낙방된 어린 가슴의 상처는 부모들로 하여 자칫 잘못하면 탈선된 인간으로 떨어질 일로 미루어 이들의 마음을 위하고 감싸줘야 할 일이다. 하기야 이 자신도 경험했던 일이지만 큰 놈이 1차 시험에 낙방했을 적에 밤에 잠이 안 오고 많은 생각으로 고민했던 일이었다.

당시 경북에서 대구의 인문계 고등학교로 진학하기 위해서는 연합고사에 합격해야 했다. 대구시 고입 연합고사에 합격한다면 시골에서 공부를 제법 한다는 소리를 들은 학생들이다. 내가 대구의 인문계 고등학교로 진학하던 82년 연말의 연합고사만 해도 우리 학교에서 중학교 3학년이 200명이 넘었지만 그중 30명 남짓한 학생들만 연합고사에 합격했던 것으로 기억한다. 76년 큰형이 이미 이 연합고사에서 낙방했던 경험을 가진 아버지는 78년 연합고사 풍경이, 그리고 부모들의 마음이 남의 일 같지 않았으리라.

1979년 1월 17일 맑음

지낸 밤에도 자정이 넘도록 잠이 안 왔다. 이모저모 여러 가지 생각에서 불안했던 마음과 몸. 대학을 들게 하려고 온갖 노력 다하면서 고등학교 졸업시켰던 놈이 오늘이 시험일자인데도 자신이 없다고 포기 했다니. 내 인생의 운명이 저주스럽기도 했다.

그런데 그 원통한 부모의 마음이 곧바로 아버지의 현실이 되고 만다. 이틀 후 아버지의 일기에는 3년 전 연합고사에 낙방한 후 대구의 2차 고등학교에 진학하여 3년간 공부했던 큰형이 대학시험을 포기해 버리자 얼마나 낙심이 크셨던지 당신의 운명이 저주스럽다는 표현까지 하셨다.

아버지는 장손인 큰형에게 많은 기대를 하신 듯하다. 돈 쓰는 일을 무엇보다 두려워하셨지만 엄청난 경제적 부담을 감수하면서 큰형의 공부를 뒷바라지하셨다. 연합고사에 낙방한 큰형을 후기 고등학교에 입학시키면서까지 기어이 대구로 유학을 보내셨고, 대학에 진학시키기 위해 재수까지 시킬 정도로 큰형에 대한 기대를 버리지 않으셨던 것 같다. 그런 장손이 아버지를 두 번이나 실망시켰으니 당신의 마음이 오죽 아프셨을까? 그러니 운명이 저주스럽다고까지 하셨던 것이다. 지금의 내 생각으로는 대학시험을 포기한 것이 뭐 그리 대수로운 일인가 싶기도 하지만, 할머니까지 동원된 3년간의 고생이 수포로 돌아간 것에 대해 더더욱 낙심이 크셨던 것 같다.

지금은 성실한 공무원으로 행복하게 살고 있는 형의 모습을 보여드릴 수 없으니 아버지의 낙심이 안타깝기만 하다. 내가 만약 한 순간만이라도 과거로 돌아갈 수 있다면, 아버지의 낙심이 다 부질없는 기우에 지나지 않았다는 것을 알려드릴 수 있을 텐데. 아니 3년 정도만 더 기다리셨더라도 연합고사에 합격한 내가 아버지의 낙심을 조금이나마 위로해드렸을 텐데, 참으로 답답하고 애석할 뿐이다.

그러나 이 또한 가정이지만 내가 만약 지금의 모습을 아버지에게 알려드릴 수 있다고 한들 아버지의 낙심이나 걱정을 덜어드리지는 못할 것 같다. 지금 살아계신 어머니가 여전히 지금까지도 우리 오남매에 대한 걱정과 염려를 거두지 못하는 것처럼 말이다. 그리고 나 또한 한 아이의 아버지가 되면서부터 예전에는 전혀 대수롭지 않고 사소하게 여겼던 일도 내 딸과 연관될 경우에는 그것이 내 인생의 그 무엇보다도 중요하고 큰일이 된다는 것을 날마다 조금씩 체득해가고 있으니 말이다.

6장 아버지의 가계부

'가족'이라는 단어는 따뜻함이 묻어있는 말이다. 그러나 이것이 '생계'라는 단어와 결부되면 마냥 따뜻할 수만은 없는 의미가 된다. 거기다 '가장'이라는 단어까지 끼어들게 되면 가족은 급기야 거대한 무게로 어깨를 짓누르는 부담스런 의미로 다가오기도 한다. 그래서 한 가족의 생계를 책임지는 가장이 된다는 것은 그 어떤 어려움과 고통도 감수할 각오가 되어있어야 한다는 것을 의미하기도 한다. 그러한 삶의 무게를 견디지 못해 어떤 가장은 극단적인 선택을 하기도 하고 또 어떤 가장은 자신에게 주어진 책임과 의무를 방치해버리는 경우도 있다. 그리고 무엇보다 어려운 것이 가장은 자신의 고통스럽고 힘든 처지를 가족들에게 함부로 내색할 수 없다는 것이다.

그래서 내가 아버지의 일기를 하나하나 읽어보기 전까지는, 그리고 나 역시 아이를 가진 진정한 의미의 가장이 되기 전까지는 가족의 생계를 위한 아버지의 고통이 그토록 무겁고 큰 것인지 미처 알 수 없었던 것이다. 추측건대 아버지는 죽는 날까지 가족의 생계를 염려하고 고민하다 결국 그 무게에 짓눌린 채로 눈을 감으신 것 같다.

아버지가 남겨놓고 가신 일기장과 가계부, 그리고 영농일지와 여타의 기록들을 보면 당신이 가족들의 생계를 위해 얼마나 노심초사하셨는지 알고도 남는다. 특히 20년 넘게 쓰신 가계부는 단 한 푼의 돈도 놓치는 일 없이 입 · 출금 내역을 철저히 기록하셨다. 이것을 통해 아무리 적은 돈이라도 결코 허투루 빠져나가거나 낭비하는 것을 철저히 차단하고 가장 효율적으로 가계를 운영하는 아버지만의 노하우를 축적할 수 있었던 듯하다. 농사를 지어서 단번에 큰돈을 벌기란 어려운 일이다. 따라서 돈은 벌어들인 것보다 언제나 적게 써야 하고 벌어서 모으기보다 아껴서 모아야 한다는 것이 아버지의 가장 기본적인 경제 철학이었다.

아버지는 돈을 버는 일에 있어서도, 어머니와 가족들이 얼마나 고생을 하는지에 대해서도 누누이 강조하셨다. 노동력을 갖추지 못한 당신 스스로를 자책하면서까지 돈 버는 어려움에 대해 토로하는 경우가 많았다. 그것은 역으로 돈을 함부로 쓰는 일이 얼마나 무섭고 조심스러운 것인가를 경계하고 각성하게 하기 위한 스스로에 대한 채찍질이었는지도 모른다. 그러한 아버지의 생각들은 아버지 혼자만의 노력으로는 불가능한 것이었다. 그래서 아버지는 가족들에게도 늘 엄하게 강조하고 실천하도록 했던 것이다.

당시에는 아버지의 그런 모습이 인색함을 넘어 야속했고 감히 범접

하기 힘든 강압적인 권위로만 여겨졌다. 그러나 일기장을 읽어내려가는 동안 아버지 또한 누구보다도 자상하고 인자한 아버지이고 싶어했다는 사실을 알게 되었다. 아홉 식구의 생계를 책임진 가장으로서 그런 아버지의 모습으로 살 수 없었던 현실을 가족들 몰래 가슴 아파했던 사람도 바로 아버지였던 것이다. 결국 아버지는 가족들의 생계를 위해 당신 스스로 악역을 맡으신 셈이었다.

그렇게 돈 한 푼 쓰는 것을 두려워하신 아버지도 어떤 면에서는 과감하게 지출을 하셨다. 동네에 라디오가 몇 대 없었던 시절에 이미 아버지는 일제 트랜지스터 라디오를 갖고 있었다. 작은아버지의 증언에 따르면 동네 사람들이 마치 TV가 처음 들어왔을 때처럼 라디오를 들으려고 우리 집에 몰려들었다고 한다. 또 당시만 해도 만만찮은 구독료를 부담하면서도 오랫동안 신문을 보아오셨다. 아버지는 이 두 가지를 당신에게 없어서는 안 될 가장 소중한 것으로 여기셨다. 라디오와 신문을 통해 누구보다 빠르게 세상 돌아가는 소식을 접했고 새로운 정보를 얻었다. 그리고 그것은 아버지로 하여금 주먹구구식 농사가 아닌 계획적이고 효율적인 농사를 할 수 있도록 도와준 매개체였다.

아버지의 일기장과 영농일지를 보면 아버지가 얼마나 계획적으로 농사를 지었는지를 알 수 있다. 농작물을 파종하고 수확하는 일들이 수십 년간 기록해온 데이터를 바탕으로 가장 적합한 날짜에 이루어졌고, 일의 진행 과정은 날씨와 기후들을 예측하고 검토한 토대 위에 실행되었다. 농작물의 선택 또한 신문과 라디오를 통해 얻은 정보를 통해 결정했을 것이다. 남들보다 앞서 약용작물을 재배하고 마을 최초로 양잠을 시작한 것 또한 아버지의 빠른 정보력이 바탕이 되었을 것이다. 동네에서 아버지는 정보통이었고 만물박사로 통하기도 했다. 이웃에서 아버지를 찾아와 날씨를 묻고 농사에 대한 조언을 구하는 일이 많았다. 아버지는 당시에 이미 정보의 중요성을 알고 있었기 때문에 라디오와 신문에 드는 만만찮은 비용을 아낌없이 지출하셨던 것이다. 그러한 아버지의 선각(先覺)이 비록 당신은 노동력이 없는 가장이었지만 건장한 노동력을 가진 집보다 더 빨리 우리 집을 생계의 곤란으로부터 벗어나게 했고 비교적 아쉬움 없는 자립경제의 가정으로 일구어놓은 원천이기도 했다.

그리고 또 하나, 아버지가 비교적 관대하게 지출하셨던 부분이 교육비다. 학교에 내는 것과 자식들 교육에 쓰이는 돈은 한 번도 지연되었던 기억이 없다. 그만큼 교육비만은 철두철미하게 준비를 해두셨다. 당시만 해도 얼마 되지 않는 육성회비를 내지 못해 선생님으로부터 공개적인 꾸중을 듣거나 부모님을 모시고 오라는 통지를 받는 아이들이 많았다. 그래서 아침이면 그것 때문에 아이와 부모 간에 분란이 생기는 집이 적지 않았다. 아버지는 우리 오남매에게는 그런 아픈 경험을 한 번도 겪지 않게 해주셨다.

아버지는 농사꾼이었다. 몸이 약하여 몸으로는 농사를 짓지 못하셨고 대신 머리로 농사를 지으셨다. 하지만 몸으로 농사를 지을 수 있는 농사꾼보다 더 현명하고 합리적으로 영농을 하셨고 더 많은 농작물을 수확하였다. 달리 해석하면 가족의 생계를 위해 아버지는 그야말로 남들보다 몇 배나 더 고민하고 연구했다는 말이다. 아버지가 남겨놓으신 세밀하기 짝이 없는 모든 기록들이 그것을 증명한다.

아버지는 당신의 약점을 자신만의 차별화된 방법으로 극복했고 더 나아가 강점으로 승화시켜 누구보다도 훌륭히 가장의 임무를 수행하셨다. 가족들의 생계를 위해 끊임없이 고민하고 연구하며 노력하는 가장, 이것이 나와 이 시대의 가장들이 진정 배워야 할 모범적인 가장의 자세가 아니겠는가?

아버지의 처세학

1956년, 아버지의 〈인생독본, 처세학〉에서

차용금의 원칙(5조목)

1조. 귀중한 남의 돈을 차용 시는 반드시 가정경제에 유리하게 이용할일.

2조. 차용 전에 반드시 상환계획을 확실히 세우고 차용할일.

3조. 변제기일이 다다르면 기일 며칠 전에 금액을 준비할일.

4조. 기일을 경과하면 나는 신용을 잃고 상대편은 지장이 된다.

5조. 차용금에 대해서는 신용이 제일이다.

경제학 1부

예금(저금)의 5원칙

1. 저금은 국부의 기초가 되며 출세의 기원이 된다.

2. 남는 돈을 저금하려 말고 저금하여 남기도록 하자

3. 저금은 자기의 힘이 될뿐더러 가족에 대한 의무이다.

4. 세금과 같이 생각하고 저금하되, 쓸 곳부터 미리 생각지 마라.

5. 저금은 시계와 같이 밤낮 끊임없이 이자가 늘어간다.

아버지는 일기장, 가계부, 영농일지 외에도 나름대로 저술도 시도하신 듯하다. 이것은 일종의 아버지가 쓰신 책이라 할 수 있다. 인생, 철학, 처세 등에 대한 당신 나름대로의 생각을 정리한 것인데, 이 부분은 돈의 차용과 저금에 관한 부분이다. 이 내용들이 아버지의 독창적인 생각이었는지, 아니면 다른 곳에서 옮겨온 것인지는 알 수 없지만 아버지가 지독한 구두쇠였다는 것만은 확실하다.

아버지는 우리들에게 따로 용돈을 쥐어주신 적이 거의 없다. 꼭 지출 항목이 발생할 때마다 타당성을 따져 주머니를 열고 닫았다. 설날이라고 해서 세뱃돈을 특별히 주신 적도 없었다. 그나마 자의대로 쓸 수 있는 용돈을 주셨던 때가 소풍이나 수학여행 정도였던 것으로 기억한다.

기록에는 '차용금의 원칙'이라는 항목이 있지만 아버지는 남의 돈을 빌리는 것을 가장 경계하고 두려워하셨고 또 그런 상황을 한 번도 만들지 않았던 걸로 기억한다. 어린 나에게 아버지는 이런 일화를 자주 들려주셨다.

"가난한 사람이 부자에게 돈 버는 방법을 물었더니 나무에 올라가라고 했다. 그러고 나서 자꾸만 나뭇가지 끝으로 가게 했다. 가지가 부러질 것 같은 위험한 순간에 두려움으로 떨고 있는 가난한 사람에게 부자는 '돈을 지금처럼 무섭게 생각하라'고 했다."

비록 50년도 더 지난 시절의 원칙이긴 하지만 어쩌면 지금도 돈에 대한 가장 기본적인 원칙이 아닐까 하는 생각이 든다. 물론 지금은 돈을 버는 방식이나 방법이 그때와 많이 달라지기는 했지만 여전히 남의 돈을 빌려 쓸 때는 신중해야 하고 묵묵히 아끼고 저축하는 생활습관은 시간을 추월하여 대물림되어야 한다.

그래서인지 십수 년 동안 개인사업을 해오면서 나 또한 아무리 어려워도 남의 돈을 빌리거나 금융기관의 대출을 받는 일을 가장 두려워했다. 얼마 전 나도 별 수 없이 은행에 대출을 신청하고 말았지만, 십수 년 동안 사업을 하면서 어떻게 금융기관에 대출기록이 한 번도 없느냐고 은행 직원이 의아해할 정도였다.

부동산 투기나 주식투자로 일확천금을 손에 쥔 사람들의 신화나 복권으로 하루아침에 인생역전을 이룬 사람들의 일화들이 마치 나의 일이 될 것 같은 환상을 심어주는 지금의 세태에서 아버지가 말한 원칙들은 고루하고 미련한 방법으로 치부될 수도 있을 것이다. 하지만 일확천금의 부자 이야기는 그야말로 극히 소수에게만 일어나는 말 그대로 신화이고 환상일 뿐, 여전히 대다수의 사람들이 돈을 벌 수 있는 방법은 성실하게 묵묵히 일하고 열심히 아끼고 저축하여 모으는 것 외에는 다른 방법이 없다. 단지 우리는 현실의 고통을 잊고 싶어하듯이 그 방법을 망각하고 있을 뿐이다. 그 망각의 틈을 비집고 일확천금과 대박의 환상이 안개처럼 사람들의 사고를 흐리게 하고 중독의 늪으로 빨아들이는 것이다.

돌아가신 지 30년이 넘은 아버지는 지금도 매주 로또복권을 사는 나를 추상처럼 꾸짖고 계신다.

"이놈아, 돈은 일확천금을 바라거나 벌어서 모으는 것이 아니라, 아껴서 모으는 것이다."

아버지가 가계부를 체계적으로 쓰기 시작한 것은 1958년부터다. 그리고 1980년 1월 돌아가시기 직전까지 20년 넘게 하루도 빠짐없이 가계부를 기록하셨다. 그것이 결국 가정살림을 효율적으로 운영하고 마침내는 우리 집을 자립경제의 반석 위에 올려놓은 토대가 되었다.

아버지는 돈의 수입과 지출을 하루도, 한 푼도 빠짐없이 기록하셨고, 연말에는 한 해의 가계 수입과 지출을 결산하고 월평균과 각 항목별 지출 합계는 물론 작년과 비교 분석까지 하셨다.

1959년의 가계부는 '남 서방 댁 문상 시 술값 150환'으로 시작하는 60년의 가계부로 이어진다. 전기도 TV도 컴퓨터도 세탁기도 없던 시절, 지출항목이 요즘과는 사뭇 다르다. 당시 가정에서 유용하게 쓰였던 물품 중에 양잿물과 성냥이 보인다. 양잿물은 요즘처럼 세제가 흔하지 않던 당시에 유용한 세탁세제로 사용되었고 성냥은 전기나 가스는커녕 라이터조차 흔하지 않던 시절, 가정에 없어서는 안 될 필수품목이었다. '사까리'라고 기록된 것은 사카린이다. 요즘은 유해물질로 분류되지만 그때만 해도 없어서는 안 될 필수 감미료였다. 사카린 한 알이면 물 한 그릇이 충분히 단맛을 냈다. 어른들 몰래 많이 타먹었던 기억이 난다.

특이할 만한 사항은 가난한 농촌의 일개 이름 없는 농부로 살았던 아버지가 당시 신문을 구독하고 있었다는 사실이다. 남다른 농부로 살고자 했던 아버지의 일면을 볼 수 있는 항목이다.

1970년 5월 7일

능성 누이동생 그가 엉뚱쓰리 양복 값을 내어 놓으라고 어머니까지 어긋대를 부리어 오늘 일금 일만 원을 주어 어머니를 보냈다. 생각하니 어처구니없

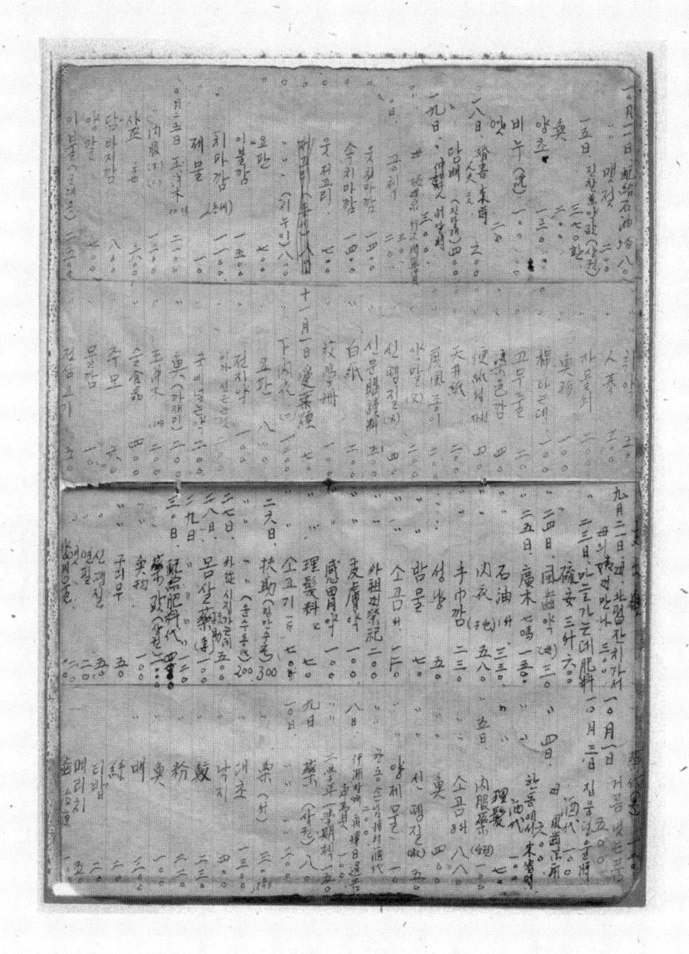

1958년 가계부

는 트집이지. 엄마까지 나를 욕심 많은 인간으로 보아 이래저래 분하고 괘심한 일 됐지. 했지만 내가 참고 돈을 준 일이다. 다녀 올 여비 조 800원

영농일지도 아니고 일기장도 아닌, 금전 출납만 기재하는 아버지의 가계부에 이례적으로 아버지의 감정이 적혀있는 것으로 봐서 당시 아버지는 상당히 화가 나셨던 모양이다.

그도 그럴 것이 시집간 지 이미 4~5년(추정)이 지난 둘째 여동생(고모)이 시집갈 때 신랑 양복을 해가지 않았다는 이유를 들어 양복 값을 새삼 내어놓으라고 했던 것이다. 게다가 늘 믿고 의지했던 어머니(할머니)마저 여동생 편을 들며 아버지를 욕심 많은 사람으로 몰아붙인 모양이다. 아버지 입장에선 여간 엉뚱하고 억울한 일이 아니셨나보다. 그리고 일만 원이면 당시로선 제법 큰돈이었을 텐데.

고모의 입장도 난처했던 것 같다. 시집간 지 4~5년 동안 신랑 양복 한 벌 해가지 못한 것이 시집에서는 줄기차게 허물이 되었던 모양이다. 친정 살림살이를 다 아는 처지에, 그것도 시집간 지 4~5년이 지나서 오죽했으면 때 늦은 양복 값을 요구했을까?

할머니의 입장도 이해가 간다. 시집간 딸의 요구가 조금은 억지스럽기도 했겠지만 그것으로 인해 시댁에서 딸의 시집살이가 힘들지나 않을까 염려가 앞섰을 것이다. 시쳇말로 '딸 가진 게 죄'라고, 모든 것을 덮고라도 앞으로 딸의 시집살이가 조금이라도 편했으면 하는 마음

이었을 것이다. 그래서 비록 조금은 억지 주장일지라도 오빠로서 동생을 위해 그 정도도 해주지 못하는가 싶어 한편으로는 아들이 약속했을지 모른다.

이제는 세 분 모두 이 세상 사람들이 아니다. 그때 가난한 집안으로 시집을 갔던 고모는 관광지 근처에서 식당을 하며 억척같이 돈을 벌어 시집을 제법 남부럽지 않은 집안으로 일구어놓고는 몇 년 전 가을에 저세상으로 가셨다. 저세상에서 다시 만난 아버지, 할머니, 고모는 그때 일을 상기하시며 또다시 아옹다옹하고 계실까? 누구나 다 살기 힘들었던 이미 40년이나 지난 일이다.

1973년 1월 21일 맑은 뒤 흐림

정부는 농어촌 전화 사업을 서둘러 전기 없는 마을을 연내로 없애 오는 76년도까지는 농산촌 어느 구석 마을까지 까마득한 호롱불을 면케 하고 밝은 전깃불을 밝히는 생활을 하게 한다는 일로 해마다 전기가설을 해나와 지난해까지 42%라는 실적을 올렸다는 신문보도를 본 일이다. 정말 농촌도 점차로 문화혜택을 입게 되는 경향이지. 이 마을만 해도 재작년 7월 전기 내선 공사를 했던 일로 주민들은 전기가 곧 들어온다는 부푼 가슴으로 기대해 왔는데 그 어찌된 영문인지 그래놓고 사뭇 방치상태로 있어 우리 마을 사람들의 마음은 궁금코 답답했던 일이기도 해서 관계요로에 여러 번의 내왕으로 적지 않은 경비도 쓰여 진 일이 아닌가.

이렇던 것이 지난 해 11월 초 외선공사를 추진하게 이르러 가까운 날에 전깃불을 본다고 믿었던바 생각과는 달리 허가문제, 수속문제의 난점이 있어 쉬이 불은 안 들어온다는 말이 있어 또 한 번 전기에 대한 기대는 못할 것으로 생각이 된 일이었다. 하던 것이 어젯밤 7시 약간 지나 갑자기 전깃불이 밝혀진 마을 되어 온 마을 사람들이 반가움과 기쁨의 환성이었다. 아닌게 아니라 방안이 처음으로 밝은 전깃불이 켜진 어제저녁 이 마음은 흡사 꿈같은 생각들었다.
이래서 여러모로 답답할 때 많았던 우리 농촌도 살기 괜찮은 일로 변해 질 일로 보아 감개무량한 소감이 된 것이다.

동네 전체에 환호성이 터졌다! 어둠의 세상이 밝은 세상으로 바뀌는 순간이었다. 개벽이었다. 태어날 때 이미 전깃불을 보고 자란 사람들이 이 순간의 감흥을 어찌 알 수 있겠는가?

국민학교 들어가기 한 해 전의 어린 나이였지만 나도 이 순간은 어렴풋이 기억하고 있다. 큰형이 처마 밑 전깃줄을 만지니까 어머니가 조심하라고 하셨던 기억이 난다. 늘 호롱불을 켜다가 어쩌다 촛불 하나만 켜도 많이 밝다고 느끼던 시절이었다. 더구나 그 순간이 밤이었으니 그 놀라움과 감동이 얼마나 컸겠는가. 암흑의 세계에서 빛의 세계로 넘어오는 그야말로 혁명적인 순간이었다. 전기가 들어오고 곧이어 텔레비전이 따라 들어오면서 농촌은 적지 않은 신선한 문화적 충격에 휩싸이게 된다.

또한 전기는 아버지의 다른 일기장을 보면 농촌의 노동시간에도 변화를 가져다주었다. 그동안의 농사일은 해 뜨면 시작해서 해 지면 끝이 났지만 이제는 해가 져도 집 마당에 전깃불을 밝혀놓고 계속할 수 있게 된 것이다. 아버지는 이것이 전기의 덕이라고 좋아하셨지만 그만큼 노동시간이 늘어난 가족들은 더 힘들었을 것이다.

비록 전기로 대명천지가 되었지만 그렇다고 마음껏 쓸 수 있는 것은 아니었다. 당장 현금으로 지불해야 하는 전기요금은 가난한 농촌 가정에게는 부담스러운 일이었다. 우리 집은 위채 아래채 각각 두 개의 방이 붙어있었다. 이 방의 벽을 뚫어 형광등 하나를 그 벽 사이에 끼워 두 개의 방에서 공동으로 쓰게 했다. 당시 대부분의 집들도 그렇게 했다. 그래도 호롱불보다는 전깃불이 훨씬 밝았다. 가족들마다 잠자는 시간이 달라서 조금 늦게까지 형광등을 켜놓기라도 하면 어김없이 불 끄라는 어른들의 목소리가 형광등 구멍을 통해 다른 방으로 넘어가곤 했다.

전기는 예정된 날짜도 없이 계량기도 달지 않은 상태에서 갑작스럽게 들어왔다. 전기가 들어오고 4개월 후에 계량기를 달았고, 계량기를 달고 열흘 후에 첫 요금을 받아갔다. 뭔가 급하게 전기를 들어오게 해야 했던 사정이 있었을까? 명확한 연관성은 알 수 없으나 그해 2월에는 새로 개정된 유신헌법에 의해 제 9대 국회의원 선거가 있었다.

막걸리에 대한 기록도 인상적이다.

요즘에는 쌀이 남아돈다지만 당시만 해도 혼·분식이 강제적으로 장려되고 쌀밥 한 그릇 원 없이 먹어보는 것이 소원인 사람도 있던 시절이다. 그러니 쌀로 막걸리를 만들어 먹는다는 것은 엄청난 사치고 국가적으로도 단속 대상이었다. 학교에서는 매일 도시락 검사를 하면서까지 혼식을 강조하던 때였다.

그런데 정부에서 다년간 추진한 쌀 증산 운동의 결과로 쌀 막걸리 제조가 허가되었다. 당시 애주가들에겐 그야말로 엄청난 희소식이 아닐 수 없다. 그러나 그 후 경제 사정이 더 좋아지면서 쌀 막걸리는 맥주나 소주에 밀려 외면당하는 술이 되어버렸다. 그러다가 요즘 또다시 막걸리가 각광을 받고 있는 것을 보면 묘한 기분이 든다.

아버지는 특이할 만한 사항들은 가계부나 영농일지의 위 여백에 메모를 해두었는데 전기가 들어온 순간의 분 단위까지 정확하게 기록해두셨다. 한전 직원도 아니고 양조장 경영자나 담당 공무원도 아닌 아버지가 어떻게 전기가 들어온 시간(46분)과 쌀 막걸리가 나오기까지의 기간(13년)을 이렇게 정확하게 기재해놓으셨을까? 그 꼼꼼한 성정을 생각하면 아들인 나는 그저 혀를 내두를 뿐이다.

테레비 산 날

1976년 7월 3일 비

오늘따라 테레비 한대를 구입했다. 3~4년 전만 해도 아주 경제력이 풍부한 부유층이 어쩌다가 한 대씩 갖게 되고 우리들 농촌 사정으로는 여간해서 엄두도 못 냈던 물건이 아니었던가. 이렇던 것이 근년 2~3년 지간에 차츰 보급이 되어 벌써 마을에서도 16대나 이것이 들어온 집이라고 들렸다. 이쯤 되니 이것을 부러워하는 사람이 많았고 어린이들은 공부를 제쳐놓고 이 구경하러 다니는 사정이 아니었던가. 이럴 뿐만 아니라 아낙네들 가운데도 삼동 추운 밤을 무릅쓰고 테레비 있는 집에 구경하러 몰린 형편이었다.

이쯤 될 때 모두가 살림살이가 그렇게 안 돌아가니 하는 수 없는 일이지. 한 대씩 갖고 싶은 안타까운 심정은 다 같은 일이다. 했지만 나는 여러모로 생각하여 지금까지 사 들이지 않았다. 이랬더니 간혹 친구나 마을사람 가운데는 환경이 괜찮으니 한대쯤 구입하라고 권하고 어린이들도 고소원으로 "아버지, 한대 삽시더. 언제 살랑기요?"고 애원하고 묻기도 했지만 나는 "어느 때 되면 살게라"고 대답을 해 온 일이었다. 이쯤 되니 그들은 마음에 구름 낀 일이 되어 왕왕 테레비 사는 이야기를 하는 것이었다. 아닌게 아니라 이집 저집 구경하러 갔다가 때로는 쫓겨 왔다는 이야기, 유세 부려 괄시받았다는 이야기도 했다. 이랬지만 나는 속짐작만 하고 지내왔는데 작년 동생 집에서 한 대 구입한지라 다른 집보다는 좋게 여겨 자주 구경하러 다닌 그들이었다. 처음에는 이 마음도 괜찮게 여겨진 일이었지. 이랬는데 어린이들이란 염치 체면을 모르는 일로서 밤이 오래 돼도 집에 올 줄 모르고 때로는 저녁밥도 안 먹었는데 그 구경 하려고 가 있는 일이며 여러 가지 미안한 생각이 들기도 했다. 이러해서 "아서라 내가 여유가 없으면 부득이한 일이지만 이래서야 되겠느냐." 하는 마음도 솟고 한편 실제로 내보다 환경이 못한 사람 가운데도 이것을 구입하여 즐기고 있을 때 시대가 시대인 만큼 가정에 들여야 할 물건인가 싶었다.

이래서 마침 보리를 매상한 20만원 돈이 있는지라 구입한 일이었다. 대금이 여비까지 합해 115300원. 말하면 보리 20포에 해당된 금액이었다. 마침 토요일이어서 점심때 지나 화면이 나오고 있을 때 일찍 학교에서 돌아온 즉 테레비가 있으니 너무나도 뜻밖이어서 좋아 좋아서 못 견디게 기뻐하고 셋째 놈은 "아버지, 산다고 말도 없더니 어떻게 샀능기요?" 고 묻기도 했다. 정말 이들의 기뻐하는 모습을 보고 나는 또 한 번 성실히 살림을 꾸리어 남부럽잖게 가질 것은 가져야 한다는 생각이 들었다.

테레비, 테레비, 테레비. 어린이들의 고소원이었던 테레비. 왕왕 이 형쯤은 한 대 사도 괜찮은데 왜 안 사느냐고 여러 사람에게 말 들어온 테레비. 심지어 돈 아껴 뭣 하려고 비꼬기도 했던 테레비. 오늘로 이와 같은 말은 안 듣게 될, 이도 기뻤다. 정말 돈이 좋은 것이지. 아침 먹고 비가 오는 가운데 8시 반경에 이것을 사 오려고 집 나섰던 사람들이 점심때 못 되어 구입해 와 방안에서 멀고 가까운 뉴스를 화면으로 보게 된 일이었으니 말이다. 과연 문명세계에서 살고 있구나. 싶은 실감이 솟았고 전날 어두운 생활 속에 고생만 하다가 돌아가신 어른들이 불쌍했구나 싶은 생각도 솟았다.

자욱한 포연 속, 사방엔 시체들이 널브러져 있다. 고요하다. 순간 꿈틀거리는 한 사람, 힘들게 총을 의지하여 일어선다. 비통한 얼굴로 사방을 향해 소리친다.

"살은 자 없나? 살은 자 없나?"

그때 시체더미 속에서 신음처럼 또 하나의 소리가 들린다.

"소대장님, 소대장님!"

그 장면을 보고 있던 내 가슴은 한없이 벅차오른다.

불사신 소대장, 라시찬! 그는 당시 어린이들의 우상이었다.

〈전우〉라는 드라마를 보고 나면 우리는 어김없이 전쟁놀이를 했다. 그럴 때마다 TV가 있는 집 아이는 언제나 소대장 라시찬이 되었고 우리는 그를 따르는 졸병들이었다.

영화 〈타잔〉의 주인공 어깨 위에는 치타가 있고 그 치타는 바나나를 맛나게 먹는다. 한 번도 바나나를 먹어본 적 없었던 나는 그 맛이 무척이나 궁금했다. 그날 밤, 나는 밀림에서 줄을 타고 맛도 알지 못하는 바나나를 먹는 꿈을 꾸기도 했다. 내가 바나나를 처음 맛본 것은 그 후로도 한참이나 지난 1980년대, 작은집 큰누나의 결혼식 때였다. 그것은 맛있다, 맛없다가 아닌 신기한 맛이었다. 신기한 맛의 바나나는

80년대 중반 수입이 본격화되면서 이제는 흔해빠진 맛이 되었다.

그 외 박근형이 나오던 〈암행어사〉, 김자옥이 어린 신부로 나오던 〈신부일기〉를 의미도 모른 채 보았고 최불암, 김상순, 조경환, 남성훈의 〈수사반장〉, 전운의 〈113 수사본부〉 등이 인기 프로그램이었다.

동네 사람들이 모여 TV가 있는 집 마당에 평상을 펴놓고 보던 여름밤은 그래도 좋았다. 겨울밤 형들과 남의 집 대문 앞에서 시린 발을 구르며 "테레비 좀 보여주소" 라고 애처롭게 외치다가 끝끝내 열리지 않는 대문을 뒤로하고 돌아설 때는 가슴이 서러움으로 얼어붙었다. 집에 돌아와 자리에 누우면 천장에 달린 형광등 전구에서 TV가 나올 것만 같은 말도 안 되는 상상을 하기도 했다. 그런데 우리 집에 TV가 생기면서 그 모든 서러움의 순간들이 순식간에 기억 속으로 사라지게 된 것이다! 이제 나도 졸병이 아닌 소대장으로 졸병들을 거느리고 TV가 있는 집 아이들과 당당하게 전투를 할 수 있게 된 것이다. 이때가 전기가 들어오고 3년이 지난 뒤였다.

수돗물이 나오다

1974년 (가계부)

4월 5일 양지마을 상수도 작업 시작했다.

4월 9일 수도꼭지 집집이 묻어 저녁 무렵 물이 나오게 되었다.

1974년 4월 9일 맑은 뒤 흐림

시대문명 따라 우리들 농촌생활도 점차로 편리하게 개선되고 보는 일이지. 정부에서 추진해 온 전화 사업으로 조상전래로 켜왔던 까마득한 호롱불을 면하고 밝은 전깃불을 켜게 된 일이더니 상수도사업을 하게 하여 고지대 식수를 고역 덜게 하고 있는 일 아닌가. 이러하여 우리 마을 양지촌도 며칠 전부터 상수도 사업을 시작하여 여러 날 부역을 해 왔던바 드디어 오늘따라 '파이프'를 묻고 집마다 수도꼭지를 꽂아 저녁 무렵 물이 나오게 되고 본 일이다. 모두가 기쁨의 환성을 올리고 여태까지 오랜 세월 식수로 신심의 고통도 많았던 이야기를 주고받았다.

사실 비 오는 미끄러운 날에 물을 이고 지고 왔던 괴로움, 들에서 해 저물게 돌아와 물이 없어 저녁준비가 더 늦어졌던 일, 눈바람 차디찬 삼동에 물 길러 가고 왔던 안타까웠던 고비 등등. 실로 집안에 물이 없어 애로가 많았던 일은 말 못할 사정이 아니었던가. 이렇던 물이 너 집 내 집 없이 마음대로 나오게 된 일이니 과연 기쁨의 정은 말 못할 그것이 아닐 일인가. 우리 집으로서도 샘은 있으나 만약을 생각해서 다른 집과 같이 수도를 박았지. 이러하여 두 곳에서 물을 받고 보니 우습기도 하였다.

1973년, 우리 동네에 전기가 들어오면서 하나둘씩 전화나 TV를 들여놓는 집들이 생겼고 1년 뒤에는 상수도까지 설치되었다. 생활의 일대 변혁이 아닐 수 없었다. 그동안 사정이 좋지 않은 집은 동네 공동 우물이나 남의 집에서 일일이 물을 길어왔고 그보다 형편이 좀 나은 집은 마당에 우물이 있었다. 그리고 이보다 훨씬 여건이 좋은 집은 뽐뿌(펌프)를 설치했다. 어릴 적 물지게를 져본 사람이라면 알겠지만 추억이라고 하기엔 너무나 힘든 노역이다.

아버지는 일찍이 물 긷는 고생을 덜어주기 위해 집 안에 우물을 파셨다. 그때를 기록한 아버지 일기장도 있는데, 적잖은 비용을 부담했지만 집에 우물이 있어 가족들이 매우 편리해졌다는 생각에 무척 뿌듯하다고 기록하셨다. 집에 펌프를 설치했을 때만 해도, 아버지는 이보다 더 편리한 시설은 나오지 않을 것이라고 생각하셨을 것이다. 그런데 그것과는 비교도 안 될 만큼 편리한 수도가 설치되었으니, 이제 무슨 말이 더 필요하겠는가? 물지게로 물을 길어오던 수고를 비롯하여 물로 인한 그동안의 지난한 고생이 일거에 모두 끝났으니, 얼마나 신통방통하게 여겨졌을지….

하지만 수도 설치가 과연 우리 생활에 긍정적인 효과만 가져다줬을까? 동네 공동 우물은 물을 공급 받는 그 이상의 의미를 가지고 있었다. 동네 처녀가 바람이 나기도 하는 곳, 거기서 얻은 정보로 이쁜이도 금순이도 단봇짐을 싸서 서울로 도망가기도 했던 곳, 며느리들이 모여서 시어머니를 흉보고 빨래방망이로 시집살이의 고생 보따리를 풀어놓고 깔깔대던 곳… 그것이 우리네 우물이었다. 그런데 수도가 생기면서 이렇게 친근한 소통 공간이 사라져버린 것은 아쉬운 일이다.

지붕 개량

1970년 4월 20일 청

어제 날 지붕을 벗기고 오늘로 기와를 덮었다. 여태까지 초가지붕이 말끔하게 기와지붕으로 개량되고 보니 기쁘기가 말할 수 없고 본 이 심사가 아닌가. 사실 언젠가는 기와집을 만든다고 벌써부터 은근한 꿈을 간직하고 있었던 그 일이 오늘로 이루어진 일이니 이 아니 흐뭇할 것이냐 말이다. 생각하니 검소한 정신 바탕으로 알뜰하게 생계를 꾸려왔던 여득으로 자부되는 일이요. 또 말하면 변함없는 지조는 이룩코자 하는 일은 안 이루어지지 않는 일인가 싶으다.

헌데, 오늘의 일이 미흡한 점 없이 잘되어 더욱 기쁜 일이고 이웃 또는 친구들의 도움과 협조 해준 일이 말 못하게 고맙고 생광스럽기도 한 일이다. 이래서 이 마음은 다시 한번 받은 공은 잊어서 안된다는 생각이 들고 꼭 갚아야 한다는 생각이다. 우리들 인간으로 받은 공을 모른다면 그 어떻게 될 것인가. 정말로 고마운 몇몇 사람들. 내 먼저 바친 공이 없었는데도 나를 위해 그렇게 일을 했으니 아~ 보답을 기필히 해야만 할일. 이런 것을 생각할 때

평소 인심을 잃어서는 안될 것이 우리들 인간. 더욱이 이 인생은 노역 못하는 결함 가진 일신을 생각할 적에 알뜰하고 여물게 가정을 꾸려 인정들의 보답을 돈으로라도 갚아야지 안 갚으면 나쁜 일이지. 아~ 이번 일은 날씨마저 조력하여 다행한 결과. 이러니 하늘도 도와준 셈…

마침내 아버지는 기와집에 대한 염원을 풀었다. 아직도 마을에는 초가집이 절대 다수를 차지하고 있던 시절, 기와집은 아버지의 자부심이 되고도 남았다.

초가지붕에서 기와지붕으로 바뀐다는 것은 외형적인 변화만 뜻하는 것이 아니다. 초가지붕은 해마다 이엉을 만들어 지붕을 새로 덮어야 하는 번거로움이 있었다. 그 일에 투여되는 노동력 또한 만만치 않은데 수십 년을 해오던 그 일을 앞으로는 하지 않아도 된다는 것은 곧 엄청난 노동력의 절감을 의미하는 것이다. 기와지붕을 덮는 데는 동네 사람들의 많은 도움이 있었다. 아버지는 그 고마움을 언젠가는 꼭 갚아야 한다는 마음을 늘 가지고 계셨다.

그리고 40년의 세월이 흘렀다. 그 사이 동네 대부분의 집들은 초가집에서 기와집을 거쳐 양옥집이나 현대식 가옥으로 개량에 개량을 거듭해왔다. 그러나 우리 집은 그때 개량을 끝으로 더 이상 개량을 하지 못했다. 당시로서는 마을에서도 남보다 앞서 기와집으로 개량한 축에 들었지만 지금은 동네에서 가장 볼품없는 집이 되고 말았다. 오남매가 모여 가옥의 개선을 논의한 적도 있었지만, 평소 어머니 혼자만 사시고 나중에 빈 집이 될지도 모르는데 굳이 새로 집을 지을 필요가 있겠느냐는 결론에 도달했다.

당시에는 동네에서 제법 번듯한 기와집이 이제는 명절이나 제사 때마다 우리 집안에 시집 온 여인들에게 온갖 불평을 들어야만 하는 애물단지 집이 되어버렸다. 특히 한여름이나 한겨울이 되면 그 불평은 극에 달한다. 요즘 현대식 가옥은 대부분 부엌이 실내로 들어와 있지만 아직도 우리 집은 부엌과 방이 분리되어 있고 여름에는 더위와 모기 때문에 몸서리를 친다. 또 비라도 쏟아지면 아버지가 그렇게 편리한 것이라 감탄했던 수도 시설도 부엌과 수도를 오가며 일해야 하는 며느리들은 비를 고스란히 다 맞아야 하는 불편하기 그지없는 구조로 전락해버렸다. 기술 좋은 셋째 형이 임시방편으로 부엌에 간이 싱크대를 설치하고 수도를 끌어들이긴 했지만 이 또한 겨울이 되면 얼어버리기 일쑤다. 게다가 부엌에 불어닥치는 혹한의 겨울 추위를 도시에 사는 며느리들이 감내하기는 참으로 고통스러운 일이다. 만약 아버지가 지금까지 살아계셔서 이런 모습의 며느리들을 본다면 애처롭게 생각하실지 호사스럽다고 여기실지 자못 궁금하다.

1974년 8월 22일

놋그릇, (수탠)그릇과 바꾸었지.

1관 900원으로 4400원 치고 받은 그릇은

밥그릇 5불, 밴밴두리* 7개, 술잔 2개, 양핑이* 1개 4400

잿떨이는 200원 주고.

* 밴밴두리 : 반병두리 * 양핑이 : 양푼

이즈음 농촌에도 서서히 스테인리스 그릇이 보급되기 시작한 모양이다. 놋그릇을 사용해본 사람들은 알겠지만 그 무게와 관리가 보통이 아니다. 한 번씩 사용하고 나면 검은 녹이 끼는데, 그것을 연탄재나 모래를 세제 삼아 짚으로 닦아내자면 여간한 고역이 아니었다. 반면 스테인리스 그릇은 얼마나 가볍고 편리한가.

당시 스테인리스 그릇을 판매하는 업자는 현금이 부족한 시골 사정을 잘 알고 놋그릇을 싼 가격에 매입하고 그것을 스테인리스 그릇으로 바꾸어주었던 모양이다. 근래 다시 놋그릇의 가치가 재평가되고 있지만 그때는 아주 형편없이 취급되었던 것 같다.

자전거

1974년 9월 16일 맑은 날

어제따라 또 자전거를 한 대 샀다. 그러니까 우리 집으로 두 대의 자전거를 갖게 되었는데 생각하면 한 집안에 도시 아닌 농촌 가정에 두 대나 사들인 일이 가관스럽기도 하지. 이러나 자식들을 위한 마음에서 하고본 짓이다. 말하면 학교 왕복에 그들의 고역을 덜어주기 위해. 더욱이 지금의 학동들은 책가방도 여간 무겁지 않으니 말이다.
이래서 한 대 더 사고 보니 큰 놈 작은 놈 서로 눈치 보지 않고 한 대씩 타고 가는 일로 작은 놈은 그 밑에 두 동생들 가방까지 함께 싣고 가니 가고 오는 길손이 휴월케 된 이것이 기쁘다. 그리고 큰 놈만 하더라도 먼저 산 자전거가 그 마음에 덜 맞다고 투덜거렸던 일이다가 제 마음에 맞는 것을 제 눈으로 보고 사와 기쁜 표정으로 오늘 아침 타고 달려갈 때 이 마음도 기뻤다. 그 대금 이만 칠천 원 되는 목돈이었으나 환경이 환경인만큼 경제적 사정이 허락되니 자식 뒷바라지에 쓰지 않고 어떤 구석에 쓰겠느냐 싶다. 이러하여 오늘따라 이 마음은 보다 알뜰하고 돈독하게 살림을 꾸리어 자식들을 가꾸는 뒷바라지에 힘 다하는 부모노릇 해야 할까 싶다.

통학 거리가 대략 편도 2킬로미터 정도 되었고 저수지를 낀 오솔길과 비포장 신작로, 두 개의 통학길이 있었다. 저수지를 낀 오솔길이 조금 빠른 길이어서 걸어서 등교하는 아이들은 대부분 이 길을 이용했고 자전거를 타고 가는 아이들은 비포장 신작로로 다녔다. 걸어서 가자면 대략 30분 정도의 시간이 걸렸다. 그래서 자전거는 모든 아이들의 고소원이었다.

74년 당시 아버지 가계부를 보면 1년 동안 사용한 570장의 연탄이 1만 8970원, 송아지 한 마리 판 금액이 3만 1000원 정도였으니 2만 7000원이라는 자전거 구입 대금은 결코 만만한 금액이 아니었다. 한 대도 없는 집이 허다했을 텐데, 비싼 자전거를 두 대나 갖게 되었으니 얼마나 뿌듯한 심정이었겠는가.

둘째 형은 가끔 자전거 앞에 막내인 나를, 뒤에는 셋째 형을 태우고 등교했다. 자전거 앞에 타본 사람은 알겠지만 내릴 때쯤에는 다리에 심한 쥐가 날 정도로 엉덩이가 배긴다. 그래도 걸어가는 것보다는 빠르고 편해서 형이 그렇게라도 태워준다면 얼씨구나 하고 타고 다녔다.

그때는 자전거뿐만 아니라 옷이며 대부분의 물건들을 형제들에게 순차적으로 물려주는 것이 보편적이었다. 동생들은 늘 형이 쓰다가 남은 것을 써야만 했다. 물론 형제가 많아 맏이에서 막내로 내려오는 동안 더 이상 사용할 수 없게 되면 어쩔 수 없이 새것을 사는 행운도 있었다.

자전거 또한 자식이 어리다고 해서 따로 어린이용을 사주는 경우는 없었다. 어른과 아이가 같은 자전거를 탔다. 다리가 짧아 자전거에 올라앉지 못하면 자전거 사이로 다리를 넣고 한 팔은 안장에 의지한 채 운전하는 방법으로 자전거를 배웠다. 이렇게 타는 방식을 우리 동네에서는 '샛갈이 탄다' 고 부르기도 했다. 그러다 다음 단계가 되면 한

발은 페달에 얹고 다른 발은 땅을 구르며 가속을 붙이다가 뛰어오르는 방식으로, 몸에 맞는 자전거가 아닌 몸을 맞추는 자전거를 타야만 했다.

내가 온전히 내 자전거의 오너드라이버가 될 수 있었던 것은 두 형들이 대구로 나간 중학교 때나 가능했다.

아버지와 신문

1975년 1월 14일 맑음

모든 물가가 오름에 따라 새해 들어 신문 구독료도 오르게 되었다. 한달에 사백 팔십 원 하던 것이 육백 원 되고 보니 25%나 인상된 가격으로 구독자 된 마음은 벙벙한 느낌도 든다. 일컬어 신문은 사회의 공기라고, 이것으로 하여 국내외 정치, 경제, 문화, 사회 모든 면의 실정과 변동되는 양상을 알게 되는 일이지만 우리 농촌 경제사정으로 봐선 너무나도 비싼 요금이 아닌 일인가. 이러나 신문인 협회에서 조정한 값으로 인정되는바 이같이 백물이 뛰는 값 되면 우리들 생계는 한층 어려운 경지를 맞지 않나 싶다. 하기에 이제부터 생활도 보다 더 마음을 가다듬어 절약하고 검소한 방향으로 해야겠다는 생각이다. 이러하여 신문구독도 안하면 싶으나 어간 18년 동안이나 해온 만큼 나로서는 하루도 이것 없이는 궁금하고 답답하여 그럴 수도 없는 일 아닌가. 시사, 교양 등 여러모로 지식의 양식이 얻어지어 이 자신 인생에 보탬이 되는 일 많으니 말이다. 이같이 유일한 벗 신문은 값은 올랐지만 안보고는 안 될 이 마음이라 하겠다.

요즘처럼 통신수단이 발달하지 않았던 그때, 신문은 아버지가 세상과 통하는 가장 유용한 매체였다. 당시 시골에서 신문을 본다는 것이 쉬운 일은 아니었을 텐데, 아버지는 18년 동안이나 신문을 구독하셨다. 그것이 평범한 농부인 아버지를 결코 평범하게 살지 않도록 해준 바탕이 되었는지도 모른다. 일찍이 아버지는 신문의 가치를 알고 있는 깨어있는 농부였다. 그래서 궁색한 시골 살림으로는 부담이 될 수밖에 없는 신문을 요금이 25퍼센트나 인상된 후에도 줄기차게 구독하셨다.

그리고 신문은 아버지에게 또 다른 중요한 의미가 있었던 것 같다. 어릴 때 서당에 낼 돈이 없어 어깨너머로 한자를 배우고 월사금이 없어 학교도 어렵게 다녔지만 아버지는 천재 소리를 들을 정도로 머리가 좋았다고 한다. 가난한 집안 형편 때문에 비록 국민학교가 아버지의 최종학력이 되었지만 아버지의 학구열과 향학열은 거기에서 끝나지 않았다. 신문은 그런 아버지에게 훌륭한 독학 교재였고 채워지지 않은 공부에 대한 열망을 신문을 통해 어느 정도 충족시켜오셨던 것 같다. 신문에서 습득한 지식과 정보는 일기장 곳곳에 당신 스스로를 규정해놓은 단어, 즉 '진리연(탐)구생'으로 계속 살아가게 해주었을 것이다. 그렇게 독학으로 배운 지식과 생각은 또 하루도 빠짐없이 써온 일기장과 가계부, 영농일지를 통해 나름대로 자신만의 학문적 체계로 정리되었다.

얼마 전, 아버지와 똑같은 환경에서 어린 시절을 보냈고 아버지처럼 신동이라는 소리를 들었지만 역시 국민학교밖에 나오지 못한 작은아버지에게 "공부를 더 하셨으면 어떤 분야를 하셨겠느냐"고 여쭤본 일이 있다. 지독스러울 정도로 일만 하시고 그야말로 손톱 하나 들어갈 틈도 보이지 않으셨던 작은아버지의 입에서 나온 단어는 뜻밖에도 '문학가' 였다. 아, 나의 아버지도 여건만 되었다면 그런 꿈을 품으셨겠구나, 하는 생각에 만감이 교차했다.

아버지는 늘 누군가와 이야기하기를 좋아하셨다. 신문을 배달하는 우체부 아저씨나 이 마을 저 마을 돌아다니는 엿장수 아저씨와도 한참씩 대화하면서 심오한 인생 문답을 주고받기도 하셨다. 때로 떠돌이 장사꾼들과의 대화에서 제법 깊은 정치적, 철학적 고찰을 하게 되었다는 이야기를 일기장에 적어놓기도 하셨다. 그만큼 아버지는 지식과 정보에 늘 목말라있었던 것 같다. 그러니 신문이 아버지에게 얼마나 중요한 것이었겠는가? 마치 지금 우리가 하루라도 인터넷을 보지 않으면 답답해하는 것처럼 말이다.

신문은 물리적인 재료로도 아주 유용한 것이었다. 종이가 귀했던 시절이라 다 본 신문은 화장실 휴지로, 연습장으로 사용되고 아이들에게는 모자나 연 등을 만드는 소재로도 사용됐다. 집안 살림이나 농사를 지을 때도 신문은 유용한 물건이었다. 그러니 신문 구독료 인상은 아버지에게 매우 민감한, 그러나 받아들일 수밖에 없는 문제였을 것이다.

놉과 노임에 대한 기록

우리 지방에서는 일해준 사람들을 통칭해 '놉' 이라고 했다. 아버지는 해마다 우리 집 일을 해준 인부들을 한 사람도 빼먹지 않고 일일이 다 기록하셨고 그 내용도 매우 상세하다. 또 연말이 되면 어김없이 연인원과 함께 1년 통계를 내셨다. 인부들의 품삯으로 나간 금액을 생계비 대비 몇 퍼센트로까지 산출하신 아버지의 꼼꼼함은 그저 놀라울 따름이다.

당시 노임을 얼마씩 지불했는지는 아버지의 가계부를 살펴보면 알 수 있으나, 일부는 그 집의 일을 해주는 일명 '품앗이'로 갚았던 것 같다. 품앗이에는 할머니나 어머니, 시간이 좀 더 흘러서는 누나까지 동원되었을 것이다. 또 돈 대신 곡식으로 노임을 지불한 경우도 있었다. 가계부에 기록된 사람들 중에 일부는 이미 아버지처럼 고인이 되셨지만 아직 살아계신 분도 있다. 몇 년 전 동네를 비디오로 기록해두기 위

지난해 일한 놉처리

7月5日. 오줌 지고 보릿짚 넘기고. 외근이
3. 10. 채전거름앙구고 돌개밭 갈고 현수아
4. 2. 채전밭 갈고 거름내고 모판심음 매곡이
4. 9.~10. 버들깔이고 심으고 신전
4. 14. 앙골뽕밭 갈때 태인
4. 23. 모판과 도랑도가리 갈때 〃
5. 2. 물모판설치와 도랑논방천 신전. 매곡. 오동 연곡
5. 13. 감자 고추 오줌주고 보리짚운반. 매곡
5. 25~6. 잿간 새로 지을때. 연곡. 태인
5. 27. 모판에 제초제 영봉
6. 11. 오-십기 두불갈고 보리짚 운반 변소
〃 파변좋앙구고 봉발골 써고. 현수아
6. 14. 알골 보리타작. 고구마 골짓고. 연곡. 노씨
6. 15. 중전에 모판논 썰일때 영봉
6. 20. 큰밭 보리타작때 연곡. 노씨
〃 잔도가리 논 다툴때 태인
6. 21. 밭도가리갈고 잔도가리 모심을때. 노씨
〃 큰밭 새밭 노-타리 치고 갑수
6. 22. 마늘 뽑고 양파 운반 노씨
6. 24. 우에 674평 갈고 새밭콩끌 처남
7. 1. 큰밭 새밭 고라리 할때 영남
8. 14. 앙골 보릿짚 끌고와 거름앙구고 무배추밭 갈고 새밭콩골써고 발뚝베고. 매곡

8月30日 참깨 콩밭 무배추에 농약칠때 양파모상. 처남
31. 양파 씨뿌리고 덮을때 처남
〃 식전에 모래 1경운기운반 광식
9. 15. 도열병. 이화명충 농약살포. 처남. 임중산
〃 24. 하마제 도랑둑 벨때 신전이
〃 25. 두불거름 앙굴때 신전. 매곡
10. 8. 도-구 칠때 신전이
〃 16. {양골밭 새밭갈고 나락베고 / 이전에 차나락 들일때} 처남내외 오동 / 신전
〃 18. 콩동묶으고 큰밭 새밭보리갈고 차나락타작. 처남
〃 19. 우에논 나락걷을때 처남내외 오동
〃 20. 아래논 나락걷을때 처남 내외
〃 21 거름 낼때 태인. 광식
〃 22. 마늘. 양파논. 골 탈때 태인.
〃 23. 마늘 심을때 노씨. 태인아지미
〃 25. 아래논 나락 안구석에 운반 신안. 노씨 오동
26. 〃 타작하고 잔도가리 저밀때 연곡. 노씨
29. 우에논 타작할때 연곡. 노씨
11. 20. 변소 칠때 남전
12. 11 논에 짚 운반해올때. 연곡

일년간 힘다운일꾼. 50명 놉 했다

놉에 대한 기록

아버지는 노동력이 없으셨기 때문에 그만큼 우리 집 식구들도 억척스럽게 일을 해야 했지만 인부들의 일손도 제법 많이 필요로 했다.

해 마을회관을 찾았는데 아버지 일기장에 기록되어있던 분들이 이제 경로당의 아랫목을 차지하고 있는 호호할아버지가 되어있는 것을 보고 감회가 새로웠다.

인부들의 기록을 보면 우리 집은 참 일도 많이 했고 놉도 많았다. 이것은 한편으로 다른 집과 달리 노동력이 없었던 아버지의 남모를 고충이 내포되어 있는 부분이기도 하다.

십시일반 제사 부조

1977년 1월 6일

아버지 제사에 외삼촌이 1000원 보냈고 작은 삼촌이 1000원 보냈고 큰 삼촌 소고기 2근 사오시고 우 서방네가 2000원 보냈고 큰 고모부가 소고기 2근 사오시고 호야엄마가 찐 닭 2마리 와촌 김 서방이 2000원 내고…

그때는 친척들이 십시일반으로 부조를 하여 제사를 모셨는데, 돈을 보태기도 하고 물건을 해오기도 했다. 이 기록이 나는 왜 이렇게 정감이 가는지 모르겠다. 대부분 어려운 살림살이에도 불구하고 형편에 맞게 할아버지 제사를 모시는 소박하지만 훈훈한 가족들의 마음이 보이는 것 같다. 저 당시 나는 무엇보다도 둘째 고모인 호야엄마가 사온 튀김 닭이 그렇게 맛있을 수가 없었다. 그때는 집에서 키우던 닭 한 마리를 잡으면 모든 식구가 먹을 수 있게 여러 가지 나물을 넣은 국이나 쌀을 넣어 죽을 끓이는 게 일반적이었다. 그런데 튀김 닭은 온전히 닭살만을 먹을 수 있었고 기름에 튀겼으니 얼마나 고소하고 맛있었겠는가?

오늘날 우리 형제들도 이런 풍습을 대물림하여 아버지 제사를 모신다. 둘째 형네는 각종 전을, 셋째 형네는 떡이나 고기류를, 막내인 우리는 과일류를 각각 분담하여 준비해오고 그 제물들을 아버지 제사상에 올린다. 나물이나 탕 같은 건 다 함께 모여 직접 장만을 한다. 그리고 멀리 떨어져있는 첫째 형네는 어머니 통장에 섭섭잖은 액수로 흔적을 남기는 것으로 알고 있다.

경우에 따라 전을 부치는 둘째 형수가 가장 힘들 수도 있고, 떡이나 고기 양이 많을 때는 셋째 형네가, 과일 값이 많이 오를 땐 우리가 부담스럽기도 하지만 그런 문제로 인해 크게 갈등을 빚거나 분란이 일어난 적은 없다. 얼마 전부터 둘째 형수가 일을 나가게 되어 앞으로는 루다의 육아 때문에 일을 그만둔 내 아내가 대신 전을 준비하기로 며느리들끼리 합의를 보기도 했다.

우리 형제들끼리 누가 조금 더 하고 덜 하고를 따진다면 그것은 아버지가 원했던 가족의 모습이 아닐 것이다. 지금 우리들 모습에 아버지도 흡족해하시리라 추측해본다.

아버지의 가계부에 기록된 것들은 이미 40년이나 지난 시골 살림이라 요즘의 소비항목과는 많은 차이가 있다.

'고무신(동)'이 60원, '고무신 권'은 100원. '동'은 당시 네 살배기 나였고, '권'은 열두 살이었던 큰형이라 고무신 가격에 차이가 있다. 담배, 금잔디 네 갑과 새마을 네 갑이 다 합쳐서 100원이다. 추측컨대 필터가 없는 담배였던 것 같다.

인(仁)과 진(眞), 둘째, 셋째 형이 동시에 식중독에 걸려 약을 지어 먹은 것으로 봐서 두 사람만 남들 모르게 똑같은 음식을 먹었던 모양이다. 그런데 엄마도 설사가 난 걸로 보아 나만 빼놓고 두 형들이 엄마를 졸라 맛있는 것을 사먹고 벌을 받은 것이 아닌가 하는 재미있는 상상도 해본다.

운동화가 고무신보다 50원 더 비싼 150원, 요즘 밀가루 값이 올라서 밀가루를 재료로 하는 소비재 가격이 치솟는데 당시 국수 20개가 300원이었다. 활명수(까스명수)가 20원, 껌(끔)이 10원, 그야말로 껌 값이다. 요즘 가격과는 비교 자체가 불가능할 정도로 엄청난 차이가 있다. '이까껍지'는 오징어 껍질이고 '싸까리'는 사카린, '미영씨'는 여자 이름이 아니라 무명(목화)씨를 말한다. '무리씨'는 오이 씨앗의 경상도 사투리다. '옷 맞춘다고'에 나오는 '숙이'라고 표기된 이름은 막내 고모다. 이때까지 시집 안 간 막내 고모가 함께 살았으니 당시 우리 집

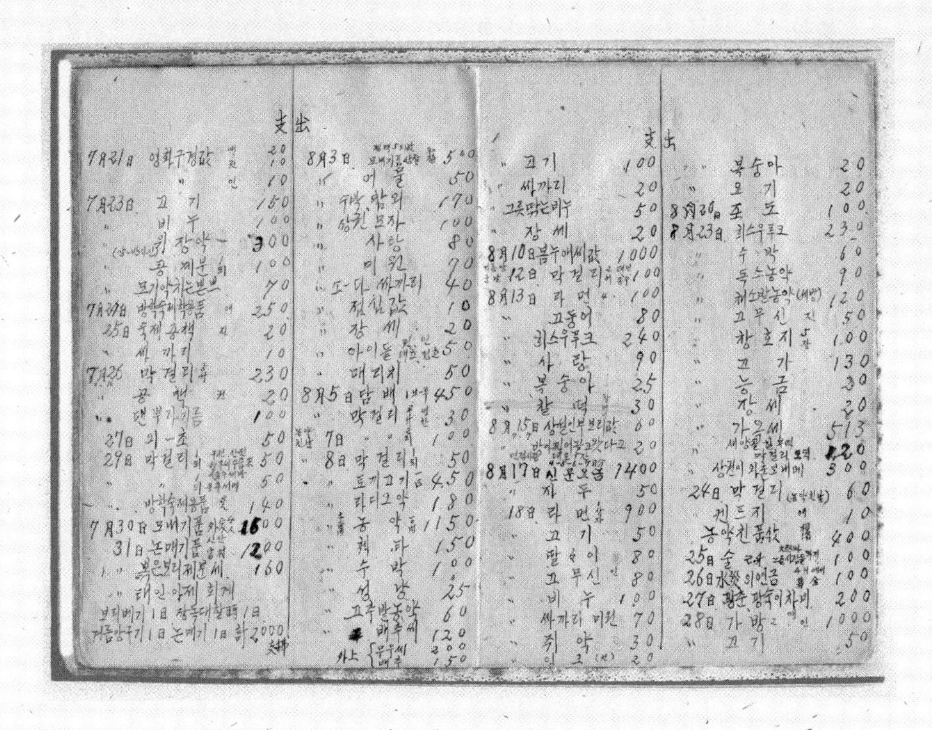

1972년 가계부

식구는 아홉 명이 아니라 열 명이었던 것 같다. 가계부 하나로 당시의 생활상은 물론 가족사항까지 다 파악할 수 있다.

앞의 가계부는 2년이 흐른 1972년도의 기록이다.

영화 구경에 10원, 애, 권, 인은 누나, 큰형, 둘째 형이다. 누나가 20원을 받아간 게 아무래도 의심스럽다. 당시는 상설극장이 따로 있었던 게 아니라 면 중심지 하천에 천막을 친 가설극장에서 영화를 봤을 것이다. 가설극장이 한 번씩 오면 면 중심지에서 멀리 떨어진 동네 사람들은 10리, 20리 밤길을 기꺼이 걸어갔다 왔다. 나 또한 삼삼오오 무리를 이룬 동네 형들이나 누나들을 따라 평소에도 귀신이 나온다는 깜깜한 저수지 밤길을 걸어서 갔다 온 기억이 있다. 이때 같이 간 일행을 잃어버리지 않도록 조심해야 했다. 영화가 끝나면 사방에서 동네 사람들을 찾는 외침이 가설극장 천막 위에서 시끄럽게 뒤엉키던 시절이었다.

미원이 1970년에는 35원이었는데, 1972년에는 70원으로 적혀있다. 두 봉지 값인지, 아니면 가격이 두 배나 올랐는지는 알 수 없다. 그때는 모든 음식에 미원을 넣어야만 맛이 제대로 난다고 생각했던 시절이다. 담배 한 보루가 450원, 요즘은 보통 2만 5천 원이니까 엄청나게 가격이 올랐다.

아하, 마침내 라면이 나왔다! 처음으로 라면을 맛보기 시작할 무렵이었던 것 같다. 네 봉지에 100원이니 한 봉지 25원, 한 상자가 900원,

요즘 라면 한 봉지 값이다. 이때부터 시골에도 서서히 라면이 보급되기 시작했지만 그 후로도 한동안 라면은 귀한 음식이었다. 라면보다 싼 국수를 섞어서 끓이는 경우가 많았다. 순수하게 라면만 먹어보고 싶었지만 그런 기회는 자주 없었다. 아버지가 몸이 편찮아서 입맛이 없을 때 가끔씩 라면을 끓여 드셨는데, 그 옆에 앉아 한 젓갈씩 얻어먹던 그 맛을 아직도 잊을 수 없다.

비오는 날이면 버스를 타고 가라고 차비를 주시는데, 학교에서 돌아올 때 친구 몇 명과 의기투합해서 버스를 타지 않고 그 돈으로 라면을 사서 끓여 먹기도 했다. 그렇게 의기투합하던 친구들이 조금 더 자라 중학생이 되면서 더욱 대담한 의기투합을 하기도 했다. 부모님 몰래 각자 집에서 쌀 한 됫박씩을 훔쳐내었다. 그렇게 모은 쌀을 동네 구판장에서 라면으로 바꾸어 커다란 솥에 넣고 끓여먹을 정도로, 라면은 맛있고 귀한 음식이었다.

1970년에 내 고무신을 60원 주고 샀는데 2년 뒤 셋째 형 고무신이 50원이다. 이때부터 아버지가 나를 편애하신 걸까? 재미있는 상상을 해보기도 한다. '딸딸이'는 슬리퍼의 경상도식 표현이다. 쥐약이 자주 눈에 띄는 것도 당시의 생활상을 짐작하게 한다.

그런데 가계부를 보다보니 한 가지 모르는 품목이 나왔다. 대체 '희스우루크'가 뭘까? 당시로는 제법 큰돈인데, 도무지 모르겠다. 형들과 누나에게도 물어보았지만 아는 사람이 없었다. 아마도 아버지가 복용하던 약이었을 것이라는 추측만 할 뿐이다.

우리 가족이 뭘 먹고 무엇을 했는지, 그리고 살아가는 모습은 어땠는지 어렴풋이 짐작이 된다. 아버지의 가계부에는 우리 가족의 지난 삶들이 고스란히 담겨있다.

아버지의 연말정산

1977년 금년 수익의 분석

금년에 총수익 1339560원, 과연 적지 않은 금액이나 지출액에 미달되어 97245원의 적자가 났으니 마음 벙벙한 일이 아닌가. 그래도 우리 집으로선 남다르게 밭곡식과 채소로 돈도 어지간히 장만케 되는 처지에 가계부의 결산이 이렇게 될 때 여러 자녀교육의 앞날을 생각하니 가슴 무거운 일이다. 사실 67년도 이래 자립경제가 확립되어 지금까지 돈의 궁색을 안당하고 다소의 유휴자금이 있어 타인에게 빌려주기도 하면서 살아왔던 것이 이제 그런 돈이 소진되고 이와 같은 현상이 되고 볼 때 과연 심각한 문제가 아닌 일인가. 이러나 수익은 빤한 일로서 보다 더한 무슨 수를 낼 수도 없다. 이쯤 되니 거거태산격으로 산은 오를수록 높고 살아갈수록 짐은 무거워져 그 전날 연만*하신 어른들이 "너희들도 살아보면 알 것이다."고 하신 말씀이 실감난다. 이러하여 이 마음에 먹구름이 덮여오는 느낌이나 한편 욕심에는 그래도 아이들의 공부 끝마칠 때까지 소유한 농토는 줄이지 않고 현상유지는 해야겠다는 생각이다.
아무리 통화가치가 없다고 하지만 한 해 지출이 150만원에 육박하였으니 살림살이를 심사숙고 해보지 않을 수 없는 노릇이다.

* 연만 : 연로한, 나이가든

1977년 금년 지출의 분석

지출 1년 총액 1436814원으로 지난 해 1208284원에 비해 227530원이 더하고 금년 수익총액이 1339560원으로 97245원의 적자가 났다. 과연 엄청난 지출액으로 지금까지 적자를 봤던 연분은 없다가 이렇게 되니 자못 심각한 생각도 든다. 이러나 모든 물가가 연내로 상승하고 소비성향이 높아졌으며 더욱이 자녀들의 교육비 부담이 가중했기 때문이다. 이런 가운데 작금년 농산물 가격은 오히려 하락되고 공산품과 공공요금은 인상을 거듭하여 농촌가계는 타격을 받지 않을 수 없는 현실이다.
이런데 올 해 우리 집 살림은 어떻게 되었는가? 특별지출로 잿간, 변소개량, 도랑도가리* 철망방천, 아래채 뒤 방수작업에 근 3만원 들고 가구로는 가마솥과 큰 다라이 1개 구입하여 11400원이 지출됐다. 그리고 비료구입에 있어 지난해 보다 4포 미달된 수량을 구입했으나 가격 인상되어 142028원으로 37326원이 더 지출되었고 특히 수리조합비가 98620원으로 작년에 15884원에 비해 무려 82736원이 더한 막중한 금액이었다.

그리고 자녀들의 교육비가 무엇보다 가장 증가된 액수로서 두 중학생이 165870원, 대구 나간 고등학생 학자금이 337900원, 합하여 503770원이라, 이는 총지출의 35%가 아닌가. 그리고 고기 사 먹은 값이 71320원으로 작년보다 16050원이 더하고 막걸리를 10말 4되나 받은 결과인데 이도 작년보다 1말 3되 더하여 3060원이 불어난 금액이었고 농약을 구입한 금액도 26195원으로 지난해보다 6821원 더한 지출액이 아닌가. 뿐만 아니라 전기요금도 910원, 농지세도 1070원, 신문요금도 몇백 원, 모든 부면에 지출이 더해진 결과로 미루어 보아 가계에 대한 마음가짐을 다시 생각해 보지 않을 수 없는 일이다.

이런데 시대가 시대인 만큼 생활면을 훑어보면 과거에 없었던 소비품이 많아지고 크게 된 금액으로 자녀들의 교육비이다. 이는 에누리도 할 수 없는 일로 어디까지나 가르칠 수 있는 만큼은 부모 되어 뒷바라지 해 주어야 하는 일이니 말이다. 우선 살림살이에 적자가 나서 남에게 빚지는 처지가 되는 한에 이르러도 교육에 대한 열이 대단한 오늘날로 보아 마침내는 논밭을 팔게 될 지경일지라도 하는 수가 없다. 이러면 대관절 어느 부문을 절약하여 다소라도 적자를 메꾸어 나갈 것인가. 다른 집 같이 허영심을 갖고 옷가지나 가구에 있어서도 사치를 하지 않는 우리 집이라 절감할 구석도 없지만 요는 물건을 아껴 쓰고 가급 필요치 않는 것은 구입하지 말 것이며 낡은 것도 고쳐 쓰고 어물, 육미 같은 고기도 덜 사먹어야겠다는 생각이 들 뿐이다.

* 도랑도가리 : 도랑가에 있는 작은 논. '도가리'의 표준어는 '배미'

아버지는 참으로 꼼꼼하고 빈틈없는 분이셨다. 해마다 이렇게 수입과 지출의 통계를 내고 일일이 항목별로 비교 분석까지 하면서 결론을 도출하셨다. 그리고 앞으로의 의지나 각오도 다지셨다. 아버지의 이러한 세밀함이 우리 집 가정경제를 건실하게 일구어왔던 밑거름이 되었던 것이다. 아버지에게서 내가 가장 물려받고 싶은 기질 중의 하나가 바로 이런 것인데, 현재의 나를 보면 도저히 닮기 어려운 부분이기도 하다.

아버지는 흔히 단순하다고 생각하기 쉬운 농사를 경영의 경지로 승화시켜 운영하신 분이었다. 그 아버지의 아들인 나는 비록 작긴 하지만 회사라는 것을 운영하면서도 그야말로 주먹구구식이다. 한 해 얼마가 들고 난지도, 어디서 남고 어디서 밑지는지도, 수익구조를 어떻게 개선해야 하는지도 모른 채 운영하고 있으니 가끔씩 내가 아버지의 아들인지 의심스러울 때도 있다. 그러나 또 한편으로 아버지의 남다른 꼼꼼함이 오히려 아버지를 더욱 힘들고 고통스럽게 했을지도 모른다는 생각이 든다. 특히 말년의 아버지에게….

내가 태어나던 해인 1967년은 각고의 노력 끝에 아버지의 지상과제였던 자립경제를 달성한 해다. 이때부터 우리 가족은 적어도 배고픔의 고통은 당하지 않았다. 그리고 잉여수익의 일부는 저축하고 비축할 수 있는 여유도 조금씩 생겼다. 아버지는 스스로 자부심을 가졌고 미래에 대한 희망과 기대로 충만해있었다.

그러나 딱 10년 뒤인 1977년, 그동안 흑자가도를 달리던 우리 집 가정경제에 처음으로 적자가 발생했다. 아버지는 어안이 벙벙하고 충격이 크셨던 것 같다. 이때부터 아버지의 고민은 점점 깊어간다. 그도 그럴 것이 물가는 상승하고 교육비 부담은 가중되고 농산물 가격은 내리는데, 지출을 줄일 수 있는 뾰족한 방법은 없으니…. 아버지는 처음으로 당면한 적자 앞에서 지금까지도 그렇게 살아왔지만 더더욱 절약하고 검소하게 살아야겠다는 다짐을 하신다. 그 방법 중 하나로 고기를 줄이겠다고 한 것이, 당시 한창 먹성이 좋았을 우리들에게는 아버지가 더 매정하고 일방적인 모습으로 비춰지는 데 한몫을 했을 것이다.

70년대 후반부터 우리나라는 급속한 도시화와 산업화 과정 속에서 농촌은 상대적으로 점점 더 피폐해지기 시작했다. 따라서 이농현상의 바람이 거세게 불기 시작했고 이것은 농사지을 노동력의 급격한 감소로 이어졌다. 스스로의 노동력이 없던 아버지에게는 고충이 가중되는 일이었다. 그동안 우리 집 농사를 도와주었던 힘 있는 장정들이 도시의 공사판이나 노동판으로 하나둘 떠나가면서 아버지의 농사는 적지 않은 애로가 발생할 수밖에 없었다. 이때부터 서서히 아버지의 자부심은 자괴감으로, 희망과 기대는 절망과 한탄으로 변해가고 있었다. 이러한 문제는 비단 우리 집뿐 아니라 당시 우리나라 농가들이 보편적으로 당면했던 부분이다. 그래도 '빚을 지는 한이 있더라도 자식들

교육만큼은 꼭 시키는 것이 부모의 마음'이라고 한 것은 또 한 번 부모 노릇이 얼마나 힘든 것인가를 깨우치게 한다.

30년도 더 지난 지금, 어려운 경제사정으로 자녀의 교육을 걱정하는 부모의 마음은 그때나 지금이나 별반 달라진 것이 없는 것 같다.

7장

소를 사랑한 농부

2009년 연초에 소와 할아버지를 주인공으로 한 다큐멘터리 영화 〈워낭소리〉가 독립영화 사상 공전의 히트를 기록했다. 그만큼 소는 여전히 많은 한국인에게 있어 유년시절을 되새김질할 때마다 빠지지 않고 등장하는 친밀한 존재다. 또한 추억 속에서 정서적 공감대를 형성하고 우리를 집단적 동질감으로 연결시켜주는 각별한 의미를 가진 가축이다. 내 추억 속 유년의 뜰에도 소가 있다. 그리고 그곳엔 어김없이 아버지도 함께 등장한다.

영화를 보는 내내 나는 소에게 각별했던 아버지를 떠올렸다. 영화에 대한 여운인지 아버지의 부재에 대한 아쉬움인지 알 수 없는 감정이 엄습해왔다. 이런 내 감정을 어떻게든 표출하고 싶었던 것인지… 나는 평소 연락도 잘 하지 않던 먼 친척에게 느닷없이 전화를 했다. 단지 그가 〈워낭소리〉의 촬영지인 봉화에 산다는 이유에서였다. 막상 전화를 걸긴 했지만 참으로 멋쩍은 일이었다. 평소에 잦은 교류가 있었던 것도 아니고 사적인 자리에서 만난 적도 없는 분에게 〈워낭소리〉에 대해 주저리주저리 이야기를 하다가 전화를 끊었는데, 지금 생각해도 닭살이 돋는 일이었다. 아버지가 살아계셨다면 나는 이 영화를 아버지께 꼭 보여드렸을 것이다. 하지만 그럴 수 없는 현실의 아쉽고 허전한 마음이 그런 엉뚱한 행동으로 나타났던 것 같다.

아버지는 소에 대한 정성이 각별했다. 엄밀히 말하면 소 자체에 대한 애정이라기보다 소를 살찌우는 것에 대한 정성이었다고 말할 수 있다. 그러니까 요즘 집에서 키우는 애완동물의 의미와는 다소 차이가 있다는 뜻이다. 소는 농가에 있어서 무엇보다 중요한 재산 증식 수단이었고 농사에 있어서는 요긴한 일꾼이었다. 그래서 소와 사람 사이에는 애완동물과는 다른 특별한 교감이 생기기도 한다. 소를 키우는 주된 목적이 농사에 유용하게 활용하고 더 많은 수익을 올리는 것이었던 아버지 또한 소를 사고파는 과정에서 이런 감정들을 자주 표현하셨다.

아버지는 소를 키우는 일에 온 정신으로 몰입하셨다. 그리고 소를 살찌우는 데 남다른 재능을 가지고 있었다. 비가 오나 눈이 오나 1년 365일 하루도 거르지 않고 새벽같이 일어나 쇠죽을 끓이면서 하루 일과를 시작하셨고 저녁에도 쇠죽을 끓이는 일로 하루를 마감하셨다. 그것은 아버지가 해야 하는 막중한 책무이면서 남에게 양보할 수 없는 즐거움이기도 했다. 자식들에게는 소꼴 베는 일을 게을리 하지 말 것을 늘 당부하고 수시로 소에게 좋은 콩깍지나 쌀 등겨 같은 것들과 농작물의 온갖 부산물들을 지극한 정성으로 챙겨먹였다. 그래서 볼품없는 모양새를 하고 들어온 소들이 우리 집을 나갈 때는 하나같이 윤기 나는 살찐 소들이 되었다. 그것이 이웃들에게는 늘 부러움의 대상이었고 아버지에게는 보람이자 자부심이었다.

아버지의 소에 대한 지극한 정성과 각별한 관심은 가족들의 수고와 노력 없이는 불가능했다. 소를 키우는 일은 결코 쉬운 일이 아니다. 봄에 풀이 돋을 때부터 가을까지 하루도 빠짐없이 소꼴을 베어야 하고 학교가 끝난 후에도 풀밭에 메어놓은 소를 한 번씩 옮겨주거나 풀어주어 더 많은 풀을 먹을 수 있게 해주어야 했다. 한번씩 남의 밭에 들어가 농작물을 망치기라도 하면 여간 골치 아픈 일이 아니었다. 그러다 감쪽같이 사라지기라도 하면 저녁 늦게까지 소를 찾느라고 온 산을 헤매는 일도 허다했다.

벼 수확이 끝나면 겨우내 소에게 먹이기 위해 짚단을 모두 집으로 끌고 와서 차곡차곡 재어 올려 거대한 짚동을 만드는 것도 만만찮은 일이었다. 하루도 거르지 않고 외양간에는 보릿짚을 깔아주고 보릿짚과 쇠똥이 섞여 바닥이 차오르면 때맞춰 치워주어야 했다. 퍼낸 쇠똥은 한 곳에 잘 갈무리해서 퇴비를 만들어 농작물의 거름으로 사용했다. 사람은 한 끼 거르는 일이 있더라도 하루 세 끼를 빠짐없이 챙겨 먹이며 신경을 써야 하는 것이 바로 소 키우는 일이었다.

아버지가 살아계시는 동안 우리 가족 모두 이토록 번거롭고 힘든 일을 기꺼이 감수하며 살았다. 그것은 소가 재산 증식뿐만 아니라 농사를 짓는 데도 꼭 필요한 존재였기 때문이다. 당시 소를 '농우'라고 불렀던 이유도 여기에 있다. 요즘은 소를 키우는 용도가 대부분 식용이라 '비육우'가 대부분이지만 그때는 소가 밭을 갈고 논을 고르고 달구지를 끄는, 몇 명의 장정들 몫을 거뜬히 해내는 듬직한 농사꾼이었다. 요즘처럼 기계화가 일반적이지 않은 시절이었기 때문에 농우가 없으면 농사를 지을 수가 없었다. 그래서 잘 훈련된 소와 소를 잘 부리는 사람이 대접받던 시절이었다. 얼마 전 미국산 쇠고기 수입 문제로 온 나라가 몸살을 앓을 때, 이 땅에서 우리 민족과 수천 년 함께 해왔던 전통적인 의미의 우리 소가 서서히 사라질 수 있는 게 아닐까 생각했다. 그 소와 함께 해왔던 우리의 아버지들이 서서히 사라져가고 있듯이. 영화 〈워낭소리〉가 큰 호응을 받았던 것도 이제는 사라져 볼 수 없는 우리 농우들과, 그들에게 각별한 애정을 가지고 살았던 우리네 아버지들의 모습을 만날 수 있었기 때문이 아닌가 생각된다.

농우, 농민, 우리 것

1980년(가계부에서)

농우는 농업생산의 역군으로 우리들 농가에 있어 없어서는 안 될 가축이며 나아가 수익 면에서도 크고 보는 몫으로 이를 기르는 가정은 모두가 중히 여기고 뒷바라지에 성실한 노력을 바치는 일이다. 이로서 예부터 말해 오기를 '한 마리의 소는 살림의 반 쪽'이라고도 했다. 이러하여 우리 집도 농우를 먹이게 된 이후부터 언제나 세심한 관심을 기울여 뒷바라지에 힘썼고 더욱이 야윈 놈을 살찌게 하여 팔게 되었을 때 그 무엇보다 소득이 높을 적에 이를 기르는 의욕과 성의는 더했던 일로서 농우의 소득으로 살림을 이루어 보자는 생각이 확고해 졌던 사실이 아닌가. 생각하면 지금까지 여러 마리의 소를 기루어 내어 보낸 일이지만 항상 삐삐하게 야위고 작은 놈을 몰고 와서 살찌고 굵게 하여 팔고 팔아 남겨진 돈을 유익하게 활용해서 토지를 사는데 보태고 가산을 늘게 했던 일이다.
오늘따라 58년도 이후 지금까지 어간 20년 동안 농우의 번동 과정을 훑어보니 지내 나온 자취가 역력히 회상되고 많이도 몸부림 쳤던 과정이 다시금 떠오른다. 그동안 번동 횟수가 33번이오. 송아지도 세 마리나 내어 보낸 일이며 근년에 와서는 경제적 여유도 있고 해서 이익배당도 3마리나 남에게 사주어 소득을 보았던 사실이 아닌가. 어떤 년분에는 한 달 약간 넘어 번동한 사실도 있으며 때로는 경우 따라 남겨진 금액으로 한 마리의 소를 더 사서 골몰을 무릅쓰고 두 마리를 먹였던 무렵도 있었다. 뿐만 아니라 큰 소 아닌 작은 소를 일 부릴 때 마음대로 안 나가고 시간이 더 걸릴 경우 심장도 상했다. 이랬지만 그 당시, 환경이 환경이었던 만큼 큰 소는 먹일 수 없고 어디까지나 수익을 위한 마음으로 작은 놈을 먹여왔다. 그리고 소득의 비율을 타산해 봐도 큰 것 보다는 작은 것이 월등히 나았던 결론이었다. 이와 같이 농우를 길러오매 번동도 자주 하여 전답을 매입하여 남부럽지 않게 자작 농토를 갖게 된 지금, 자못 감계도 무량한 일로서 더욱이 돌아가신 아버지의 유지를 받들어서도 이 마음 굳게 하여 가정의 복리증진을 위하여 노력할 일이다. 말없는 소, 감정 없는 짐승, 제공된 노력만큼 대가를 주는 정직한 동물, 집에 들어오는 날부터 정을 같이하고 고락을 함께 하다가 돈과 바꾸어져 낯선 사람 손에 이끌려 묵묵히 따라 갈 적에 주인 된 나를 너무나도 매정한 인간으로 원망하는가도 싶으나 이는 어쩔 수 없는 일로 오늘도 소를 위한 마음으로 아침 일찍 소죽을 끓였던 일이다.

아버지는 평생 누구보다도 소를 아끼고 소중히 생각한 농민이었다. 365일 하루도 빠짐없이 새벽 일찍 일어나서 정성을 다해 소죽을 끓이시던 아버지의 모습이 지금도 생각난다. 학교를 파하고 돌아온 자식들에게도 소꼴을 베고 먹이는 일을, 숙제하고 노는 것보다 더 강조하셨던 아버지였다. 그래서 우리 형제들의 손이나 다리에는 낫에 베인 상처들이 하나씩은 다 있다. 한번은 형제들 중 누군가가 학교를 마치고 소에게 풀을 뜯도록 풀어놓았다가 잃어버린 적이 있었다. 온 가족이 밥도 먹지 못하고 밤늦도록 산속을 헤집고 다니며 소를 찾아다녔다.

얼마 전에는 아버지 일기장에서 내가 태어났을 때와 황송아지를 낳았을 때 기록의 양을 비교하며 "아버지는 막내아들이 태어난 것보다 황송아지가 태어난 걸 더 기뻐하신 것 같다"는 우스갯말을 한 적도 있다. 아버지에게는 그만큼 소가 중요한 존재였다. 어디를 가셔도 소 먹이는 일 때문에 하루를 넘기는 일이 없을 정도였다.

세월이 흘러 우리네 아버지들과 동고동락하며 농사를 짓던 토종 누렁소는 아련한 추억이 되어버렸다. 내 딸 루다가 어른이 되면 아마도 동물원에서 우리 소를 보게 될지도 모르겠다. 이러다가 이 나라에서 '농민'이라는 이름도 사라지는 날이 올지도 모르겠다.

그때나 지금이나 농민은 늘 세상의 관심 밖에 있는가보다. 그때나 지금이나 사람들은 늘 '우리 것'을 지키는 것보다 '내 것'을 지키는 것이 더 급한 것 같다. 우리는 왜 우리 것을 너무나 쉽게 포기해버리는 걸까? 아무리 경제 논리가 지배하는 세상이라지만 우리들 아버지가 지켜온 우리 것은 끝까지 사수를 해야 할 텐데…. 언젠가 우리 것이 하나도 남아있지 않은 우리 땅에서 우리는 과연 '우리'로서의 의미를 가지고 살아갈 수 있을까?

소 키우는 즐거움

1974년 3월 24일 흐린 날씨

벌써 외양간에 매인 송아지가 우리 집에 들어 온지도 근 3개월 반. 그럭저럭 날과 달은 잘도 가는가 싶은 생각도 든다. 언제나 번동 할 때마다 그런대로 살찌면 내어 보내고 야위고 험한 놈을 들여 매어 오직 성력으로 공을 들이어 살찌우고 굵게 기루어 온 나로서 이번에도 과연 야위어 보잘 것 없는 그것이 아니었나. 했지만 나는 마음속으로 4,5개월 기르면 어느만큼 살찌고 굵게 될 것을 믿었던 일이다. 사실 이맘때까지 여러 마리의 송아지를 기루어 살찌워서 내보낸 우리 집으로 소로 하여 얻어진 수익금은 살림을 이루고 장만하는데 가장 크고 본 일이었다. 이러하여 작고하신 아버지께서도 유별히 관심 깊게 소를 먹이고 돌보셨던 어른이시었고 그 뜻을 이어받은 이자신도 그렇게 되여 오늘날 한갓 낙이라고 말할 수도 있는 일 아닌가. 인지만사 성실과 노력에 응분한 공과를 받기 마련임은 지당한 천리로 되어있는 만큼 조석으로 일단정신 들여 소죽을 끓여 먹이고 날마다 그 등을 긁어주며 운동도 시켜왔던바 지금에 이르러 보는 사람으로 하여금 이구동성, 송아지는 잘 먹였다고 말하고 사람 따라 돈 벌었다고 나를 보고 하는 말 아닌가.

이쯤 되니 더더욱 소에 대한 재미가 느껴지는 나로서 정성이 쏟아지고 관심이 기울여 지는 일이다. 앞으로 농번기까지 2개월, 이 동안 사육하면 어느만큼 살찌는 소가 되어 시장에 나가면 값도 나갈 만큼 나갈 것으로 믿는 이 생각으로 그렇게 되면 또 번동하여 야윈 놈과 바꿀 작정이다.

때만큼 봄이 와서 추웠던 기온도 풀어지고 산야에는 파릇파릇 풀이 돋아나오니 아직은 이르지만 멀지 않아 부지런히 아이들에게 풀도 캐게 하여 조금씩 넣어 먹일 작정이고 들에 가는 길에도 몰고 나가 심심찮게 뜯기기도 할 생각 아닌가. 이와 같이 나는 성력으로 소를 기루어 아버지 작고하신 이래만도 여러 마리가 우리 집 외양간을 거쳐나갔지. 이러하여 비교적 적지 않은 수익금을 보아 와서 살림에 보탬이 되었던 일로 작년만 해도 9만 6천 5백원, 재작년에 9만 3천원이란 금액의 소득 아니었던가. 생각하면 우리들 농촌 실정으로 봐서 무엇보다 소를 잘 기르는 이보다 더 나은 수익은 과연 없는 일이지. 집집이 모두가 소에 대한 관심은 전보다는 다르다. 하지만 모든 일이 그 사람의 정신과 노력 여하로 열매 맺어지는 만큼 한 마리의 비슷한 송아지를 김생원과 박생원이 다같이 1년간 사육했다 해도 바친 공력에 따라 소득의 차액은 많고 적음을 본다. 이와 같은 사실로 미루어 시종일관의 정신으로 공을 들이어 유감없는 소득을 위한 나의 소 기르는 지성이라 하겠다.

1974년 11월 23일 한 때 진눈깨비

오늘 따라 송아지를 팔았다. 그러니까 그동안 4개월 23일간 기루어 왔던 일로서 온 가족의 노고가 여간 아니었던 일이 생각나는 일 아닌가. 정말 돈 나올 모퉁이는 수고롭기도 한 그 무엇이지. 어른들도 고역을 겪어온 일이지만 아이들까지도 많이나 괴롭혔던 과정이 아닌가. 이러했던 만큼 오늘의 이 심회는 후련한 일로서 날씨마저 눈깨비가 뿌려지는 오늘, 동생이 몰고 가서 팔고 온데 대해 마음깊이 고맙다는 생각도 든다. 헌데, 그 대금이 3만 천원. 지난날 송아지 시세에 비하면 형편없이 값싼 금액이나 현실 수년간 증가된 농우 두수로 금년 들어 하락일로에서 이구동성 소 값이 너무도 싸다고 말하고 실정이 실정인 만큼 수개월 혹은 일 년간 기루어 온 소가 적자가 되고 본 집들이 비일비재하여 농촌경제가 낭패라고 할 때 그래도 고역 겪은 대가가 송아지 대금인가도 싶었다. 이런데 그래도 정을 같이 해 온 일이라 아무리 말 못하는 짐승이라도 내어 보내고 본 마당은 허전 섭섭하고 떨어져 나간 새끼 생각으로 목매이게 울부짖는 큰 소의 울음은 애처로운 일로서 주인 된 이 자신이 매정한가 싶다.

송아지를 키운다는 것은 여간 성가신 일이 아니다. 남의 밭에 들어가 농작물을 망치기도 하고 마당에 널어둔 곡식을 흩뜨려놓거나 먹기도 한다. 동네에는 이런 송아지도 있었다. 마당에 널린 콩을 양껏 훔쳐 먹고는 물이 당기니까 물을 잔뜩 먹었는데, 뱃속에서 콩과 물이 섞여 콩이 불면서 송아지 배가 감당하지 못할 정도로 부풀어올라 불행한 종말을 맞은 것이다. 큰 소는 그런대로 길이 들여져 사람의 말을 잘 따르지만 송아지는 그야말로 천방지축이다. 마치 지금의 내 딸 루다가 치우는 족족 집안을 어질러놓듯이 송아지도 잠시만 한눈을 팔면 온 집안을 난장판으로 만들어놓기 일쑤였다.

아버지가 돌아가시기 직전에 황송아지를 낳았는데 날씨가 추워 얼었다는 기록이 있다. 그때 할머니와 아버지는 송아지를 방으로 들여와 사람에게 하듯 지극정성으로 간호를 하셨다. 이처럼 송아지를 키우는 것은 손이 많이 가고 정성을 쏟아야 하는 힘든 일이었다. 하지만 어미 소가 송아지를 낳는 것은, 돈으로 치자면 원금은 그대로 유지한 채 새로운 이윤이 발생하는 것처럼, 반가운 일이다. 그래서 어지간히 힘들어도 다 감수하게 되는 것이다.

그런데 송아지 가격이 하락일로에 있었으니, 그동안 소를 키워 쏠쏠한 재미를 보신 아버지의 낙심이 얼마나 크셨을지…. 어른 아이 할 것 없이 모든 식구들이 애를 먹여 키워왔는데 가격이 자꾸 떨어지니 아버지의 고민은 깊어갔을 것이다. 결국 아버지는 송아지를 팔기로 결정하시지만 마음은 편치 않으시다.

진눈깨비 날리는 날, 팔려가는 송아지. 아버지는 가격도 만족스럽지 못한 데다 새끼 잃고 울어대는 어미 소에게 못할 짓을 한 것 같아 미안한 마음이 드셨던 모양이다. 어미 소는 며칠 밤을 계속 울었을 것이고 그 소리를 들어야 하는 아버지 마음도 내내 불편했을 것이다. 그렇게 아버지는 송아지를 팔고 한동안 불면의 밤을 보내셨을 것이다.

나는 어릴 때부터 소와 늘 가까이서 자랐기 때문에 소에 대한 거부감이 없다. 오히려 친근한 존재다. 그러나 소에 대해 좋지 않은 추억이 하나 있다.

하루는 할머니가 집에서 보리개떡을 쪄서 나에게 먹으라고 하나를 주셨다. 보리개떡 하나를 다 먹고 나니 또 하나를 주시면서 논에 나가 있는 아버지에게 갖다 드리라고 하셨다. 보리개떡을 받아들고 길을 나선 나는 아버지에게 드릴 떡을 야금야금 표시나지 않게 뜯어먹으면서 걸었다. 그런데 길 중간에 소 한 마리가 묶여있어서 옆으로 조심조심 피해 가는데, 갑자기 그 소가 뿔로 나를 들이받았다. 허공에 떴다가 땅바닥에 떨어진 나는 혼비백산 도망을 쳤다. 몸은 먼지투성이가 되었고 입에서는 피가 흘러나왔다. 울면서 다시 집으로 돌아가 할머니에게 자초지종을 말씀드렸다. 할머니가 뭐라고 하셨는데 다른 말은 기억이 가물거리는데, 딱 한마디가 아직까지 생각난다.

"이노무 자슥, 지 빵 다 묵고 아부지 빵까지 뜯어 묵었네."

손자가 먼지투성이에 피까지 흘리며 눈물범벅이 되어 들어왔는데, 어찌 그리 매정한 말씀을 하실 수 있는지…. 지금까지도 그 기억이 생생한 것을 보면 어린 마음에도 무척 서운했던 모양이다. 어쩌면 아버지 빵까지 욕심을 부린 나를 소가 알고 혼을 낸 것인지도 모르겠다. 소는 때로 영물이기도 하니 말이다.

봄이 왔으되 봄이 아니다

1974년 3월 19일 청

벌써 계절로 봐서는 포근하고 따뜻할 무렵이 되었건만 근간의 기온은 내내 쌀쌀하여 밤에는 물이 얼고 낮에는 바람이 불어 '春來不似春(춘래불사춘)'이라는 문자 그대로의 일기 아닌가.

이러니 사람마다 날씨의 이변이라고 말하고 보리밭을 매러 나가매도 두툼한 옷을 겹쳐 입고 가게 되며 다른 일 하는데도 마음의 날개가 펴이지 않는다. 이와 같은 날씨 탓인지 요즘 대, 소인을 막론하고 독감증세가 많고 한 번 걸린 사람은 좀처럼 회복이 안 되어 거듭 약방을 찾아가는 집들이 숱하고 본다. 일컬어 이맘때의 차가운 기온을 '꽃샘추위'라고 하기야 했지만 비교적 금년은 늦게까지 춥고 보니 논밭 보리의 생동도 전보다 더디고 돋는 풀, 움트는 나뭇잎도 늦고 보는 일 아닌가. 이러나 때가 때인지라 할일은 해야 되는 것으로 들에는 여기저기 보리밭을 매고 채전도 붙일 준비의 일손은 움직이고 있다. 이러하여 우리 집은 밭보리 김매기를 오늘도 하고 못다 맨 그것도 계속 할 계획이며 씨 고구마 묻어야 할 온상 준비이며 채전 붙일 밭갈이와 거름내기 등 작업할 계획도 세워지는 이 마음으로 은근히 포근하게 되기 바라지는 날씨가 아닌가. 지금 봐서 조만간 비는 내리지 않아야 일의 진척이 잘될까 싶다.

우리 어머니는 지금도 보리밥을 별로 좋아하지 않으신다. 옛날에 너무 많이 드셔서 그렇다고 한다. 하지만 이제 우리 동네에서 보리를 재배하는 농가는 거의 없다. 시대가 변하면서 작물도 변한 것이다.

당시 이모작은 대부분 벼농사와 보리농사가 주종을 이루었다. 봄에 보리밭 매는 일을 시작으로 한 해 농사가 시작되고 초여름에 보리를 수확하는 시기를 흔히 '보리가을'이라고도 했다. 어디 그뿐인가. 춘궁기를 보리의 어린 이삭으로 넘긴다고 하여 '보릿고개' 라는 말이 있을 정도로 우리 민족에게 보리는 중요한 작물 중의 하나였다.

이때부터 농부들은 겨우내 긴긴 농한기를 끝내고 서서히 바빠지기 시작한다. 아버지는 해마다 그랬듯이 이맘때쯤이면 한 해 농사에 대한 희망과 기대로 마음이 조급해지기 시작했다.

1974년 4월 2일 청

바람이 먼지를 날리고 기온도 쌀쌀하여 들에 나가 일하기도 거북한 날씨라 따뜻하고 고요해지거든 하고 오늘은 집안일 하는 것이 옳다고 나는 말했는데 어머니께서는 그렇잖다고 하루라도 더 지나면 어쩌냐고. 아내와 애야를 동원시켜 등 넘어 밀밭을 매러 가셨다. 집에 앉아있어도 좌불안심이 되고 본 나는 조모님에게 점심이라도 일찍이 들에 나간 사람 덜 춥도록 끓여 놓을 것을 부탁하였다. 이래서 할머니는 그렇게 하자고 밥을 연탄불에 얹어 두시었다. 12시가 지나도 아무 기별 없어 초조하게 기다려진 일 아닌가. 아무래도 오전에 몽땅 매고 오지는 못할 짐작이었지. 헌데, 1시 반 되어 아내 된 그이가 점심을 가지러 온 일이라 여태까지 배고프지 않았느냐고 하니 하다가 보니 그렇게 되더라고… 이래서 3시 반경 일찌감치 몽땅 매고 오시어 또 밭도가리 매러 가서 곧 돌아오셨다. 날씨가 좋지 않은 가운데 하고보니 잘한 일로 나는 어머니의 의욕적인 열의를 마음깊이 느꼈다. 이랬지만 먼지로 덮어쓴 모습은 한층 퇴색한 일이어서 안타까운 생각이 솟았지. 말하면 일 때문에 노고도 많이 겪으시고 편안한 날이 드물고 보는 어머니여서 말이다.

4월 초순인데도 날씨가 제법 쌀쌀하다. 그러나 부지런한 할머니는 아버지의 만류에도 불구하고 어머니와 큰 누나를 데리고 밀밭을 매러 가셨고 점심때가 다 되었는데도 돌아오시지 않았다. 집에 있는 아버지와 노할머니(증조모)는 불안하다. 돌이켜 생각해보면 나의 할머니는 잠시도 쉬는 법이 없었다. 그런 시어머니가 계시니 어머니가 편히 쉴 수 있는 날이 있었겠는가.

아버지는 일기장에서도 수없이 언급했듯이 평생 이렇게 불편한 마음으로 사셨던 것 같다. 늘 가족을 일터에 보내놓고 걱정하고, 일을 시켜놓고 안쓰러워하는 마음, 당신이 직접 그 일을 해결해줄 여력을 갖지 못했으니 더더욱 안타까우셨을 것이다. 연로하신 어머니는 고생하는데 자신은 따뜻한 방 안에 앉아있을 수밖에 없으니 그 심정이 오죽했겠는가?

그때는 쌀이 귀하여 밀을 많이 먹어야 하는 시절이었으므로 보리와 더불어 밀을 많이 재배했다. 쌀을 아끼기 위해 국수나 수제비도 많이 해먹었다. 바쁜 농사일을 하면서도 일일이 집에서 반죽을 하여 칼국수를 만들거나 작은 집에 하나 있던 국수틀에서 국수를 빼어 만들었다. 지금 생각하면 수제비도 손이 많이 가는 음식이었는데 그때는 설렁설렁 쉽게도 만들어먹었던 것 같다. 우리들은 국수나 수제비를 만들고 남은 자투리 반죽을 얻어서 불에 구워먹는 것을 무척 좋아했다. 과자가 귀한 시절에 바삭바삭한 맛이 꼭 과자를 먹는 기분이었기 때문이다. 또 생밀을 입안에서 계속 씹으면 껌처럼 쫀득쫀득해지기 때문에 어린애들은 그것을 껌 대용으로 씹으며 아쉬움을 달래기도 했다. 다만 껌은 처음 씹을 때의 단맛이 생명인데, 밀은 단맛이 없는 게 흠이었다.

할머니들이 홍두깨로 칼국수를 밀고 엄마나 누나가 부뚜막에 앉아 수제비를 떼어 넣던 그 풍경이 새삼 그리워진다.

1974년 4월 7일

언제나 이맘때가 되면 농촌경제는 그 어느 때보다 메말라 대체로 집집이 돈이 귀하여 예로부터 봄 살림은 궁하여 어렵다고 말해 온 일 아닌가. 이래서 요즘 보아오니 사람들마다 아쉬운 돈타령과 푸념이고 빚돈을 구하려고 우왕좌행 하는 사람이 많을 때 메마른 봄 살림을 여실히 알 수 있는 일이다. 김생원도 돈, 박생원도 돈, 숙이 엄마, 돌이 엄마도 돈, 며칠지간 돈 때문에 우리 집을 찾아온 사람의 수만도 여럿이 되었지만 이자신도 주머니가 비어있는 사정되어 허탕치고 돌아가는 그이들께 미안하였다. 경우 따라 사정이 딱한 분들도 보았을 때 나로서 생광* 못 봐준 안타까운 정도 솟은 일 아닌가.

돈, 돈, 돈 모두가 갈증 든 돈. 이렇고 보니 여유 있는 살림은 과연 드물고 모두가 앞당기고 쪼들리는 사정. 아직도 보리가을 까지는 두어 달. 생각하면 그때가 까마득한 일이다. 벌써부터 이만큼 돈 때문에 횡행을 치는데 돈 한 푼 장만할 것 없는 사람들은 어떻게 메꾸어 나갈 일인지 더구나 이구동성으로 올 봄은 빚돈을 구하기도 힘들다고 들을 적에 이 마음은 또 한 번 정신이 차려지고 어떻던 적자살림 안되도록 가계를 꾸려야 할 생각이 굳어졌다.

* 생광 : 아쉬울 때 편의를 봐주는 것

겨울은 말 그대로 농한기다. 봄부터 가을까지 지은 농사를 수확하여 겨울 한 철은 별다른 수익 없이 앉아서 까먹는 계절이다. 그렇다보니 당시 농촌 형편에 이듬해 보리를 수확할 때까지 넉넉히 버틸 수 있는 집이 드물었다. 게다가 농한기다보니 곤궁한 살림에도 불구하고 더러는 노름판을 기웃거리기도 하고 술추렴(여럿이 각각 얼마씩의 돈을 내어 술을 사는 것)도 했을 터이다. 절대적 빈곤은 어느 정도 해결이 되었던 시기라 예전의 보릿고개처럼 굶어 죽지야 않았겠지만 문제는 돈이 메말라버린다는 것이다. 신학기가 시작되면 자녀들의 입학금이나 공납금을 비롯한 교육비와 이런저런 공공요금들도 적지 않게 나가야 할 판인데, 현금이 없으니 결국 이리저리 돈을 빌려야만 하는 형편들이었을 것이다.

사람들이 아버지에게 돈을 빌리러왔다는 것은 그래도 우리 집은 부유한 살림은 아니지만 빚을 얻을 정도는 아니었던 것 같다. 가장인 아버지가 노동력이 없는 치명적 약점이 있음에도 불구하고 그나마 우리 집이 춘궁기의 돈 가뭄에 허덕이지 않을 수 있었던 것은 가족 모두의 성실함과 검소함, 그리고 합리적인 영농을 하고 계획적으로 가정경제를 운영한 아버지의 힘이 아니었나 생각된다.

일하는 즐거움

1974년 5월 8일 흐린 뒤 오후에 비

그저께로 물못자리 설치하고 어저께로 감자밭에 오줌도 한 불 뿌리고 보니 은근히 애써졌던 일이라 다행한 생각도 든다. 언제나 해야 할 일을 앞두고는 애가 쓰여지는 나로서 이제는 집에 흙 거름만 다소 하게 되면 봄 일로 일꾼의 손을 빌릴 일은 별로 없고 볼 일 아닌가. 헌데 금년 따라 비가 너무 잦아 보리의 생장이 지나치게 연약하여 사람마다 걱정들인데 심고 뿌렸던 감자나 채소는 그대로 잘 솟아올라 괜찮다고 여겨진다. 그리고 고구마의 싹도 비교적 좋은 생장과정이고 호박과 울콩 등도 잘 올라 왔으며 뽕나무도 그 잎이 날로 더 피어 청청하고 보니 은근히 봄누에도 잘 먹일까 싶다.

시기 따라 할일이 속속 연 달리는 농촌으로 이제부터 부지런히 손질하고 가꾸는데 노력해야 할 우리들로 무엇보다 성력이 요한 일 아닌가. 이래서 이 마음은 금년도 모든 작물에 관심을 가지고 땀 흘려 오붓한 수확의 농사가 다짐된다. 이래서 또 한번 영농설계가 그려지는 오늘로서 그 누가 말했듯이 농사도 예술이라고. 주인공 된 이 자신으로 어떠한 작품을 완성케 되느냐가 문제이다. 가급이면 우수작품을 아니, 기필히 유감없는 작품을 내게 해야 될 일로 미루어 성력과 열의를 다하여 금년 농사를 지어야 할 생각이다.

아버지의 농사는 매우 계획적이었고 섬세했다. 날씨를 예상하고 인부를 어떻게 쓸 것이며 언제 시작하고 언제 마쳐야 할 것인지를 미리 치밀하게 계획을 세워서 실행에 옮기셨다. 또 해마다 수십 종의 농작물에 대해 품질과 양을 일일이 평가하고 지나간 해와 비교 분석까지 하셨다. 그리고 무슨 일이든 얼렁뚱땅 해치우는 것을 그냥 보아 넘기지 못하는 성격이었다. 아버지는 오케스트라로 말하면 지휘자요, 스포츠 경기로 치자면 감독이었다. 그러니 아버지가 농사를 예술작품으로 여기신 것은 너무나 당연한 일이다.

아버지는 단순한 농사꾼이 아니었다. 아버지는 농사를 예술의 경지로 승화시킨 달인이며 장인이고 진정한 아티스트였다. 나는 지금 나의 일에 얼마나 애착을 가지고 최선을 다하고 있는지를 생각하면 아버지 앞에 고개를 들지 못할 것 같다.

1970년 5월 3일 맑음

누에가 한 밥을 받아 집사람들은 바쁘다. 말하자면 벌써 오래전부터 해마다 먹여오는 누에로 마을에서도 단 우리 집밖에는 안 먹이니 다른 집으로선 안

하는 노고를 하고 있는 셈이지. 헌데, 사실 노력 끝에 얻어지는 소득으로 많지는 않으나 그래도 봄과 가을 두 철, 누에를 기루어 일만 수천원의 수익금을 보아오니 다른 집으로선 없는 우리 집만의 수입이라 말할 수 있다. 이런데 어제와 오늘 온 가족은 '마부시*'를 만든다고 분주하였고 뽕을 베어온다, 뽕을 따서 밥을 준다, 온도를 높이려고 안 땔 불을 땐다. 이래저래 정신과 힘을 바치는 일이 되니 이 마음으로 하여금 다시 한 번 부실하고 무용한 돈은 써서 안 될 생각이 들고 본 일 아닌가.

올해 따라 두어해 심었던 애목의 뽕잎을 믿고 예년보다 7알을 더 사육하게 된 일이라 은근히 뽕잎의 부족이 염려되어 마음도 조마조마하던 것이 다행히 뽕잎은 부족 안 되는 일로 믿어지어 마음이 놓인다. 이런데 이 마음속은 돌아가신 아버지가 생각나지 않는가. 즉 모든 누에사육에 필요한 잠구를 알뜰히도 손을 대어 놓은 것을 사용하고 보니 그전 생시* 하셨던 이력이 추모케 되는 일로 아버지는 가셨지만 그래도 우리끼리 여전히 누에를 먹이니 정말 인생무상의 정을 안 느낄 수가 없다.

* 마부시 : 누에를 올리는 채반 * 생시 : 살아있는 동안

앞서가는 영농인이었던 아버지는 동네에서 가장 먼저 누에치기를 시작해 농가의 소득을 증대시킨 선구적인 농사꾼이었다. 더불어 우리 가족들도 동네에서 가장 앞서가는 고생을 해야만 했다. 당시에 우리 동네는 대부분 전통적인 곡류농업만을 하고 있었다. 아버지가 처음으

로 양잠업을 시작하면서 이웃에서도 하나둘 양잠업을 하는 농가가 생겨나기 시작했다. 일종의 복합영농의 시초가 되었던 셈이다.

1974년 6월 2일 맑음

누에씨가 알에서 까여 나온 그때부터 아내 된 그 사람으로 일단정신 바쳐 기루어 온 누에가 그동안 굵고 크게 되어 오늘 오후 따라 올리게 되었다. 그이뿐만 아니라 할머니도 어머니도 온 집안 식구가 이 뒷바라지로 노력을 함께하여 괴로움도 많았던 사실이 아니었던가. 생각하면 소득을 위한 노고는 그 무슨 일이든 대동소이한 그것이나 기르는 기간이 짧다 뿐이지 누에야말로 정말 지극한 성력이 들여지는 그것으로 여간 공이 드는 일이 아니다. 이러하여 이 마음은 가끔가다 '돈 나올 모퉁이는 죽을 모퉁이'라고 한 예로부터 속된 말로 전해 내려오는 격언이 되새겨 지기도 했다.

헌데, 꼭 오늘로 22일간 분주한 연극의 막은 내려진 것인가 싶으니 안도의 한숨이 내려쉬어지고 다시 한번 공력의 대가는 필히 얻어지게 될 것으로 믿어져 기쁘기도 했다. 더욱이 부족될까 싶은 뽕잎 되어 은근히 염려와 걱정도 되었던바 그런대로 끝까지 먹이고 얼마끔의 잎이 남고 보니 다행지감이 아닐 수 없는 일 아닌가.

오~ 모든 일은 그 사람 사람의 정신의 소산. 아내 된 그이로 피곤증을 무릅쓰고 밤에 자다가도 두어 번씩 뽕을 준 덕으로 앞당겨진 누에. 다같이 시작하여 우리 집이 3일 빠르게 끝이 났다.

지금 생각하면 어찌 그렇게 살았는가 싶다. 그 많은 농사에 봄, 가을 두 번의 누에치기까지 해내자면 고생이 이만저만 아니었다. 누에를 치는 동안에는 그야말로 전쟁이 따로 없었다. 수시로 뽕잎을 쪄다 나르고 똥을 치우고 성숙 단계에 따라 채반을 옮기고 뽕잎이 모자라기라도 하면 수 킬로미터를 걸어서 온 산야를 돌아다니며 구해와야만 했다. 방 전체에 누에 치는 틀이 들어가 있으니 아홉 식구는 구석구석에서 새우잠을 자야 하는 것은 물론 어머니와 누나의 고생은 이루 말할 수 없는 것이었다. 어린 우리 형제들도 수시로 강제 동원되어 누에 치는 일을 도와야만 했다. 그래서 하얀 고치가 되면 일일이 손질하여 공판장에 갖고 가서 파는데, 그 등급에 따라 가족들의 희비가 엇갈리기도 했다. 그렇게 힘들게 한 푼이라도 더 모으겠다고, 고생을 고생인 줄도 모르고 살았던 시절이었다.

너 나 없이 사는 것이 자꾸만 힘들고 어려워진다고 아우성치는 요즘, 한번쯤 힘들었던 지난날을 돌이켜보는 것도 의미가 있을 듯하다.

염소 사건

1979년 5월 20일 맑음

오늘따라 염소 새끼를 한 마리 사게 된 일이다. 지금까지 우리 집으로서 소,

돼지, 닭, 토끼 등 여러 가지 가축을 먹여 본 일이지만 염소를 먹이기는 처음이다. 헌데, 이 염소는 그전부터 대체로 어느 가축보다 집에서 기르기를 꺼려온 짐승인 만큼 근간 앞뒷집에서 여러 마리 기르고 있는 일이지만 나로서는 이것을 길러 볼 생각은 없었지. 이렇던 차에 막내둥이 그 놈이 제 돈으로 토끼를 길러오더니 또다시 염소 새끼를 먹여볼 생각으로 벌써부터 생기는 돈을 나에게 저축해 온 일이었다. 그 마음이 기특하여 그렇게 해 보자고 했더니 마침 동생 집 큰 염소가 두 마리의 새끼를 낳아 그럭저럭 젖을 떼게 되어 암놈을 몰고 오게 된 일이다.

이놈의 염소 새끼를 기르는 과정에는 여러 가지 괴로움을 겪게 될 일이나 막내둥이 그 갸륵한 마음을 위해서도 함께 공을 들여 나중에 잘했다는 웃음꽃이 피게 되도록 기대하는 바이다.

1979년 8월 23일 차츰 흐려져 비

오늘따라 길러왔던 우리 집 염소새끼가 죽었다. 정말 안타깝고 허전한 심정은 말할 수 없었지. 이런 것이 이 염소새끼를 말하면 막내둥이 그놈이 길러보고 싶은 마음에서 그에게 생긴 돈을 푼푼히 저축하여 때마침 동생 집에서 나온 새끼를 젖 떼게 되어 어린 그 마음을 갸륵하게 여겨 한 마리 주고 본 일이니 말이다. 값 아닌 값으로 돈 만원을 주었지. 이래서 이놈은 제가 산 염소라고 의욕을 갖고 아침 일찍 풀밭에 내어다 매고 저녁 무렵 되면 집으로 몰고 왔던 사실 아닌가. 그럭저럭 3개월 3일이 되고 본 오늘에 그만 염소새끼는 죽게 된 일이다. 무릇 일은 당하고 난 뒤에야 미련과 후회가 되는 일이지. 지금까지 내내 그 장소에 매어놔도 괜찮았던 것이 오늘에야 벌 떼가 덤벼들어 심하게도 쏘고 물어 그만 운명을 고하였으니 이 얼마나 어이없고 원통한 일인가.

마침 두 시경에 학교에서 돌아왔던 그가 산에서 죽은 염소를 끌고 집에 들어오매 염소가 죽었다고 말하면서 기색이 침통한 그 모습을 보았을 때 이 마음도 몹시 안 되었던 일이다. 제 나름대로는 이놈을 크게 길러 새끼를 낳게 해서 기른 보람을 찾을 희망을 가졌던 것이 이렇게 되었으니 어린 그 가슴은 어떠할 일인가. 아~ 눈에 선한 그 염소, 이웃집 염소 울음소리가 들리니 그 죽은 염소가 생각나는 일이다. 그리고 집 감나무에 매여 있던 그 염소가 없어지고 보니 더욱 마음은 허전한 일로서 그 관리를 잘못한 후회가 된다. 수많은 벌 떼에 견디다 못해 죽게 될 때 주인을 원망했는지 모른다. 넓은 풀밭을 두고 하필이면 그런 장소에다 갖다 매어 생명을 잃게 했으니 말이다.

아~ 염소의 죽음, 이것을 사기 위해 생긴 돈 저축하여 목적을 이루었던 어린 그 마음, 심지어 소풍갈 때 주었던 돈도 쓰지를 않고 염소 값 모으려고 갖고 왔던 일을 생각하니 아련한 심정은 말 못할 일이다.

32년 전 5월, 나는 토끼를 먹여 저축한 돈으로 새끼 염소를 샀다. 그리고 상상을 했다. 염소가 새끼의 새끼를 낳고, 토끼를 밑천으로 염소를 샀듯 그걸 밑천으로 송아지를 사고 또 그 소가 새끼의 새끼를 낳으면 커다란 목장에 100마리도 넘는 소를 키워 100만 원도 넘는 돈을 버는 부자가 될 것이라는…. 그래서 친구들과 노는 것도 뒤로하고 학교에 갔다 오면 염소에게 열심히 풀을 뜯기었다. 그 누구의 염소도 아닌 바로 내 염소였기 때문에.

그러나 정확히 석 달 하고 사흘이 지난 후.

날씨마저도 차츰 흐려져 비가 온 그날, 막내둥이의 꿈은 산산조각이 났다. 이날 아버지의 일기는 이례적으로 뒷장까지 넘어갔다. 염소는 묶인 상태로 땅벌 집을 건드려 도망가지도 못한 채 고통스럽게 죽었다. 이날 나는 염소의 참혹한 죽음이 안겨준 비통함에 아버지에 대한 미움까지 더해져 집 뒤뜰에 홀로 쪼그리고 앉아 한참을 울었다. 아버지와 작은아버지가 죽은 염소 고기를 너무나 맛있게 드시는 것을 보았기 때문이었다. 당시 누구에게나 고기가 귀한 시절이고 보니, 영양 보충과 보신을 할 수 있는 절호의 기회였을 것이다. 게다가 농약이나 병으로 죽은 것도 아니니 품질로 봐도 최상급이 아닌가. 하지만 나는 내 염소가 죽어서 원통해 죽겠는데 아버지는 그 고기를 저렇게 맛있게 드시다니… 야속한 생각만 들었다. 하지만 아버지 일기를 보고 나서야 그때 아버지도 나 못지않게 가슴 아파하셨다는 것을 알았다. 이 염소 사건은 어린 나에게 상당히 충격적인 기억으로 오랫동안 내 잠재의식 속에 남아있었다. 대학을 다닐 때까지 꿈속에 가끔 나타날 정도였다.

32년이 지난 지금, 아버지는 이 세상에 계시지 않고 그때 목장주인의 꿈에 부풀었던 막내둥이는 목장주인의 사돈의 팔촌도 아닌, 그것과는 전혀 상관없는 삶을 살고 있으니 아버지의 일기장을 넘기며 옛 생각에 혼자 슬며시 웃어본다.

장마

1968년 6월 21일 비

이제 장마전선에 접어들어 비는 잦을 것이라고 관상대는 전한다. 오래도록 가뭄으로 비를 갈망했던 그것을 생각하면 이만하게도 다행한 일 아닌가. 하지만 우리들 인간이란 이래저래 염려와 걱정으로 살아야 하는 생리이지. 많이 오게 된다는 비에 수해걱정이 앞서지 않는가. 과연 무력하고 약한 것이 인생 아니냐. 어제와 오늘 비에 수해는 집집이 있어 또 근심하고 찡그리는 이가 비일비재한 일로 논밭 간 일거리는 많이 생겨났다. 뿐인가 오늘 보니 담장이 허물어지고 하수구가 막히어 집에 따라 피해가 있고 보매 과연 매사는 미연에 대비하고 사전에 관심을 가져 조심이 요하다는 경각심이 솟는 일.

장마는 해마다 아버지 일기에 빠지지 않고 등장하는 단골 메뉴 중 하나다. 그도 그럴 것이 장마가 없는 해는 거의 없고 농사에 지대한 영향을 미치기 때문이다. 장마는 봄 수확기와 모내기 사이에 주로 시작되는데, 이 시기에 맞춰 수확하고 심지 못하면 농사에 지대한 타격을 받게 된다. 특히 보리는 장마가 시작되기 전에 수확하여 탈곡까지 마쳐야 한다. 그것을 놓쳐 장마기간 동안 보리에 싹이 나버리면 보리농사는 헛농사가 되어버린다.

그래서 장마 전에 농부들의 농사일은 전투를 방불케 한다. 보리가을(추수)이 다 끝나기도 전에 빗방울이라도 떨어지기 시작하면 들판에서 일하던 농부들은 그야말로 전쟁터에서 싸우듯 아비규환을 연출하게 된다. 진흙투성이 몸으로 젖은 곡식들을 들어내는 모습이란 생각만 해도 등골이 서늘해지는 일이다.

장마는 또 집중호우나 홍수를 동반하기도 한다. 그렇게 되면 모내기 해놓은 벼들이 쓸려가거나 농토나 가옥의 유실이 발생할 수도 있다. 이래저래 장마는 해마다 농부들에게는 달갑지 않은 불청객이었다.

그러나 장마는 어린 우리들에겐 그나마 농사일을 거들지 않아도 되는 휴식의 시간이었다. 밖에 나가지 못하는 것이 좀 답답하긴 해도 감자를 삶아 먹는다든가 누나나 엄마가 부쳐주는 부추전을 먹으며 평온한 시간을 보낼 수 있는 시간이었다. 형들을 따라 저수지에 낚시를 가기도 하고 빗속에서도 친구들과 어울려 댐놀이(흐르는 물을 막았다 터뜨리기)를 하기도 했다. 방 안에 오래 있으니 형제들간의 다툼이 잦을 수밖에 없었던 것도 장마철의 빼놓을 수 없는 추억이다.

지독한 가뭄

1977년 7월 28일

일찌감치 아내와 병인은 토란, 단근, 무우, 옥수수, 정구지 끌고 장에 갔다. 오늘도 불빛같은 뜨거운 날씨로 가뭄의 피해는 더하여 사람들은 안타까운 심정이었다. 이러하여 오늘따라 신녕장도 왕산동 다리 밑으로 옮겨 보이더라고 했다. 관습적으로 오래날 비가 안 내리면 시장을 다른 곳으로 옮겨 보이면 곧 비가 온다는 신앙이 전해지고 있지 않는가.

1977년 연초에는 50년 만의 혹한이, 여름에는 극심한 가뭄이 들이닥쳤던 모양이다. 이래저래 하늘만 바라보고 사는 농민들에게는 힘든 한 해였던 것 같다.

다른 지역에는 어떤 기우(祈雨)의 풍습이 있는지 모르겠지만, 우리 지역에는 비가 오랫동안 오지 않을 경우 5일장 장소를 옮기는 풍습이 있었다. 그래서 면에 흐르는 하천변에 임시로 시장을 옮겼던 기억이 난다. 인간의 간절함이 하늘에 닿은 것인지, 그토록 기다리던 비는 시장을 옮긴 지 열흘 후인 8월 7일 내렸다.

1977년 8월 6일

워낙 오래날 가뭄이 계속되어 벌써 밭곡식은 지금 비가 와도 안 된다고 사람마다 말하여 사실 밭에 나가 볼 생각도 안 솟고 솟아난 김도 뽑을 의욕도 없지만 그래도 행여 김이라도 뽑아 놓으면 다소라도 나을까 싶어 어제 식전에 이어 오늘 식전에도 무 배추 뿌릴 땅의 김매기를 아이들과 했지.

오랜 가뭄으로 아버지는 일할 의욕마저 잃어가고 있었지만 그래도 일말의 희망을 안고 김매기를 하셨다.

하늘이 하는 일을 인간이 어찌 알겠는가? 그때나 지금이나 농부는 여전히 하늘만 쳐다볼 뿐이다.

1973년 8월 25일 맑음

날씨는 내내 가뭄이 계속되어 밭곡식은 형편없어 절망상태가 되어 사람들의 마음은 애가 탄다. 과연 날씨도 너무 과하다. 소나기라도 간간히 뿌려 주었으면 무 배추라도 솎아 먹을 일이지만 워낙 메마르다 보니 겨우 솟아 오른 것도 타 말라 없어진다. 그리고 뽕잎도 형편없이 시들고 타 말라 오늘따라 한 장의 누에를 먹여낼까 싶어 은근히 걱정도 된다. 오늘이라도 흡족하게 비만 내려준다면 그런대로 다행할 일이련만 비 내릴 가망 없는 하늘이 아닌가. 어찌된 일인지 처서가 지났는데도 불볕이 내려쪼여 전신은 땀으로 젖어 낮과 저녁 먹은 뒤 두 번이나 샘물로 목욕을 했다. 아~ 극성을 끝내 부리는 더위, 하루속히 지나갔으면 싶은 마음이다.

헌데, 그 어느 해보다 올 여름은 입맛이 떨어진 나로서 식사를 옳게 못하다가 보니 선선한 바람이 불어오는 가을이 바라지는 일 아닌가. 원래 허약한 탓으로 기력이 왕성치는 못한 이 자신이었지만 그런대로 의욕이 있어 부지런히 들에도 나가고 활동도 해 온 일인데 금년 여름은 도무지 움직이기 꺼려진 일이었다. 이래서 양분 있는 육미라도 먹으면 생기가 돋우어질까 싶어 토끼와 닭고기도 몇 번 먹고 개고기도 두 번이나 보신을 했는데 여전히 힘이 안나니 하루속히 여름이 지나가면 싶은 마음뿐이다.

오래 지속된 가뭄에 곡식은 말라가고 폭염까지 위세를 떨친 그해 여름. 농사를 예술작품이라고 했던 아버지도 하늘이 관장하는 날씨만큼은 어쩔 도리가 없다. 그저 간절한 마음으로 기원하는 수밖에.

농민은 농작물 상태에 따라 입맛도 좌우되는 건지, 온갖 보신용 음식도 기력을 잃은 아버지의 몸과 마음을 회복시키는 데는 도움이 되지 않았던 것 같다. 다음 날 당장 비라도 넉넉히 내려주었다면 우리 아버지 입맛이 금방 되살아나셨을 텐데, 하늘이 야속하기만 하다.

고구마 농사

1973년 9월 27일 청

추분이 지낸지도 3일, 집집이 고구마를 캐어 들이고 보아 오늘따라 고구마를 우리 집도 캤다. 헌데, 심은 이후 금년만큼 비 안 온 날씨가 많아 고구마 농사도 허탕 친 일로 생각되어 재미없는 수확으로만 여겼지. 이렇던 것이 캐고 보니 뜻밖으로 좋은 실적이 아닌가. 과연 우리 집 고구마 농사 이래 가장 미련 없는 많고 굵은 수확이어 모두가 좋아라고 기뻐한 일이다. 생각하니 금년 따라 일찍 심고 그대로 손질도 잘한 덕분인가 싶고 더욱이 아내 된 그이로 고구마 씨 묻을 때부터 남 못지않게 고구마 농사를 해 보자고 관심 깊게 성력 바쳐 묘상을 잘 가꾼 때문이라 말할 일이다. 좌우간 땅에서의 소출이란 작황 여하에 따라 많고 적은 차이가 여간한 그것이 아니지. 올해는 잔잔한 찌꺼기 고구마는 어느 해보다 적고 굵고 알맞은 낱의 고구마가 아닌가. 아무튼 그토록 가뭄 속에 굵어난 것이 이상하며 감탄스럽기도 하다.

헌데, 오늘 종일 캐어도 못다 캐서 내일까지 캐어야 하게 된 일인데, 14가마니 넘게 들여다 놓고 보니 온 집안이 고구마천지 같아 나는 전에 같이 어렵게 살면 이것만으로도 몇 식구 양식이 될 일 아니겠느냐고 말을 했지. 사실, 갈무리를 잘하여 돈을 장만하자면 약차한 금액을 장만할 일이다. 지난 해 고구마로 손에 쥔 돈이 3만원 가까웠던 일로 미루어 금년은 대체로 수량이 감해진 일이라 4, 5만원은 무난히 장만케 될 고구마로 여겨져 자못 흡감하기도 한 오늘이다.

1973년 9월 29일 흐린 뒤 비

그저께와 오늘 연 3일에 걸쳐 고구마를 캐어 들인 우리 집이다. 자그마치

24가마니 가량 되는 고구마의 수확. 정말 감계무량한 일로 지낸 날 밭 한 마지기 없었던 시절이 새삼 머리 속에 떠올랐던 일이 아닌가. 그 때야말로 정말 논밭경지 많고 곡식 많이 거둬들이는 집이 안타깝게 부럽기도 했다. 이래서 이 마음속은 고소원 내 땅, 내 전지를 가지고 의식 충족하게 살아봐야 한다는 생각이 절실했던 일이 아닌가.

그때는 연 3일 동안 고구마를 수확할 정도로 고구마 농사를 많이 지었나보다. 자그마치 스물네 가마니라니, 아버지는 보기만 해도 배가 부르셨을 것이다. 더욱이 그해 다른 집들은 고구마 농사가 흉년이었는데 우리 집은 유독 풍년이라 아버지를 더욱 기쁘게 한 것 같다.

고구마를 요즘처럼 간식으로 먹는 것이 아니라 겨울 한 철 동안 의무적으로 한 끼 정도는 먹어야 했던 시절이기도 했다. 그래도 겨우내 아이들에게는 구워 먹고 삶아 먹고 깎아 먹을 수 있는 맛있는 간식이었다. 무엇보다 농한기에 4~5만 원이라는 거금을 장만할 수 있었으니 효자가 따로 없다.

어렴풋한 기억으로 어른 머리보다 큰 우리 집 고구마를 군 농산물대회에 출품하여 상품으로 세숫대야를 타왔던 적도 있었다. 아버지 산소 바로 앞에 있는 그 고구마 밭을 지금은 그냥 묵히고 있으니, 아버지가 심히 아까워하시겠다는 생각이 든다.

그때와는 비교할 수 없을 정도로 작은 규모지만, 아버지가 돌아가신 후에도 어머니는 내내 고구마 농사를 지으셨다. 그래서 추석 때 자식들이 오면 노동력을 총동원하여 고구마 캐는 일을 연례행사처럼 반복하셨다. 그리고 수확한 고구마를 오남매에게 골고루 나눠주어 자식들과 손자들, 그리고 이웃들의 입까지 즐겁게 해주셨다.

몇 해 전, 평일 낮에 업무차 고향마을을 지나치다가 집에 잠시 들른 적이 있었다. 마침 어머니가 고구마를 심으시려던 참이었다. 어머니는 회사일이 바쁠 테니 큰 고무대야 하나만 옮겨주고 얼른 가라고 하셨다. 고무대야를 옮기고 호수를 연결시키고 나니까 물 몇 양동이만 들어다주고 가라고 하셨다. 물 양동이로 물을 날라다드렸더니, 이번에는 바가지로 모종에 물을 몇 번만 주고 가라고 하셨다. 그렇게 일이 하나둘 계속 이어지다보니 시간이 너무 지체돼버렸고, 어머니는 아예 이왕 늦은 것 다 심고 가면 안 되겠느냐고 하셨다. 결국 그날 나는 어머니와 둘이서 고구마를 다 심었고 어두워져서야 집으로 돌아올 수 있었다. 덕분에 그해 추석에도 우리 형제들은 맛있는 고구마를 가지고 갈 수 있었다.

그러나 이제 어머니는 몸과 마음의 기력이 많이 떨어지셨다. 아버지가 살아계실 때부터 지어왔던 우리 집 고구마 농사의 오랜 맥이 이렇게 끊어질까봐 마음이 아려온다.

40년 전이나 지금이나

1970년 11월 10일 맑음

물가는 자꾸만 올라 가계의 지출이 늘고 생활의 부담은 가중한 오늘의 현실 앞에 서구문명의 물결은 허영과 사치풍조가 더해져 사고와 안목은 높아지는 경향 되어 일은 큰일이다. 사실 성장 발전하는 경제라고 떠들어 대지만 부익부 빈익빈은 점점 더한 일로 더 잘사는 계층보다 급급하는 생활인이 더 많은 오늘이다. 그리고 부정 관료들은 자꾸만 늘어나 신문기사만 봐도 도적놈만 앉혀있는 기관인가 싶은 이 땅일 때 자못 심각한 생각에 잠기기도 한다.
정부는 탁상공론, 숫자나열의 자랑인 것이지. 밑바탕 백성들의 불신은 모르는지 모른다. 보면 애국자도 많은 것 같고 겨레를 위하는 지사들도 적지 않은 것 같다. 하지만 사리와 영욕을 위한 모리정상배의 장난도 많고 보는 이 땅의 현실. 그래도 우리의 공복이요 심부름꾼이라고 간혹 내뱉는 그 입과 입이 아닌가. 생각하면 어처구니없는 일도 많고 안 될 짓도 많이 하는 정부의 일과 정책으로 우선 대농시책만 해도 곡가에 있어 보리와 고구마 값 등은 생산비도 미달되는 매상가격의 책정이요. 시장가격의 반도 안 주는 값을 말한다. 반면에 관영요금, 학교 공납금 등은 자꾸자꾸 올리고. 이러니 더더욱 못살아 질 농촌은 핍박한 경제 속에 생활로 허덕거릴 이 땅일까 싶다.

"물가는 자꾸만 올라 가계지출이 늘고 부담은 가중…", "성장 발전하는 경제라고 떠들지만 부익부 빈익빈은 더욱 심화…", "부정 관료는 늘어나 도적놈만 앉아있는 기관…", "정부는 탁상공론, 숫자 나열만 자랑하며, 백성들의 불신은 모르는 듯…", "사리와 영욕을 먼저 생각하는 모리정상배들…", "대농시책, 생산비도 미달되는 매상가격…", "공공요금(관영요금), 학교 등록금(공납금) 등은 자꾸자꾸 올리고…", "농촌은 핍박한 경제, 생활로 더욱 못 사는 곳이 되어가고…"

이럴 수가! 40년 전 아버지 일기장에서 오늘날 대한민국의 생생하고 슬픈 현실을 읽다니! 강산이 네 차례 변할 만큼 오랜 세월이 흘렀는데도 정부 관료들은 여전히 민심을 읽어내지 못하고 있으니, 고집스런 그 일관성 하나는 기네스북에 오를 정도다.

골칫거리 통일벼

1974년 11월 17일 비

어제따라 통일벼를 매상하고 본 일이라 오늘의 감회는 자못 후련한 일이다. 사실 정부에서 이 지방 풍토에는 맞지 않은 품종을 강제로 권장하여 부득이한 사정으로 심게 되어 그동안 의욕 없는 농사를 지어왔던 일이지. 이런 가운데서 금년 따라 작황이 예년보다 더 못하여 대체로 헛농사를 지었다고 정부에 대한 불평도 많고 본 사람들이 아니었나. 더욱이 우리 논은 더 부적한 토질 되어 형편없었던 일이다. 이래서 내내 마음이 씁쓸했던 일로서 어차피 공판을 하고난 뒤라야 마음을 놓게 될 생각이 아니었던가. 정말 일반 벼에 비하여 수확량도 감소된 일일뿐 아니라 일꾼 없는 사정으로 고역도 더 겪은 우리 집이다. 그리고 지금까지 은근히 걱정인 것이 워낙 탈곡하고 보니 질이 나빠 검사에 통과가 될 것이냐 싶은 의심 때문이었지. 이래서 온 식구가 전 심력을 기울여 몇 며칠로 건조하고 개풍도 성력을 다하여 작근* 포장하여 동생에게 맡겨 보냈던 만큼 자못 애쓰럽기도 했지. 이와 같은 통일벼를 공판했으니 등급과 금액은 고사하고 '아~' 싶은 다행감이다.

* 작근 : 근(무게)을 재다

이즈음 아버지는 통일벼 재배로 몇 년째 골머리를 앓고 계셨다. 정부에서 식량 증산을 목표로 토질과 풍토를 무시한 채 일괄적으로 강요했던 통일벼 재배에 아버지는 강한 불만을 가지고 있었다. 그러나 당시는 근대화의 깃발 아래 일사불란한 국민총화가 강조되던 시절이었으니 국가 시책에 반기를 든다는 것은 일개 농민인 아버지로서는 불가항력적인 일이었다. 통일벼를 재배하는 내내 아버지는 가슴속으로만 정부와 갈등을 겪었다.

모내기를 하면서부터 가을까지, 통일벼가 자라는 모습을 보시며 아버지 마음은 내내 불편했을 것이다. 게다가 작황마저 좋지 않아 집안 식구들의 고생이 더하니 애물단지가 따로 없다. 통일벼는 일반 벼에 비해 낟알이 잘 떨어져 수확하기도 더 힘들었다. 벼를 탈곡할 때는 온 집안 식구가 다 매달려야 했다. 어린 우리들도 학교를 마치면 탈곡 기계가 쉬지 않고 돌아갈 수 있도록 숨 가쁘게 짚단을 날랐다. 벼 먼지를 뒤집어쓰고 땀으로 범벅이 되면 온몸이 견딜 수 없이 껄끄럽고 저녁에 집에 와서 물로 얼굴을 문지르면 눈물이 핑 돌 만큼 따가웠던 기억이 아직도 생생하다.

건조하는 것도 만만찮은 일이었다. 마당에 넓게 전을 펴고 아침에 널었다가 저녁에 거둬들이기를 며칠씩 되풀이해야 했다. 그리고 시시때때로 한 번씩 밀개로 뒤집어주는 일도 게을리 할 수 없었다. 빗방울이라도 떨어지면 다른 일을 하다가도 정신없이 뛰어와 수습을 해야만 했다. 작황이 좋지 않았으니 쭉정이나 불순물도 많아 개풍 또한 쉽지 않았을 것이다. 개풍작업은 어머니나 할머니가 주로 하셨는데 바람이 적당히 불기를 기다려 일일이 손으로 벼를 날리며 쭉정이나 불순물을 걸러내야 한다. 가뜩이나 꼴 보기 싫은 놈이 애까지 먹이니, 얼마나 진절머리가 나셨을까. 그래서 아버지는 등급이며 돈을 떠나서 일을 끝냈다는 자체만으로도 안도의 한숨을 쉬신 것 같다.

통일벼는 우리나라 쌀 생산량 증가에 지대한 영향을 미친 품종이다. 몇 번의 품종개량을 거치는 동안 기존의 벼보다 단위당 수확량이 월등히 높아졌다. 이 통일벼로 말미암아 그동안의 쌀 부족 현상과 기아문제를 획기적으로 해결할 수 있었던, 당시의 표현대로 말하자면 그야말로 '녹색혁명'이었던 것이다. 물론 밥맛은 일반 벼에 미치지 못했고 키가 작아 볏짚의 활용도 역시 떨어졌지만 무엇보다 절실했던 '먹는 문제'를 해결한 일등공신이라 할 수 있겠다.

한 해 농사의 결과

1976년 한 해 농사의 결과(77년 가계부)

• 보리농사-밭에는 신품종인 올보리를 했더니 의외로 많은 수확으로 예년보다 7가마니가 더했고 논보리도 종전보다 더 잘되어 보리매상 35포, 종자로 몇 가마니 나가 근어 30만원 장만했다.

• 벼농사-대체로 통일벼 종자를 했지만 우리 집으로선 일반 벼를 해서 금년은 비교적 잘된 결과로 전보다 곡수가 많이 났다.

• 고구마-날씨가 여의찮아 이식이 7월 달로 늦어져서 대체로 집집이 형편없었는데 우리 집은 그대로 잘되어 만족했다.

• 참깨-파종면적은 작년과 같았는데 수확은 절반밖에 안 났다.

• 콩-한동안 가뭄이 지속된데 비해 평년작은 되었는가 싶었다.

• 고추-크게 잘 되지는 안했지만 보통은 되고 본 결과였다.

• 마늘-우리 집 농사 중 가장 못된 결과로 형편없었다.

• 감자-작년보다는 못했지만 다른 집에 비해 잘된 편이었다.

• 우엉-지난해보다는 잘되어 괜찮다고 여겨진 마음이었다.

• 누에-봄누에는 유감없이 되고 가을누에는 조금 못된 결과였다.

• 무배추-비교적 적게 갈았지만 간간히 물을 주어 잘된 편이었다.

• 당근-봄과 가을 두 철에 조금씩 해봤지만 잘 되지는 안했다.

• 시금치-메마른 가운데 파종해서 다른 집은 솟아오르지도 않았는데 우리 집은 호스로 집에 물을 보내 의외로 6400원 수익.

• 도라지-작년에 파종한 것으로 금년에 캐고 보니 품질이 아주 나빴다.

• 작약-내내 값이 형편없었는데 뜻밖으로 올라 4년 종 800여 포기에 20만원 받고 보니 횡재를 한 느낌이었지.

위와 같이 지난해 농사는 마늘과 참깨, 당근 도라지가 실패되고 다른 작물은 비교적 잘되어 해마다 그만큼만 되면 만족한다는 생각이 들고 본 농사였다.

아버지는 해마다 이렇게 작물별로 작황을 기록하고 분석하셨다. 참으로 많은 종류의 농작물을 재배하셨다. 이 기록을 보니 30여 년 전 우리 농촌에서 어떤 작물들을 주로 재배했는지 한눈에 알 수 있다. 어느 농가나 별반 다를 바 없는 일종의 복합영농을 했는데 나름대로 우리 집만의 특용작물이라 할 수 있는 것이 누에와 작약이었다. 특히 누에는 봄가을 누나와 어머니의 눈물겨운 애환이 담긴 작물이기도 하다. 어머니는 이렇게 농사지은 것들을 장에 내다 파시느라고 사시사철 애를 먹어야만 했다.

그렇게나 아버지를 괴롭히던 골칫거리 통일벼를 이해에는 재배하지 않았고 통일벼를 재배한 다른 집보다 수확이 괜찮았던 것 같다. 아버지는 몇몇 실패한 작물을 제외하고는 대체로 작황이 좋은 해였다고 평가하셨다. 농사를 예술작품이라고 한 아버지의 말씀처럼 이해의 작품은 비교적 만족스러운 수준은 되었넌 모양이다. 여기에 기록된 것 외에도 집에서 가족들이 먹을 정도만 소량 재배한 것으로 토마토, 오이, 호박, 토란, 부추, 감 등이 있다.

아직도 어머니는 시골에서 농사를 짓고 계시지만 저 당시 농작물의 종류나 양에는 한참 못 미치는 수준이다. 기력이 급격히 쇠잔해진 어머니는 갈수록 당신의 농사 규모를 더 줄여나가야 할 것이다. 그것을 어머니는 못내 안타까워하신다. 넓은 땅에 온갖 종류의 농작물을 원없이 지으셨던 옛 시절을 그리워하시는 것이다.

1970년도 인부 상황을 기록해두신 내용 가운데 특이할 만한 상황은 김 군의 대활약이다. 모내기철에도 와서 일했고 가을철에도 와서 손을 빌려주었다. 어렴풋한 내 기억으로는, 도시에서 일용직으로 일하다가 농번기 때마다 우리 집에서 숙식을 하면서 농사일을 도와주었던 고마운 아저씨였다. 내가 김 군 아저씨를 기억하고 있는 것으로 미루어볼 때, 이후로도 몇 해 동안 농번기 때마다 우리 집에 와서 일을 해주었던 것 같다. 아버지나 식구들은 김 군 아저씨를 가족처럼 여겼고 김 군 아저씨 또한 자기 일처럼 농사일을 성실히 도와주었던 것으로 기억한다.

그러나 나중에 김 군 아저씨가 아버지가 가장 애지중지하시던 라디오를 훔쳐 달아나는 일이 발생하면서 가슴 아픈 기억을 남기게 된다. 가족들의 증언을 토대로 사건을 재구성해보면 이렇다.

가족들이 일어나기 전인 새벽에 김 군 아저씨는 라디오와 국수틀을 챙겨 집을 나섰다. 그것을 들고 대구 방향을 향해 수 킬로미터를 걸어가다가 하천에서 국수틀을 물로 씻었다. 때마침 그곳을 지나던 경찰이 이를 수상히 여겨 추궁한 결과 사건 일체를 자백받은 것이다. 김 군 아저씨가 얼마나 순진한 사람이었는지 알 수 있는 대목이기도 하다. 가족들은 경찰서의 연락을 받고서야 라디오와 국수틀이 없어진 사실을 알았다. 결국 김 군 아저씨는 경찰에 검거되었고 아버지는 당시에는 귀한 물건이었던 라디오와 국수틀을 되찾을 수 있었다. 하지만 아버지는 잃어버린 물건을 되찾은 기쁨보다 믿었던 사람에 대한 배신감이 가슴을 아프게 했다며 이날 일을 다른 일기에 기록해두셨다.

세상 일이 아무리 사람의 뜻대로 되지 않는 것이지만 한평생 허황된 꿈을 쫓지 않고 정직하게 살아오신 아버지에게는 납득하기 어려운 일이었을 것이다.

1969년 추석에 작은아버지와 아버지

1972년 가족 사진

아버지의 세상 읽기

아버지는 일기장 외에도 별도의 노트를 마련해두시고 여러 가지 생각과 감상을 기록해두셨다. 그 가운데 장성한 아들의 마음을 움직인 몇 편의 글을 여기에 옮겨본다.

신중하고 속정이 깊으며 꼿꼿하면서도 생각이 많은 아버지의 모습이 문장 하나하나에 고스란히 드러나는 듯하다.

풀다가 못 다 풀고 다하는 운명

1976년 2월 3일 맑음

그 옛날 이태백이 읊은 시구에 '인생 과정은 홀치어 흐트러진 실꾸리를 푸는 격이라' 고 했더니 과연 이 자신 살고 보니 그런가도 싶다. 말하면 산다는 것이 내내 애와 걱정으로 불안과 고심이 떠날 날이 없으니 말이다. 있는 사람 있는 대로 없는 사람 없는 대로 그리고 한 가지 걱정하고 애스러웠던 일을 넘기고 보면 또 한 가지 그렇고 저런 근심 지는 일이 생겨나 애를 태워야 하지 않는가. 이렇기에 이태백, 그 시인도 홀친* 실꾸리를 한 끝을 애써 풀고 나니 또 한 끝이 홀치고 이쪽 끝을 풀고 보니 저쪽 끝이 또 홀치어 평생을 내내 풀다가 못 다 풀고 다하는 운명이 인생이라고. 정말 인생을 지당히도 읊었다는 실감이 난다. 헌데 우리네 속담에도 천석꾼은 천 가지, 만석꾼은 만 가지 걱정이라는 말이 있다. 이로 미루어 봐도 우리들 인생은 걱정 없이 살 수는 없으며 어찌 생각하면 사는 것이 걱정이요 걱정함이 삶인지 모를 일이다. 하지만 모든 세상 사람들은 걱정과 근심 없이 마음의 안정과 일신의 편안함을 바라고 기대하며 살아왔고 살고 있는 고금의 인류의 역사이다. 이러나 실에 있어 그렇게 될 수는 없는 일로서 인생은 무한한 욕망을 품은 생물로 오르면 더 오를 발돋움을 위해 애쓰는 그것이 아닌가. 멈추고 중지하면 그런대로 편안하고 걱정도 안 생길 일이다. 허지만 이것이 과연 어렵고도 어렵다. 이렇고 볼 때 만인간이 스스로가 걱정거리를 만들어 괴롭고 안타까운 처신이 되지 않는가. 연합고사에 낙방한 놈이 후기 고교에 원서를 낸다고 저녁 먹고 대구 가는데 그래도 염려스러워 어머니가 또 함께 가시게 되어 나는 속으로 씁쓸한 생각이 들었고 두 번 걱정을 왜 하게 되는가 싶어 위와 같이 인생을 또 한 번 생각해 보았다.

* 흘친: 엉킨

힘들다고 불평하지 마라

1973년 9월 6일 맑은 날이 한 때 흐려져 늦게 개었다.

우리 집은 언제나 할 일이 있어 어머니는 출타하지 않는 한 집안일 들일로 시간을 보내고 아내 역연* 주부 된 입장이라 낮잠 한 번 자본 적 없이 내내 일만 해 오는 과정이다. 뿐만 아니라 아이들도 학교만 다녀오면 일을 해야 하는 사정이고 때로는 찾아 온 사람까지 한 가지 일을 시킬 때도 있고 보는 형편이 아닌가. 이쯤 되니 아내 된 그 사람은 할일 없이 이웃을 다니는 아낙네를 보고 "어쩌면 일 없이 놀러 다닐 시간이 있는가"고 날마다 책임이 무거운 자신은 왜 이런가고 말한다. 아닌게 아니라 조모님을 모시고 어머니를 위시한 다섯 자녀 가진 아홉 식구 되는 가족을 봉양하고 뒤치다꺼리하는 그이로서는 한거할 시간이 있을 수가 없다. 더욱이 남편 된 나로서 노력을 못하는 사정이라 논밭일로 나가는 괴로움도 그 누구 집 아낙네보다도 더 겪는 일로 되어있다. 이러니 그는 항상 울적한 마음을 가지고 숨가쁜 그것으로 보이는 일이지. 이런데 볼라치면 학교에 보내는 아이들 아침밥 늦을까 봐 허덕허덕 바쁜 마음으로 움직이고 이놈들의 벤또밥 네 개를 사서 보내는 일이며 옷가지 등 빨고 씻어 갈아 입혀야 하는 일이지. 아침부터 분주한 일과로 시작되는 그이의 노력이 아닌가. 헌데, 어떤 날 저녁 늦도록 일을 하고 잠자리에 들려고 들어와 긴 한 숨을 내려 쉬면서 "우리 집은 매양 왜 이런고?" 고 짜증어린 불평을 토로한다. 하지만 나는 생각하기를 인생과정이 일의 연속이고 하는 일 있는데서 얻어지고 보탬 되어 살림이 더해지고 생활이 나아진다고 믿는다. 가정도 일개 공장과 마찬가지로 일거리가 없어지는 고비 없이 내내 하는 일이 있어야 하는 것이지. 할일 없이 빈둥빈둥 놀게 되면 그만큼 아까운 세월을 헛되게 보내는 결과뿐이 아닌가. 그리고 사람이란 하는 일이 없이 지내다 보면 음탕한 생각이 생기고 나쁜 짓을 하기에 이른다. 요즘 신문지상에서도 보는 바이지만 도시의 유한부녀들이 도박판을 벌리어 그 남편의 얼굴에 똥칠을 하고 그들도 망신이 된 일 아닌가. 우리 주위에서도 내가 보는 바로 할일은 하지 않고 몇몇 어울려 술집에서 놀다가 공연한 시비로 왈가왈부 싸움을 하여 욕설을 하고 심하면 피탈질*까지 하지 않는가. 여자들도 그렇다. 모여 앉아 실없는 남의 말을 하다가 화근이 되어 말다툼까지 벌어지는 일을 허다히 본다. 이러니 노소남녀를 막론하고 그 직분에 따른 일을 힘대로 하고 지내는 것이 온당한 일이 아닐까.

지금 60대에 이르런 어머니로서는 마을에서도 보다 일 더하는 사람 없을 만큼 부지런하게 일을 하시는 어른이지만 언제나 의욕적 노력이고 자발적 노고를 겪어 오는데 철인 아닌 철인의 말씀을 가끔 하신다. 며느리 또는 아이들에게 '인간으로서 할일이 없으면 불쌍한 노릇'이라고. 이런 것이 어머니나 이 자신이나 가난한 지난날, 집도 전지도 내 것 없던 그 시절에 고생도 많이 하고 풍상도 어지간히 겪고 본 일이어서. 그 전 그 무렵에 남의 일 해주고 품삯 그 돈으로 생계를 메꾸었던 그 일을 생각하면 내 집 내 전지의 일이란 얼마나 재미나고 락스러운 그것이냐고. 하는 일에 괴로움을 말하지 말라고 하시는 어른 아닌가. 이러하여 지금까지 아무리 고되고 벅찬 일을 당해도 의지와 용기로 솔선하여 나아가며 힘에 겨운 일을 해서 피곤할 줄 봤던 일이 밤에 주무시고나서 그 언제나 누구보다 먼저 나오셔서 이런 일 저런 일에 손을 쓰는 어머니다. 오늘도 일찍이 일어나시어 아이들 데리고 고추밭에 김매기 하러 나가셨지. 학교 보낼 시간 되어 아이들은 오고 어머니는 혼자 아침밥 보내 달라고 밭에서 잡수시고 쉬지 않고 하시고 점심까지 들에서 잡수신 일이었다. 잠시라도 허비되는 시간을 없이 하려고 그렇게 하시는 어머니로서 근실과 검소한 지조는 그 어떤 이도 따르지 못한다. 오늘날까지 알뜰한 정신과 노력으로 하여 우리 집 지금의 오붓한 살림이 이룩된 사실로 내 역연 검소한 지조로 어머니로 하여 받아진 정신이라 자부한다.

생각하면 성실히도 노력하고 알뜰히도 꾸려나온 여덕과 보람이 지금의 환경이지. 의식(衣食)의 염려 없는 토지와 안전한 자립경제 된 환경이 우리 집 아닌가. 이제 남에게 빌리고 꾸어 쓰는 일 없는 처지로 해마다 부가 더해지니 자못 다행케도 여겨지는 생활인 것이다. 이래서 나로서는 보다 가정과 살림이 더 되기 위한 의욕으로 머리 쓰고 처사를 하고 있는 일로 아버지 작고하신지 어언 5년 세월, 이동안 집 안팎으로 많은 일을 해왔다. 어디까지나 하는 일에 있어서는 기쁨과 보람이 느껴지고 본 만큼 애를 쓰고 괴로움을 당하는 앞에도 나는 나아지고 더 잘되는 과정이라 믿고 구상하는 일은 기어코 하고야 만다. 말이 났으니 말이지만 농경지 정리를 위시하여 지붕개량, 아래채와 마구채를 새로 짓고 기와로 덮은 담장, 보문*한 두지*, 장독대 개량, 영구적인 샘을 파 펌프의 매설 등등. 집안에 손을 쓴 일만도 하고 많은 일을 하고 또 한 일이었다. 이렇게 하고 보니 점차로 일신되고 편리하여 보람이 느껴져 보다 개량할 구석 살펴지고 머리 쓰여지는 일 아닌가. 이에 나는 일이란 살고 있는 인생의 줄거리요 보람이라 여기고 일 않고 지내려는 인생은 어리석고 불쌍한 노릇으로 여긴다. 일, 일, 일, 기쁨과 행복을 찾고 보는 일, 인생을 모르니 그렇지 우선에 괴롭다고 하는 일을 짜증내지만 놀고서 이루어지는 것은 없을 때 아내여, 할 일이 많다고 말하지 마라. 모두가 내 잘 살 노력이 일이라고 설득하는 바이다.

* 역연: 당연히 * 보문 : 보강, 수리 * 두지 : 광

가정폭력

1973년 8월 29일 가끔 구름

가정불화로 시시비비 왈가왈부도 많고 보는 우리네 주위는 사람마다 불안하고 불편한 개개 입장과 사정을 듣고 볼 때 안타까운 생각 금치 못할 노릇이라고 말한다. 사실 적고 많은 가정을 막론하고 거개*가 뜻이 안 맞고 마음이 합해지지 않아 불평과 불만을 간직하고 살고 있는 일 아닌가.

어제만 해도 김 생원의 부부싸움의 이야기를 들었지만 그 아내의 머리채를 억센 손으로 움켜쥐고 울화증을 참지 못해 주먹으로 때리고 발길로 걷어차니 죽는 듯한 비명을 지르면서 끌려가더라고. 과연 보는 이로 하여금 너무 과하다는 말이었다. 또 오늘따라 뒷집 S군이 부부싸움을 했다. 곡절이 뭣 때문이었는지 그 연약한 아내를 사정없이 구타하여 쥐어 밟고 본 일 아닌가. 마침 지나치던 사람들이 말리고 타일러도 그는 듣지 않았다. 나도 온갖 설득

해 봤지만 미친 사람마냥 발로 차고 주먹으로 쥐어박아 그 아낸 된 이의 먼지투성이 된 몰골은 처절한 그것이었다. 이와 같은 광경을 볼 때 인간이 인간이 아니라 사나운 성난 짐승 같기도 보인 S군이 아니었나.

이래서 나는 속으로 다시 한 번 어지간한 일은 참고 지내는 것이 사람으로 생각 되었지. 더욱이 부부지간이면 자식을 함께 낳고 평생을 같이 살아야 하는 이 세상에 누구보다도 가까운 인연을 맺은 사람 아닌가. 그리고 S군 그의 처지와 사정을 말하오면 부모도 형제도 없는 고아의 신세로 떠돌다가 그래도 연분 되어 만난 그 아내를 그만큼 짓밟을 때 나쁜 놈 몹쓸 놈인가 싶었다. 딱하고 불쌍한 그 형편 보아 동정도 어느만큼 해 줄 의향 없지 않은 이 마음이었는데, 전번에 한 번 부부싸움으로 보잘 것 없는 그 살림가지를 동댕이 쳐서 이웃사람으로 욕평도 들었지. 이런 가운데 오늘 또 그와 같은 행패부린 행동을 취한지라 나는 생각해 줄 여지가 없다고 여겨진 일이다.

우리들 이웃하여 사는 사람으로 오순도순 정답게 지내나면 모두가 기특케 여기고 부하고 빈한 것은 고사하고 도와주고 밀어 줄 생각도 솟지 않는가. 사실, 일시적 마음의 불을 진압 못해 한 가정 안에 살아가는 식구들로 원망하고 미워하며 욕하고 때리고 싸우면 남에게 수치요 구경거리 되어 욕 얻어 먹기 일 수뿐이다. 이와 같은 일을 생각할 때 우리는 어디까지나 참는다는 신념을 굳게 하고 살아야 할 일이다. 남과 다투고 싸워도 그 뒤에 생각해 보면 공연한 시비이었다는 후회도 없지 않는 일인데 하물며 부모와 자식, 남편과 아내, 형과 동생지간으로 시끄럽게 옥신각신 한 뒤 생각해 보면 싱겁고 멋쩍은 일이 될 뿐이다. 남을 보고 깨우친다고, 오늘따라 다시금 가정불화 없는 이력이 요하다고 여겨진 일이다.

* 거개 : 대부분

물가가 오르면 나라가 망한다

1979년 1월 25일 흐림

오르고 뛰는 물가는 사람들의 마음을 불안케 한다. 이래서 대체로 국민들은 정부에게 바라는 것이 안정된 물가이다. 하지만 자꾸만 치솟는 물가는 어제가 다르고 내일이 다를 것으로 예상되어 마음이 어둡다. 이쯤 되니 돈의 가치는 점점 떨어져서 쓸모가 없다고 사람마다 하는 소리 아닌가. 이런데 정부로선 고삐 풀린 소를 잡지 못하는 격으로 안정을 못 시키니 자못 답답한 노릇이다. 무엇보다 이 물가가 안정 되어야 생활의 안정이 있고 정부를 믿을 수가 있는 일인데 이렇지가 않으니 국민들로 하여금 정부에 대한 불신감도 점차로 높아지는 일이지. 생각하면 정말 큰일이다. 이대로 가면 앞으로 어떤 변란이 오려는지. 이런데 일반 물가 아닌 공공요금을 자꾸만 올리니 더욱 가관이다. 물론 올리는 이유야 있겠지. 핑계 없는 무덤은 없는 일이니까. 하지만 동서고금을 통하여 물가가 많이 오른 국가로 성공한 예가 없을 적에 오늘의 우리의 사정은 심각한 문제가 아닐 수 없다. 하기야 경제성장으로 소비성향이 늘어나서 잘살게 되었다고 말하지만 사실 오늘의 불안한 물가 앞에 어두운 마음이 안될 국민은 몇 안 될 것으로 여겨지는 일이다.

가을밤의 상념

1974년 11월 3일 맑은 날

언제나 늦가을 이맘 때 되면 추억과 회상으로 고독한 심회가 더한 것은 무슨 까닭인가. 생각은 생각 따라 온갖 가지 지난 날 일들이 머릿속에 떠오르고 때로는 밤이 오래도록 잠 못 이루고 추억은 미련으로 안타깝기만 한 일이다. 지금까지 지내온 자신의 인생을 곰곰이 생각하니 고비도 많았고 역경으로 눈물겹던 그 시절도 생각나는 일이지. 어느 때 보다 더하고 본 이맘때의 심경은 메꿀길 없는 허전한 공허감이기도 하다. 더욱이 떨어지는 낙엽은 우리들 인생의 운명이 무상한 서글픔의 감도 솟는 일 아닌가. 대관절 무엇 때문에 살아왔으며 무엇을 위하여 살고 있는 일인지 인생의 의의조차 모를 노릇이니 가탄스럽고 어찌 생각하니 가관스럽기도 한 주제들인가도 싶다.

아~가을의 심회. 왜 자꾸만 오만가지 생각이 마음을 안타깝게 하는 것인가. 생각을 않으려고 해도 모닥불 속에 불씨가 살아나듯 생각은 솟고 보는 것으로 엉뚱하게 어린 시절 소꿉동무였던 영순이의 생각도 솟아오르고 그는 지금 아들 딸 몇이나 낳은 어머니가 되어 어떤 가정을 이루고 있는 중년부인인지 또한 개구쟁이 짓으로 말썽꾸러기였던 용철이는 옳은 인간 짓을 하는 어른이 되어 어디서 살고 있는지도 생각키는 일이다. 뿐만 아니라 세월 따라 더해진 나이로 어느덧 중년인생이 되고 본 이 자신, 가정의 주인 된 입장으로 따른 식구들을 염려 걱정하고 있는 것도 가을로 하여 느껴지는 소감 아닌가. 이와 같이 이맘때는 생각으로 하여 다시금 더듬어지는 추억이요, 추억으로 하여 그리움의 정이 더한 일이며 지내 날 앞날의 인생에 대한 생각도 또

한 절실하고 보는 일이기도 하다. 앞 모르는 것이 우리들 인생의 운명으로 어떠한 행로가 걸어질 일인지. 희망과 염원은 고되지 않고 험난치 않은 길이 바라지는 생각이나 대체로 운명의 소용돌이란 엉뚱하고 해괴한 일도 많이 맞고 보는 인생이라 앞이 가리워진 산 넘어의 일같이 궁금 답답기도 한 일이다. 사실 인생에게는 기쁨보다 안타깝고 슬픈 고비가 많으며 웃음보다 눈물이 많게 되어있는 일로 미루어 온갖 환상도 떠오르는 일이다. 부지기수인 인생. 장담, 확정할 수 없는 운명. 바람 따라 먼저 떨어지고 늦게 떨어지는 낙엽과도 흡사한 인생. 오늘을 살고 내일을 산다고 일 따라 걱정하고 애 태우기도 하는 삶이지만 언제 어느 때 어떻게 될 일인지. 가신 아버지만 말하더라도 꿈에도 생각 안했던 그러한 변으로 홀연히 운명을 고하실 줄은 그 누구도 알지 못했으니 말이다. 아~~ 가을은 온갖 심회 솟는 계절. 아서라 생각을 말자고 암만 애써 봐도 생각은 생각 따라 자꾸 솟는다.

우리들은 문득 아버지가 된다

초판 1쇄 인쇄 2011년 8월 31일 초판 1쇄 발행 2011년 9월 5일

지은이 이병동 **펴낸이** 연준혁
기획 전준석

출판 3분사 편집장 김연숙
편집 3팀 이수희 박지혜 책임편집 이수희

제작 이재승 송현주

펴낸곳 (주)위즈덤하우스 **출판등록** 2000년 5월 23일 제13-1071호
주소 경기도 고양시 일산동구 장항동 846번지 센트럴프라자 609호
전화 031)936-4000 **팩스** 031)903-3893 **홈페이지** www.wisdomhouse.co.kr
출력 엔터 **종이** 화인페이퍼 **인쇄·제본** 영신사 **후가공** 이지앤비

값 13,000원 ISBN 978-89-5913-646-9 03810

국립중앙도서관 출판시도서목록(CIP)

우리들은 문득 아버지가 된다 / 이병동 지음. -- 고양 : 예담출판사, 2011
p. ; cm

ISBN 978-89-5913-646-9 03810 : ₩13000

818-KDC5
895.785-DDC21 CIP2011003555